北京宣传文化引导基金
BEIJING CULTURE GUIDING FUND
北京宣传文化引导基金资助项目

渡与归

朱朝敏——著

北京出版集团
北京十月文艺出版社

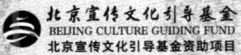

目 录

序 言 ··· 001

第一章　草本回廊

萤火虫草 ··· 003

曼陀罗 ··· 015

江边一碗水 ··· 027

彼岸花 ··· 037

辣蓼草 ··· 049

金钗石斛 ··· 061

华重楼 ··· 073

四照花 ··· 084

疏花水柏枝 ··· 096

第二章　乔木年华

梨，白了天下 … *117*

棉花的生与死 … *133*

洞庭树 … *148*

柚子树 … *160*

吃石头的橡子树 … *172*

第三章　鱼鸟相还

江豚 … *187*

白吉 … *200*

鳝鱼 … *214*

青庄 … *226*

黑鸟三种 … *240*

白鹤 … *258*

无忧潭 … *270*

后记：渡与归 … *287*

序　言

朱朝敏

九岁那年七月初的下午，长江骇到了我。

平表哥带我们去江边玩，爬大堤跑到树林里，玩了一会儿，又带我和妹妹继续朝树林下面跑。彼时，江堤下面有两道堤防，先是树林，再是芦苇地。芦苇地遍布石头，石头缝隙和下面长有芦苇和野草。七月初正值夏汛期，所幸的是，一直是骄阳当头，没有下暴雨，也没有连续多日的阴雨天。汛期的江水尚在可防可控中。长江的水位线固然每天上升，却是缓慢地，一直徘徊在第二道防线芦苇丛那里。

平表哥生性调皮不拘小节，越是大人禁止的，他越有兴趣。可能跑出了一身汗，他脱掉长裤，扑进江水中，左右手铲向水面，铲出一排洁白的水浪，还发出痛快的惊呼声，以此鼓动我们下来凉快。我和妹妹没有动。不远处，一艘大轮船顺江而来，行驶得气定神闲，江面基本是风平浪静。平表哥又朝前走几步，试探下，转身说道，水很浅，下来玩吧。我动了心，挽起裤腿走进江水中，妹妹跟在后面走来。

虽然晒了大半天，江水还是有些凉寒，却刚好给冒汗的身体降了温。我和妹妹弯腰慢慢地朝前探。然而，大轮船驶过，掀来几个浪头，推涌开我和妹妹，我机灵地抓住一根长芦苇，朝后退，妹妹却被卷到前面。她出于本能紧抿嘴唇呜呜哭泣，我吓傻了，平表哥也从水中站起来，呆呆望着。浪头再次掀来，卷走了妹妹，赫黄色的水面依稀只看见那几根漂浮的长发。我哭出声来，一边后退到一块岩石旁，一边喊救命。平表哥如梦初醒般朝前游去，伸出右手乱抓，还好，一把拽住了妹妹的手臂。然而，浪头又扑来，漩涡似的激流卷走妹妹的身体。平表哥又朝前面的水流扑去，扑打几次，居然再次抓住妹妹的臂膀。幸运发生了，轮船远去，激流消失，水面趋于平静。这次，平表哥将妹妹抱回了岸边的岩石上。妹妹坐下，张开嘴巴，混浊发黄的江水喷出，她呕呕作吐，又忍不住哭泣。

那天对妹妹而言，是非同寻常的日子。以后我无数次梦见那些细节，每次都会在大汗淋漓中惊醒，再捂住心口安慰自己——妹妹是幸运的，长江会赐福给她的。

长江会赐福给我们的。

这是我母亲的原话。她曾给我们讲过她少女时代读书的经历。那时孤岛北边的长江没有现在宽阔，到了隆冬季节，更是萎缩干涸，大片沙滩凸显，中间的江水细弱，结出厚冰。靠水吃水的孤岛人，要走好远才能找到没结冰的江水担回家。这固然是难事，却为母亲他们这些在外求学的学生提供了方便——附近大小船只虽也停航,但可以在冰块上跑过江去。只能跑,一个个分别快速地跑过,以防冰块遇热而苏醒融化。母亲已是初中生,孤岛上没有初中学校,他们一群人(能读初中的并不多,数目也就只是个位数吧)要到对面的江口去上学。母亲年纪最小,却成绩出众,尽管上学困难重重,也没有放弃。那年深冬,母亲早上六点半出发,天亮前要踏过结厚冰的江水去上学,黄昏时再踏着厚冰回家,他们称呼为"跑冰"。

这太危险了,你们不怕?我问道。

怕,太怕了,但是求学就像取经,哪能舒舒服服的?母亲笑着回答,而后点点头,继续讲述。

如此过了几天,倒也无事。一个有太阳的日子,看似天气晴朗,实际也就是薄薄的一层光照,太阳出来晃个影子,马上就隐匿起来,气温并没上来。母亲他们依旧在清晨跑过结冰的江面上学,黄昏时再准备跑冰回家。那个下午放学早,母亲依稀记得,江面风有些大,跑马般回旋出响亮而绵长的哨音,江面的厚冰反射阵阵锐光,刺眼还刺骨。母亲和后面的几个同学错开,她在前,兔子般撒开两腿快跑,跑到江心时,后面的同学跟上。快跑到江边,母亲绷紧的心稍松懈时,咔嚓声响传来,炸开了母亲的思绪,她一侧头,发现江心的冰块裂开口子,吞进正好跑到江心的那个同学的腿,再后面的同学显然受到惊吓,呆在原地。同样受惊吓的母亲瘫倒,但恐惧传输下意识的力量,她奋力将自己滚出了冰面,顺利滚到沙滩上,而冰窟窿迅疾炸裂,吞没了那个同学……

我听后，一时涕泗横流，仿佛那场惊心动魄的失败跑冰就在眼前，生离死别的伤痛令我肝肠寸断。母亲也是眼圈发红，却笑着哎哎道，这是哭啥呢？危险是危险，但要读书啊，你们看，长江终究是赐福给我们的，不是吗？

母亲左右手分别握住我双手。我不禁破涕为笑，重重地点头。长江就如此植根我们的肉身，并晋升为心中的神。

对于一个生长并长期生活在长江边的人来说，长江等于她的日常，江水及江水中的生物已毫无防备地侵袭并占领了生活高地。如果她在说与写之间表达，恰好擅长文字，还沉浸于内心，并在几十年如一日中形成了惯性，这样的一个文字叙述者，长江就是她笔下文字的漩流，长江的变化就是文字主题的变化。

她就是我。

也不一定是我，也可能是类似我这样的一个普通女性——不，是所有生活在长江两岸的普通男女。我们被长江哺育，被它试炼生活的喜怒哀乐和生离死别，在长江这条江河上不知疲倦地渡与归，完成了成长，走向衰老。长江亦见证了我们的人生四季和生老病死，而我们又将以血液和精神的方式将长江的脾性和风格传承给我们的后代。

生命就在这样的奔流和回归中不断出发，在漩涡和风浪中披荆斩棘，不断传承回归。恰如长江东逝水，奔流到海后又重新回到源头，周而复始循环往复。

不竭的江流，不死的生命。这是长江赋予我们这些子民坚硬的精神内核。而长江中下游交界处耸立的一座洲岛，相传由九十九洲连接而成,地理名词叫作百里洲,我在所有文字里称它为孤岛。奔流不息的水流中诞生的孤岛不孤,但孤岛这个名字似乎更能表达水流与生存的关系,冲刷与清洗、逼仄与宽阔、席卷与哺育、毁灭与重生、包抄与突围……悖论的存在法则下,屹立江水中央的千年孤岛以一个明亮而清晰的侧面,镜像般映照出长江的质地,也惠赠我们这些孤岛人仿若江水的脾性和格调。

这似乎是一种昭示,若论长江子民,孤岛人颇有代表性。若要去看长江在岁月中完整的变更细节,那么请从孤岛这条甬道出发——远古往昔和现今时代,都将经由这条甬道而流出,这哪里只是一条甬道?还是贮存历史又展示当下的缩影机。

孤岛在水中央,依靠江水而存,又为江水冲击,年年遭遇洪涝又年年新生,它生长缓慢,拒绝工业化提速,它以下陷的方式抱紧自己,心甘情愿地沉浸于江流的合围中而傲然耸立。一代代孤岛人在"成长"与"出发"中穿梭,又在"生存"和"远行"中行进,再在"过江"与"回归"中过着他们一日三餐生老病死的日常,勾勒出渡与归的心灵版图。再没有一块地方像它一样自带文艺气质,内存隐喻,它是中国的马孔多,是长江两岸子民的原乡记忆。

多年来,我无法避免地去书写孤岛及孤岛人,以散文、小说、纪实的方式。《涉江》《循环之水》《百里洲纪事》……这些书名布满了江水流淌的痕迹。现将出版新的散文集,不再局限于孤岛,而是与之相关的长江中下游交界处的动植物和乡村居民,他们交融在一起形成改变的历程。这种历程开始是一颗颗水滴,而后是万千水滴汇集的江水奔流，继而是遭遇风暴的惊涛骇浪，更多的还是春来江水绿如蓝的宽阔和浪浸斜阳千里溶溶的水落石出后的宁静。与其说我书写的是一个地域的故事和我的原乡记忆，不如说是我投注心血后的殷切期盼，是原乡契合时代的再次书写。

确切地说，它就是我的乌托邦和理想国。

然而，它有理有据，以草木、飞鸟和鱼类及一代代人的故事去表达时间的持久和各自无法分割的纽带关系时，契机和奇迹出现了，文字在纸上落地生根，崭新的城堡在庄园故土矗立……

这当然不是小孩子搭建的积木，也不是虚妄者倾尽心血建造的空中楼阁，而是片段似的生态实景，也是斑驳却不乏辨识度的镜像。在这里，能看见满是毛细血管般的细节，并能感受到生命所有的正常体温。而无处不在的还是那份源自原乡的清澈情感，它是记忆中的乡愁与现实图景的糅合，是记述的克制与繁复细节的接洽，还是遭遇了无常经历的生命与变化着的环境的相克相生。

这不是哲学，也不是思想的辩论，我希望永远不是，也从来不是。它们只能是回归生活本身的日常，是无尽岁月淬炼出的普遍真理。此刻，我脑海闪现出朋霍费尔在狱中发出的询问：我们仍然有用吗？我们所需要的，不是天才，不是玩世不恭者，不是愤世嫉俗者，不是机敏的策略家，而是真挚的、坦诚的人。如果我们能有足够宽容而强大的精神，如果我们能够为自己的正直而自豪并问心无愧，我们是否仍然能找到那重返纯朴与真诚的道路？

真诚的人，源自真诚的情感。朋霍费尔十二岁那年，他的母亲送他哥哥上战场，那个分别的日子，他的母亲跟着火车一路奔跑追赶，扬起脖子告诉儿子：我们只是在空间上分离而已……

朋霍费尔在日记中如此记下分别的细节，并阐释道，是的，我们只是在空间上分离了，祈祷和思念却要我们的心永远在一起。他特别做下批注：因为最深刻的思想终会消逝，而伟大的情感永存不朽。

情感最动人，而情感帮助生命永存。

当我写下"渡与归"三个字时，我知道，我笔下的长江，只不过是岁月承载的道具，是一艘出行的航船。而我们这些渡客踏上这艘船舶时，注定了是归人。航程是约等于每个生命一生的漫长岁月。不尽的河流，无穷的时光，变与不变中，我们不再仅仅是人类，而是长江哺育的所有生命——草木、鱼类和飞鸟……它们在岁月中曾经迷失方向，曾经被膨胀的欲望吞噬，也被日益破坏的生态环境追剿围杀，诸多物种濒临灭绝。人类得到了什么？是失衡后的混浊有毒的空气，是频繁的大小灾难不定时地攻击，还是失却保障的食物饮水带来的疾病……

我们病了。草木病了，飞鸟和鱼消失了，长江这艘航船破旧得快要停摆了。蓝天白云青山绿水成为昔日梦境，自然生态严重失衡，人心生态也日益荒漠化，图穷匕见的惨状不再稀奇。我们开始反省，深情地呼唤那些消逝的和谐共生图景。

呼唤一经发生，古老的情感便会原路返回，我们清晰地看见——

原来，我们从来就是自然的一部分，我们这些拥有生命的动植物从来就是长江的一分子。而这些是疾病和情感荒漠化后带来的痛楚的深刻醒悟。

那么就从我们自身改变开始，从情感基点开始，力所能及地去爱，爱微小的事物，爱草木、飞鸟和鱼。爱是情感的原点，是生态建设的动力。

时代变迁，长江在变化，长江中下游一带的生命也在相应改变。它们在漫长岁月中经历的迷失和归来，濒临绝境时的柳暗花明，参与环境改造时的相互砥砺与互惠……从来不是单一的。

是的，我以散文的方式记叙长江中下游一带的特殊物种，既有草本和乔木，又有水生物和飞鸟。写下它们的前尘旧梦和现今状况，写下它们与长江不离不弃的关系，更写下它们与人类互为镜像的对照式的印证。这里蔓延着"改变"的痕迹，套用严肃的话语来说，就是长江生态大保护和乡村的时代嬗变。在这时代大背景下的故乡记述，核心自然仍是原乡书写，而原乡书写的根本还是书写"改变"。我采撷"变"中的小部分去表达我的认知，还有更多的未被书写的事物，它们安静地生长，终究会形成它们自己的语言，盘旋出广阔的天地，从此诗句寂静而蓬勃地生长，那是我们不曾发现却怡然自得的纯美。但是，我固执地认为，这种书写是必要的，与其说是写改变的大地江河的容颜，不如说是在写我们曾经干涸僵硬的心灵得到的滋润和营养……一遍遍生长，即使肉身终归腐朽，灵魂却会长存。

原乡书写，正是生命在时代这条江河中遭受放逐后的洗礼和再次成长。我们用成长回馈我们的故土,原乡才会充盈,清澈丰沛的情感浇灌的生命才会形成江水奔流到海后的回流重生。

至此,我能说,渡与归,是对漫长岁月的至诚致敬。而我将以《渡与归》这篇书写孤岛往事的散文作为后记来接盘呼应。

是为序。

第一章

———

草本回廊

萤火虫草

开始，我叫它鸭跖草。

一直在长江边生活的我，熟悉它，似乎与生俱来。但得知它的别名"碧蝉花"和"萤火虫草"，是来自餐桌，尔后，我便只取"萤火虫草"称呼它了。

这称呼与我的一位学长有关。

三年前，学长新开了农家餐馆，我们前去祝贺。学长本不是农民，却自诩为"后现代农民大哥"，我们颇认同这个名号。学长是个有故事的人，他的经历有些特殊。他大学学农，毕业后回到县城在农校教书，教书之余又写起了诗歌，还办起一家诗歌民刊。

那民刊刊名醒目还好记，就叫《一簇火》，想必那是他的梦想之火，只不过，那簇火燃烧时，也照亮了同类人，譬如彼时爱好诗歌的我。那时，刊物出刊后，学长会召集一帮人聚在一块儿祝贺，我参加工作不久，本不会喝酒，却因为桌上热闹氛围，受到感染，也会喝喝啤酒与大伙儿碰碰杯，然后扯起嗓门吟诵诗歌。那些单纯的欢快的日子，清水一般洗涤了我的心灵，我记得，我爱上里尔克的诗歌，正是从学长举着酒杯，吟诵里尔克的诗歌《世界是美的》开始的，学长虽是"塑料普通话"，却朗诵得激情飞扬，浓烈地渲染了氛围。岂止打动了我一人？他打动了全场，更是打动了一位女士，那是名护士，拥有模特般的高挑身材，爱穿长及脚踝的风衣。这样的美人儿，为学长的文艺气质深深地吸引，爱上了他，两人很快就组成了家庭，这绝对是郎才女貌的标准版本，也是夫妻二人的缘分。后来的事实证明，他们经得起患难，为理想矢志不移，配得起岁月的深情。说来，学长能办出民刊《一簇火》并能坚持好几年，与他的夫人大有关系。夫人的父亲彼时承包了一家印刷厂，生意还不错，但在打拼的初期还能支持女婿放飞梦想，这是真支持。《一簇火》一直放在那家印刷厂出刊，因为经费有限，设计和装帧均一般，发行量更谈不上，但仍旧为我们珍惜。我家里现在还能翻出几本卷了边角封面蒙灰的《一簇火》，因为那上面有我的稚嫩诗句。

可见学长这个农校老师分明是个诗人和浪漫的文艺人，这点也能看出他拥有一颗悸动的心。后来他辞去教职跳槽到新闻行业工作，诗歌仍在继续写，经常见于报纸和杂志上，是我们那个小地方有名的诗人。彼时我们聚会时，免不了吟诵学长的诗歌。那些诗句，我现在还能诵出几句——

    山路总是盘旋，夜色降临了
    你也出现，仿佛语种之间

适宜的翻译。哦，浮腾的草木香
　　…………

　　那些诗句于当时的我而言，晦涩了些，似懂非懂，却不妨碍我喜欢，谁让我也是一个文艺爱好者？现在经历了诸多人事后，重温那些诗句，有些豁然开朗的感觉，不禁为学长的文学天分叫好。

　　但是诗歌带给学长什么了呢？

　　一颗不安分的心被不切实际的理想推波助澜而已。不是吗？他不断地跳槽，似乎越来越离谱，居然脱离公职打破铁饭碗，即便跳槽到新闻行业，也只干了两三年就拜拜了，又南下打工去。终于，一个受人尊敬的农校老师加入汹涌的打工浪潮，成功下海，却是十足的打工仔一枚。"折腾"好多年，后来因为种种原因结束打工，回到家乡发展。他将农田腾出来大面积种植经济林木，就他学农的专业来讲，也算是回归根本了。

　　不过，这次他倒是做出了成绩，林木种得好，接着发展渔业，带动地方的观光旅游，又对应地开起餐馆来。学长强调，他的餐馆是"原本味道"，与一般的农家餐馆和城里的酒店大有区别。

　　"原本味道"四个字磁力般吸引来学长的新朋旧友，我这个深度宅家者也蠢蠢欲动了。祝贺是名头，好奇下的探秘才是目的。说起来，这些年我见多了"诗人"或者文艺人折腾的例子，无外乎被现实的棒槌狠狠地打击，摆脱不了黯然收场的结局。学长似乎例外了，我无法简单地定义他的人生是成功还是失败，但我能肯定，他以回撤的方式进攻生活的壁垒时，一步步建筑起他的城堡，也算开启了另一番精彩的人生。

那么，以"吃"为路径的探寻，也不失为直接又可靠的方式。

那餐中饭，实在让我大开眼界大饱口福。菜品荤素搭配，却多是原生态食材。其余菜品不表，只拿学长餐馆当红的野菜菜品来说。

他的夫人那天刚好在家休息，帮忙上菜，每上一道菜，就会以养生环保的角度来阐释原材料和做法。终于，一盘凉拌菜出现了。它甫一上桌，就吸引了我的眼睛。绿色的枝叶，在姜蒜辣椒花椒的佐拌下，还保持着新鲜劲儿，植物的新鲜劲儿。它们舒展着身体，在青花瓷盘中相互拥挤堆积，簇拥出亮眼的青碧，在餐桌上格外醒目。但泥土的芬芳强烈地扑鼻而来，又攫取我们的嗅觉，进而在餐桌上喧宾夺主了。

夫人笑着说，香吧，这菜。我们一起附和。附和之余，我心中吃惊了——这盘菜品的食材其实太普通了，我时时见年年见，从有记忆开始。

这不就是鸭跖草嘛。我感叹出了声。

夫人笑了。对我的感叹既没认可也没否定，只说，这虽是一盘凉拌菜，却是餐馆目前的主打菜。

我固执地重复，就是鸭跖草。学长跟着笑了，点头又摇头，说，不错，但我们称呼它为碧蝉花。

果真出自原诗人之口，这名字实在好听，极富吸引力。我跟着点头。毕竟，我见过它们开花的美景，若蜂蝶翩翩欲飞的花朵，碧蝉花大有根据，关键还令人想入非非。

学长又跟来一句，不过，有时候我们还称呼它萤火虫草，这更有诗意，只是诗意的东西一般都小众，目前还是叫它碧蝉花吧。

我点头，还竖起大拇指。

学长嗯声，继续说，但碧蝉花的称呼是暂时的，我终归会为它正名，就叫萤火虫草。学长的夫人吟吟笑着补充道，你们没看见啊，我们这个餐馆大名就是萤火虫。

是啊。那餐馆大名我们知道，却没多想，原来还有此等深意。只不过……为何不从现在就开始呢？

哈，先图个火热，这个是必须的，不只那餐馆……萤火虫已经在路上聚集了，准备燎原。学长幽默地眨眼，伸出右手，请我们吃菜。

我再次拿起筷子，伸向碧蝉花。

它脆嫩得似乎能够用筷子夹出汁液，我不得不放低右手，把筷子夹菜的力量下放到刚好夹住而已。实际，我的担心多余了，它们鲜嫩又有韧力，仿若扎根在盘中，只不过没有土壤而已。

果然，它们进入我的嘴巴后，经由牙齿的磨砺，散发出混杂了泥土、鲜花、汁液的气息。

这还是土地的味道，是来自泥土深处根部的味道。学长的萤火虫餐馆在这段时间，即春夏两季，都将它作为主打菜。碧蝉花也不需要特别种植，就是在林木地里，高耸婆娑的树木下，阳光足，却被枝叶遮出阴凉，而林木地呈现阶梯状，地面有坡度和沟垄，附近还有池塘，保持了水分，同时滤水性也好。那片偌大的林木地里，它们一直保持春天葱茏翠碧的样子。野菜嘛，也无须施肥，由着它们性子生长为好，不加束缚的生命，自是舒展清朗。一番清洗后，坦然上桌，而凉拌最能保持其本色，芬芳气味却在常闻的香辣食物味中脱颖而出，由此绵长深情。

我常常见到它，深谙这种气味，却首次知道，它能作为菜肴入口。凉拌、煲汤、清炒……鲜嫩爽口，熨帖脾胃，还滋养身体，它是如此地满足我们已被丰富的物质填满却又失去感应的胃囊，口福顺应而生。惬意下，我不由心生抱歉——与生俱来的熟悉，原来还是假象，我并不了解它，或者说，我知道的，其实都是表象。

作为弥补，我上网查询。

鸭跖草是通用的俗名。作为普通若泥土的植物，它蔓延在长江中下游一带，山地、沟谷、坡地、平原……只要野外气温不那么高，土壤湿润，滤水性也不错，鸭跖草就会匍匐在地面，风雨后，遍地蔓延，满眼青碧。它的得名有意思，居然是因为它多似普通大众，又花叶鲜嫩，汁液多，鸭子喜欢吃，故而名叫鸭跖草。

民以食为天的日常生活，实用性概括了一切。总体而言，温润阴凉的环境为鸭跖草提供了生长的温床，春夏时节，到处是它们蓬勃的身影。

它们的叶呈青碧色，叶序互生，叶形为披针形。花朵异常爽目，聚花序，雌雄同株，花瓣上面两瓣为冰蓝色，下面一瓣为白色，花苞呈佛焰苞状。远观，犹如振翅欲飞的蓝色蝴蝶，再远一点看,又恰似萤火虫在碧绿草海中闪闪烁烁,流光不断。花朵冰蓝色纯净到透明,常被民众采摘后萃取用于染料。

故而,它又有竹叶草、碧蝉花、野靛青等多达五十多种别名。

进一步了解后,我在心中评估了下,碧蝉花和萤火虫草这两个名字最入人心。而萤火虫草最适合学长……

学长是对的。

这近乎痴迷了。我曾因它过于普通而熟视无睹,但一番了解后,也若学长着迷了。我的着迷严格来说,并非从学长的餐馆招牌菜开始的,而是大有铺垫,源自我多年前的一次恩施之行。

那是十多年前的一个炎夏日子,因为一场会议我去了恩施,在那里见到了水嫩灵秀的鸭跖草。可能是因为恩施的气温也就二十六摄氏度左右,空气湿润,山地也多,植物大都丰茂,鸭跖草漫山遍野,犹如翠碧的毯子铺陈地面,这样大面积的水灵灵的绿毯,有些冲击眼球,我不由痴痴地多看了好一会儿。只是在恩施,它的名称稍稍不同,不叫鸭跖草,而叫鸭脚板。

鸭脚板遍布于侗乡的山坡沟谷和道路上,正是花期灿烂时。那些冰蓝色的花朵伸展在漫山遍野的草地上,在清亮亮的阳光下闪烁着迷人的光泽。站在高处看,它们随风摇曳,浮腾幽蓝色的梦幻光泽。

那一刻我竟然无端地想起《海的女儿》这个童话,并迅疾脑补了"海的女儿"这个形象。

会议布置作业,要求参会者记叙下恩施打动心灵的印象派植物。如此惬意的旅程,当然要回馈。对象上,我毫不犹豫地选择了鸭脚板。我这样叙述——

> 鸭脚板是野生植物，韧性强，顺着山坡生长，又蔓延开去。水灵灵的，山野家的小女孩子。却大方端庄，沉静，礼仪周全。在草木和石块的缝隙处站立，一根根的，保持一定间距，清爽着干净着。我只是遗憾它的俗称，"鸭脚板"多少缺失了一种冲击想象力的美感，那么我不妨暂时赠送它一个私人化的名字，海的女儿。

我得意"海的女儿"这个名字，却分明感觉到片面了些。毕竟，那匍匐在地面继而四处蔓延的植物，是积蓄的美，等待机会爆发火力，孤独和柔弱早已被它们摒弃。

而萤火虫餐馆的这顿午饭，似乎道出了什么，莫名勾起我曾用文字记录的那份记忆及遗憾。相对于"海的女儿"，萤火虫草这个名字真是好到了天花板。而且，"萤火虫"在学长那里，恐怕不只是一种草本的命名，还涉及他未来的发展计划。

再三年后，就是今年的端午节，我们来到学长的萤火虫植物染坊参观。"萤火虫"在学长那里果真不是单个，而是聚拢来的同一类发光体。萤火虫菜品，萤火虫餐馆，萤火虫植物染坊……

学长的植物染坊，来自他参观孝感云梦县三湖村的植物染坊受到启发后的即兴规划。就在餐馆开后不久，他将餐馆交给家人打理，自己马上着手植物染坊的建设。

萤火虫植物染坊位于餐馆后面，中间隔了一排排清凉的楠竹。那是新建的一处大院子，里面有染坊，有茶室，还有花圃和庭园假山。开始走进染坊，错以为是走进一处休闲喝茶的院子，直至染坊和扎染的布料呈现在我们眼前，我们才恍悟，学长仍旧是抱着"好玩"的心态来着手植物染这个新领域的建设的。其中，冰蓝色染料，主要来自萤火虫草开的蓝花，也是萤火虫植物染坊的主打色彩，因为那色彩空明清澈，技术和工序要求都复杂，相对其他色彩，显得稀少，故而也贵重。

我们这里已经习惯称呼它萤火虫色。学长耐心地解释，萤火虫草开花后，上扬的两片花瓣含有鸭跖蓝素，提炼出来做染料，异常赏心悦目，怎么说那颜色呢？嗯，日本曾形容那种蓝为露草色，意思就是露水中的草本颜色，很难得的，那颜色比海洋蓝更飘逸，比天空蓝更空灵，比火焰蓝更清澈，近乎透明的蓝色，款款起舞的蓝色，纯净若冰雪的蓝色……

学长堆砌了一些漂亮词语来形容那种蓝，并用一件以萤火虫色为染料扎染的旗袍来佐证他的比喻。

那件旗袍挂在院子一棵大樟树斜逸出的枝干上。

初夏阳光透过枝叶缝隙洒在旗袍上面，犹如一层滤镜滤走了棉麻布料的粗糙，又如一层斑驳的油彩赋予了旗袍镜头感。旗袍较长，低领口，开衩较高，却是清秀版型，在风中微微荡起，犹如莲步款款的少女遇见心仪的人，不由驻足，倚门回眸一笑，令人神思恍惚。

气韵附身衣服，它发出无声的呼唤，我忍不住试穿。当我站立镜前，我惊讶地发现，小号旗袍简直是为我量身定做，合身得体不说，而且那种扎染颜色——冰蓝色若流水不均匀地穿插在白色中，遇到阳光，默默流淌，又被光泽渗透消融，墨汁浸润纸张般渗透，在渗透的过程中——一种奇异的美颜效果产生了，皮肤的黑色素、毛孔和皱纹不见了，还隐隐透出光泽，岁月的沧桑老态被无端地取缔，静美降临。

旁人怂恿我买下，理由一致，旗袍与人合一了，这种缘分可遇不可求。当然，旗袍定价也高。这并非我不买的理由，而是在学长那里买，他肯定不会收我的钱。故而我匆忙脱下，还挑出一个毛病，表示这件过于合身，而棉麻布料水洗后一般都会缩小。"过于合身"之说是托词，实际上，旗袍有些宽松，是那种恰到好处的宽松。

学长笑纳了我的意见。但是，赠送了我一盒眼影，材料也是来源于萤火虫草开的蓝花。学长赠名为萤火虫眼影。

我犹豫了下，就马上接受赠礼。毕竟那是学长的心意，还是他所谓萤火虫计划的一个佐证，也算得上他"折腾"的历程吧。那盒眼影，冰蓝色，还带点水色，看上去要比冰蓝色纯正。我来不及等回家自己涂，就在学长那里，对着镜子用手指头抹点，涂在眼皮上，那种蓝，淡而纯净，为眼睛增添了灵动和妩媚。

我又拉来学长的夫人。夫人一脸素净，不曾修饰的脸庞依旧轮廓分明，皮肤紧凑，也无斑点，很难见到如洪流般流逝的岁月痕迹。我帮她涂上眼影，就用食指指尖蘸上一点点，涂抹上眼皮。阳光若流水倾泻，照在她的脸上，那双涂抹了眼影的单眼皮眼睛，清澈透亮。不知怎的，我又想起我在文字中对这种植物的称呼——"海的女儿"。

萤火虫草，它在学长那里正式登堂入室，并扬帆远航了。学长的经历，在大多数人看来，属于成功转型。但他自己拒绝如此定义，并反感一切诸如此类的宣传报道，哪怕对方言辞不经意流露的赞誉，他也不接受。我们笑他过度谦逊低调，他着急地扬起右手否定，说，不是那回事，人生要么成功要么失败——就这两种选择太没意思了，况且，成功失败的标准又是什么？若全都归结为物质，人间就不值得了。

我哈哈大笑，说，我就要写写你的故事，不过你不是主角，主角是萤火虫草，当然你这个命名者必须出现，名字也就是"学长"。

学长无话可说了，沉默下，笑了笑，说道，写萤火虫草，也算是为它张目，我看可以。

我和他同时打出一个响指，算是约定。

就算不是学长的经历打动我，就是萤火虫草本身，也值得我去关注。萤火虫草遍布山野，看似平常不大入眼，但其魅力为历代风雅者心动，早将它们留迹古诗词里。南宋诗人董嗣杲曾为它写过一首《碧蝉儿花》——

>　　翠蛾遗种吐纤蕤，不逐西风曳别枝。
>　　翅翅展青无体势，心心埋白有须眉。
>　　偎篱冷吐根苗处，傍路凉资雨露时。
>　　分外一般天水色，此方独许染家知。

从这首古诗我们不难发现，萤火虫草的魅力不单单在于它的美丽，更在于它的风骨。韧性、自信、坚强、个性，心性也高……这就拔擢众物了，但看它生长不择地的样子，它又拒绝区别，更愿与众物相伴左右，只是在相伴中，分明又有一番愿景，等待有心人的识别和另眼相待。

事实上，若想遇见，就会遇见它们，即便没有打算，也会遇见。而在如此的"遇见"中，遇见者不断更新对对方的认识，也完成了一段心路历程，亦是成长和成熟的过程。就我而言，"遇见"萤火虫草的轨迹不外乎是从野外到餐桌，再回到野外。这恰是一株植物的命运，亦是必然归属。而如此归属中的"遇见"，是天意。心中霎时滋生一种被上天眷顾的幸运感。

既然用餐桌上的遇见开了头，也需用餐桌上的感受结尾。

它是餐桌上的一道好菜，爆炒、煲汤均可。而凉拌最为简单，也是保持它的本色达到百分之百的菜肴，在各种作料腌渍下，萤火虫草的嫩叶保持着清爽可人的眉目，润滑喉咙滋养胃囊。我学会了这道菜的做法，在每年的春天和初夏，就会请它入盘。我用筷子挑起的刹那，青碧嫩叶在筷子间又恢复了它青春沉静的鲜活面目。

我眼前闪现出此起彼伏的闪闪烁烁的荧光——它们奔突于黑暗，清洗岁月深处的墓碑。

曼陀罗

曼陀罗在长江中下游一带随处可见。

作为外来的植物,它天性喜暖、向阳,爱扎根排水良好的砂质土壤。而江水边青山绿水的地形及透气滤水的砂石土壤,构成得天独厚的生长环境,曼陀罗自是成群成片在江水边的地里扎根。低坳、平地、峡谷、悬崖、山坡甚至峰顶,都有它们的身影。总体而言,以白色曼陀罗居多。

曼陀罗花的形状也有意思,花萼是筒状,带棱,仿若秋葵。渐渐地,"秋葵"里吐露喇叭似的花朵,喇叭上又挑起五瓣尖角。花苞很有趣,卷成一团,就像小风车似的。一阵风来,小风车转啊转,转着转着,一阵香气散开,喇叭绽开了,在风中颤巍巍地抖颤。

作为生活在长江孤岛上的孩子,自小我就认识曼陀罗。它作为一种治病救人的必备药物,理所当然地站在孤岛卫生院的药草地里,而且是院墙边水沟旁不起眼的角落。在杂草和垃圾污泥中吸收阳光雨露,兀然伸直了茎干和枝叶,凭借一股无法形容的蛮力,开枝散叶,寂寞不乏娉婷地开花结果。随后,花果被摘下入药,枝叶慢慢枯萎。下一个春风骀荡时,枯萎的植株复苏,又是一身翠碧,开始了崭新的旅程。

卫生院里的曼陀罗有各色花,仍旧是白色居多。其次较多的是香槟色——在金色的阳光下闪烁一种鬼魅的光芒,晃眼得很,说到底,那也是接近白色的纯净色彩,一场雨水下来,笼出薄薄的雨雾,让人误以为花色就是荧光白。淡粉色、黄色和紫罗兰色也是,雨雾或者蒙蒙湿气中,看着看着,花朵颜色越来越淡,淡成粉白色,再是无色,几近虚幻,唯有随风摇曳的款款身姿和大喇叭花形证明它们在,都在。

在风中。雨中。天地里。

这么说来,它的确具备致幻性,摄取人的神思和视力,让人恍惚出神,进而发生错觉,仿如梦中。这点决定了它作为药草的特殊性,普通成片的曼陀罗不再普通了,而是神秘甚至魔幻的,令人捉摸不透。

我六岁那年,孤岛卫生院拓展了土地,宿舍后面的一方斜坡被划入卫生院范畴,卫生院便发挥这块地方的优势,大面积种植曼陀罗。成群成片的曼陀罗挨挨挤挤地站在山坡上,一场春雨后,伸直了茎干,叶片舒展,蓬勃出苍碧色。春天,沿着山坡而上的曼陀罗蔚为壮观,而到了花期,更是白得热烈沸腾。那蔓延的白色,在雨雾中虚幻的白色大喇叭花朵,不是雪,不是霜,而是火烈鸟,等待一场直击心肺的燃烧,燃烧……轰轰烈烈的灿烂后,天地便归于荒原般的寂然。

我多次见过那样的场面。

站在五楼的阳台往下看，见证了那片白色的曼陀罗花撕心裂肺的燃烧，也看见……燃烧后的灰烬，一场秋雨便带来荒原似的萧索和岑寂。

童年时曼陀罗地给我留下深刻的印象，因为黄娉婷一家人的遭遇。具体来说，事情发生在暑假里。那年我不到十岁，还是个小学生，暑假还有十来天就要结束，开学的日子快到了，暑假作业还未完成。那些天我被父母关在家里。小孩子哪能坐得住，但房门反锁，也出去不了，唯一的放风就是在阳台上凭栏远眺。作业和远眺的比例，后者简直是前者的十倍，毕竟曼陀罗的花期还在（那年是闰年，阴历还是七月初，曼陀罗还在开花，尚未结果），毕竟曼陀罗地沿山坡而上的土冈上人来人往。

然而，令我无法启齿的是，我执着于远眺，居然是因为窥见了大人的秘密。想必，那也非牢固的秘密了，换而言之，秘密已经被撕开了边角，要不我也不会发现。然而，我为自己的窥见羞耻不已。

那一对男女，手牵手，却不是夫妻，女的是卫生院的麻醉师黄娉婷，高个子男人是急诊科的张医生，刚刚当父亲不久。我震惊的是，黄娉婷的儿子与我同龄，都是小学生了，而张医生比她年轻许多吧，况且张医生美丽的妻子是我们孤岛上的岛花，是城里人，为了爱情主动调到孤岛卫生院来，是名妇产科医生。当然，黄娉婷也漂亮，人长得丰腴，皮肤凝脂一般，走路腰肢扭得像蛇，即便夏天趿着拖鞋。见到谁都会隔远挂起笑脸问好，哪怕像我这样的小屁孩，也会哎哎招下手，顺手扔来一枚糖果。不过我不喜欢她，漂亮不假，但与张医生的妻子相比差远了，哪怕后者从不理我，至今我依然如此认为，也证明我当时的客观。

但张医生与她牵手……这中间的反差是引诱我偷窥的部分魔力，而另一部分应是人性中那种喜欢围观（尤其是围观龌龊事）的陋习，我连续几天傍晚时分就会走到阳台上。

那些天一直下雨。开始是一场暴雨，随后是较舒服的霏霏细雨，搅和来清凉惬意的微风。一个礼拜后，开败的曼陀罗花大都被摧残，要么挂着残件在风雨中瑟瑟，要么萎落于地，留下满眼污秽。而高大茂盛的植株中间，被行人踩出一条小路……那多半是药材管理者阿凤所致，还有一小半就来自那对男女了。

他们走进曼陀罗地时是一前一后，而后在曼陀罗地中的小道上牵起手，再停留相拥……彼时，相拥的身影被高大的曼陀罗植株遮掩，但那被遮掩的部分恰恰构成秘密，令我顿生羞耻和愤怒。我会离开阳台，然而，等我再次回到阳台——是的，双脚简直被施以魔法牵引我到阳台前，以至于父母（那时他们已经下班，而且吃了晚饭，正准备到江边去散步）喊我一起散步去，我都没听见。父母嘟囔道，这孩子干吗呢，心不在焉的。我才惊醒，随即答道，在阳台上吹风，蛮好的。这么一说，父母就丢下我，径直出门。

此际，我心中被一个个疑问充溢，他们会被发现吗？他们的行为会受到惩罚吗？如果被发现并被惩罚，他们是旁若无人地继续还是羞愧地断绝往来？这些疑问与其说是好奇，不如说是我某方面单纯的愿望，毕竟，那是不好的事情，是违背情理，应该被谴责的。

那种愿望来自我的同学黄佳佳。他是黄娉婷的儿子，他为父母争吵不已而烦恼，还因为不时遭受父亲的家暴而懦弱敏感。我记得，那时黄佳佳的眼睛总是充满了惊恐，饱含泪水，仿佛一不小心，那泪液便会夺眶而出，走路就是快跑，勾着脑袋，一阵风似的扫过。这样的男孩，在班级也是被欺负的对象，哪怕他的个头并不矮小。他的懦弱和可怜，在同龄的我看来，就是不幸的家庭带来的。不幸的家庭……我以前总觉得只是因为黄佳佳的父母爱吵架导致的不和，而现在看来，似乎全因黄娉婷的背叛所引起。但令我讶异的是，黄佳佳的爸爸为何要暴打儿子？这也令我气愤，从而一点儿也不同情那个被黄娉婷背叛的男人。

等我再次回到阳台，天已黑透，自然，视线也被黑暗阻隔。那时，曼陀罗地没有安装路灯，黑漆漆的一片，只有雨水间或擦出萤火虫似的光芒。

那晚，我的心浮起一阵莫名的羞耻感，我为那对男女羞耻，也为自己的窥见而羞耻。我决定不再在傍晚时分站在阳台去看所谓的风景，也不为自己放所谓的风了。羞耻感有效，连续三天我不再在那个点站在阳台观察曼陀罗地了——即便站在阳台，也是来回走动，放眼潦草地看下，马上回屋。

隔了三天，傍晚来临，我不知怎的又站在阳台上（是忘记了那羞耻感，还是失控，抑或是其他？我不记得了），又朝曼陀罗地看去。

这次是黄娉婷一个人来曼陀罗地，我有些好奇，驻足阳台继续看。

她在地边溜达了一会儿，回头望了望，然后走进地里，就站定在小路上……她在等待张医生，一定是的。她等了好一会儿。开始还很镇静，左看右看的，接着又跳到地边等，但很快再次走进地里，镇静就瓦解了。那模样真是焦急，她在原地打转，揪掉几朵开残的曼陀罗花，揪了就扔掉。天色也暗下来，心焦还怒气冲冲的她可能等不来张医生了，再揪掉一朵差不多完好的黄白色花朵，居然放到嘴边——我差点叫出声来，那花有毒，而且还是剧毒啊，怎么能吃？连挨到也不行，除非她不想活了。就在我的担心和诧异中，张医生匆匆赶来，抓住她任性的右手，再扔掉那朵虚白的花朵，两人就左右手相握在一起，随后朝茂盛的曼陀罗丛林中走去。

我的心快要蹦出来。

黄佳佳的爸爸出现了。他蹑手蹑脚地跟跑来，勾着腰，左右臂膀大幅度摆动，看得出他很愤怒。他踮起脚尖，跳进了曼陀罗地里的小道，尾随着他们。

其时，天色已近黑暗，我转身吃了一瓣西瓜，无边的黑暗网罩般兜下来，兜走我的视力。我仅仅是凭借那尾随身影的焦急和焦急下透露的愤怒，从而猜测出是黄佳佳的爸爸的。这猜测当然是百分之百的准确。

可惜，我什么也看不见了。不光黑暗吞没了光线，而且我爸妈这次决定要带我下楼去散步。我们一家散步有固定的地方，就是去江边吹风看渔火。他们觉得,我这个孩子好几天待家里足不出户,肯定憋坏了,务必在他们视线内放放风,况且我的假期作业也接近尾声。

我只好跟他们散步去了。但是在路上,我满腹心事。我不知道黄佳佳的爸爸跟随那对男女的结果——当然,一定有结果,只是,那结果将以何种方式出现?它能满足我曾经单方面的愿望吗,还是以我无法预料的方式?我一时理不清,心中越发困惑。那步也散得扭扭捏捏,见我心不在焉,父母散步的兴趣也降低了,我们一家人在大堤上坐了一会儿就从原路返回。

到卫生院大门口,结果出来了。一大群人围拢在院门口讲闲,讲的正是刚发生不久的事情,我能不知道?

就在宿舍楼后面的曼陀罗地里,跟踪来的黄佳佳爸爸砍伤了张医生和黄娉婷。据说,黄佳佳爸爸主要目标是张医生,手持水果刀刺进了张医生的肩胛骨,一旁的黄娉婷死命地拉住了丈夫。幸好旁边是茂盛的植物,而且还是夜晚,这在一定程度上减缓了暴躁的行为。

黄娉婷的右臂被划伤。趁着黄娉婷拉住丈夫,夫妻俩扭成一团打闹的当儿,张医生抽身而出,跑出地里,马上不见了踪影。黄佳佳的爸爸见黄娉婷还抱住他不放,就扯起喉咙大声骂道,你难道没看见吗?人家都不管你的死活,你还拼命地护着那混蛋,有这么不要脸的?

这话大概刺激了黄娉婷,她一时恍惚了。男人便趁机挣脱,转身去追张医生,一边追赶一边不管不顾地骂开了,狗日的混蛋,明明就是个大流氓,还他妈的装浪漫忽悠良家妇女,白吃豆腐,老子今天要你的命……

他没追上张医生,却被闻声而出的张医生的老婆挡住。那个美丽而又理智的妇产科医生挡在黄佳佳爸爸的面前,只说了一句话:杀了他要抵命,划不来。暴怒中的黄佳佳爸爸顿时清醒,也停了下来。

这一切不再是秘密,而在卫生院门口被公开谈论,从窃窃私语到大声笑谈,因为有一两个见证人。他们和我一样,住在那栋宿舍楼里,想必也和我一样,有意或者无意地目睹了前几天傍晚的秘密约会。

我父母可能走累,还可能不喜欢这样唠嗑说闲话的场面,见我站一旁不走,催促几次也没效果,就不耐烦地拽住我胳膊,将我拽回了家。

但就在进楼梯口时,我发现了黄佳佳。他孤独地隐身在宿舍前一个水池边,小人儿勾着脑袋,盯看水池上隐约的路灯光,那模样着实令人顿生怜悯。我不由喊了声,黄佳佳。他没理我,眨眼间就不见了身影。

有意思的是,黄娉婷夫妇依然是夫妇,而张医生夫妇却离了婚,不久,那个美丽的妇产科医生调到城里去了,再一年后,身败名裂的张医生调到另一个乡镇卫生院去了。黄佳佳依旧孤独,常常独来独往,即便是推托不了的集体活动,也是游离于人群之外。他的父母依旧吵闹不已,妈妈黄娉婷的风流韵事如江水波涛起伏,他的爸爸依旧玩追踪,与对方大打出手,但与妻儿还是三口之家。

小学毕业那年,正是毕业考试的那天傍晚,黄佳佳出事了。

那一年,孤岛卫生院改造搞基建,砍掉宿舍楼后面的曼陀罗,腾出那块地,还平整了附近一些沟渠旮旯,准备修建新的宿舍楼。曼陀罗全被砍掉,根都不留,它从卫生院彻底消失了。

改造的还有食堂,食堂前的空地改修成篮球场。在建的篮球场实际是个大晒场,主要是晒衣服床单被褥,这些物件来自家属和住院部。只要天没下雨,被衣服和床单被褥塞满的场地一定热闹非凡,简直就是衣物批发市场。撑起衣服被褥的多半是绳子,也有部分是细钢丝。绳子一般是当天晒完就收走,而细钢丝多半被固定,几乎定格在场地的树与树之间。那纤细钢丝到了晚上,哪怕有路灯,也很容易被忽略不见。黄佳佳就在某个傍晚被一根细长的钢丝夺走了性命。

那天傍晚,他去医院食堂匆忙吃完了饭。放下饭碗,转身就走——不是走,而是跑,习惯性的动作,一阵风似的旋过。他跑出食堂,朝两棵树之间的阴影里跑去,准备旋风般旋过,但被两棵树之间的细钢丝勒住了脖子……黄佳佳倒在地上,再也没有起来。

黄佳佳死了,黄娉婷的风流韵事也没停止,黄娉婷夫妻俩依旧吵闹,还是没有离婚。我初二那年,黄娉婷挺起了大肚子,却被一名年轻女人跑来扇了巴掌,那个女人是名幼师,她的老公在镇上工作,但是传闻黄娉婷的这次婚外情故事的主角是分配来才工作了一年半的一个外科医生。再一年后,我读高中,随后考上大学，距离孤岛越来越远了。

卫生院的人和事犹如那片曼陀罗渐渐在我记忆里淡化，甚至一度凭空消失。

再遇大面积的曼陀罗，是二十年前的一个初秋日子，在三峡。

初秋，江边的三峡延续了夏日的遗风，阳光还是硬朗。坡地上的曼陀罗绽放出喇叭形状的白花，从枝蔓杂草中拔擢而出，在山风中微微摇摆，风姿绰约。即便是丛生盘踞的杂草，也丝毫不能遮掩它的漂亮，相反更能衬托它的自信。

它的风情吸引我的眼睛，还勾起我的回忆。说熟悉它，也不过停留在表面，不，表面也算不上。心中不免感慨，我拿出手机搜索它的相关知识。

它通常植株高大，开出的花朵丰硕而美丽，从枝叶茎干到花果，周身洋溢着一股霸道专横的味道，而聚在一块儿，又会散发出神秘甚至妖娆的气韵。这源于它的特性——全株有剧毒，其叶、花、籽均可入药。味辛性温，药性镇痛麻醉、止咳平喘。而它的主要功用，还是用于麻药，居住在乡镇卫生院的我对此一点也不陌生。东汉末年著名的医学家华佗发明的麻沸散，就是以此为主要原料，后来成为沿袭最好的中医药方之一。

曼陀罗的神秘除了花朵，更多的在于它的根部。盘根错节的根部乍看类似人形，很令人揣想。因为揣想，不免去仔细了解。原来，曼陀罗的神秘果真包含了恐怖色彩。

在西方的传说中，当一株曼陀罗被连根挖起时，会发出惊声尖叫，而听到尖叫声的人非死即疯（在《圣斗士星矢》OVA版冥王神话中，曼陀罗为冥斗士的冥衣称号。传说这朵曼陀罗花生长于断头台下，当它被人连根拔起时，所发出的尖叫会令在场所有生物死亡）。而在古老的西班牙又有这样的传说，曼陀罗常盛开于刑场附近，挖不断砍不绝，冷漠地观望周遭一切，表情麻木地为已经消逝的每一个灵魂祷告着。

西方还有传说，曼陀罗花开得霸道，但花开刹那，它的面目总是隐蔽。据说，千万人之中只有一个人才有机会捕捉花开的瞬间，所以但凡遇见花开之人，她（或他）的最爱就会死于非命。奇幻的花朵，却充满了血腥。冥冥中的际遇和宿命，似乎不可解。

但，花还是花。它的神秘，因为欲望而走向恐怖……

黑夜里的曼陀罗，被隐去细节，只留下轮廓。就其轮廓看，有些像百合。除此，它也具备百合的某些特征，它夜开昼合，花香清淡，闻多了会让人产生轻微的幻觉。

我见过诸多颜色的曼陀罗花，唯独没见过黑色的，我在网上搜索，见到了黑曼陀罗花，颜色近乎黑紫色，瞬间令我眼睛发胀，脑细胞无端活跃，令我想起擅长魔法的巫师。这有传说——每一株黑色曼陀罗花里都住有一位精灵，它可以帮你实现愿望，却有交换的条件，那就是人类的鲜血。只要人用自己的鲜血浇灌那妖娆的黑色曼陀罗，在它开花的时候，花中的精灵就会满足你的一个愿望。也只能用自己的鲜血浇灌，因为精灵们喜欢这种热烈而致命的感觉。

致命的毒药……致命的欲望。

致命热烈的疯狂。

我再次想起童年时孤岛卫生院宿舍楼后面的大片曼陀罗地。夏末，曼陀罗花开正盛……我的同学黄佳佳惨死于一根晾晒衣服被褥的细钢丝，还有那个风流韵事不断的黄娉婷。这个麻醉师——此际，我再次惊讶，她竟然是麻醉师，而入麻醉药的曼陀罗与她的缘分也真是无法——道尽。

岁月流逝，我们一家人搬出孤岛，孤岛卫生院职工也换了几茬人。不知黄娉婷去了哪里。我曾向父母打听，他们只说，他们离开卫生院时，黄娉婷的丈夫患了绝症，孩子也还在读书，应该是读高中了，其余不知。

再一次，我在菜场遇到以前卫生院的老职工。他老人家一直在孤岛卫生院工作，退休后也住在那里，最近才离开孤岛搬到城里住，帮女儿一家打理商铺，我们闲聊一会儿，扯起往事，我趁机打听黄娉婷的消息。

黄娉婷的老公死了，在儿子上大学后，她不见了，没有人知道她去了哪里，就像一滴水被蒸发了一样。这事离现在有十多年了。

我问，您老估计她去了哪里？

老人家摇头。

分手时，老人家咂了下嘴巴，说，真要我猜的话，我估计黄娉婷肯定出家了，因为她丈夫死了以后，她就变了，一直吃素，还拜佛……不过，这事谁能说得清楚？我就猜下。

江边一碗水

初识它是在十多年前,那时,我只晓得它叫陆地荷叶。

彼时的暑天,我们常去长阳天柱山休闲避暑。那里青山绵延森林翠碧,山多却海拔不高,就是天柱山山顶也不到两千米。但用人间胜地来形容这处地方,丝毫不为过。因为它地处神秘的北纬三十度,气候温润,适宜各种生物生存,不免出现神奇的物种,譬如催生子、灵猴,甚至在二十世纪八十年代,新闻时不时就会报道野人出没的消息。至于植物,更是品种繁多,它们集萃天地精华,富含多种药性,无论花草还是林木,不仅外形美丽观赏性强,且全身皆精华,入药治病养生,自不在话下。

天柱山是鄂西一带的道家名山,终年暮鼓晨钟香烟缭绕,香客络绎不绝。天柱山的历史可以追溯到唐朝,几经风雨,与武当南北辉映,号称中武当,风景绝佳。我们来休闲避暑,少不了爬山,但爬山是一方面,另一方面就是找农家小院住下来,认真地履行避暑之责。选择农家小院时心有模板,有点点避世为好,环境幽美空气清新,宛如陶潜笔下的世外桃源。其实,要寻到真正世外桃源来住，只能朝山上深处走，但现代人少了一份探究耐心，往往行至大山边，尤其是路边，见一丛青幽林木掩映的农户，其间淙淙泉水声入耳来，农户刚好打出吃住的招牌，心中便产生了"对上了眼"的感觉。

首次去"农家小舍"，便有得来全不费工夫的小幸运感。

由天柱山往西北延伸一条小道，左侧是青山，右侧是农家辟出的玉米地，地外是山坡河谷和绵延的清江……小道蛇般蜿蜒向前，林木森森，青山若嶂，阴凉渗入心胸，刹那，"深山已晚"的感受袭上心田，整个人都安静了。小道上，车辆刚好能过。十里处的一块山坡下的平地上，"农家小舍"撞上眼神。那四个字其实毫无动感，一副静态，害羞地蜗居在一块黄棕色小招牌上，小招牌悬于路边的电线杆，它们悄然闯入眼帘，实在是因为与山林出尘的氛围有点出入，但一旦与视线交接便产生了磁铁效应。欣喜伴随岔处的卷心百合和兰草点缀的小坡路悠然而来。桃源似的农家小院与我们的预想重合，就是它了。

这一抉择，便开启了十多年的固定消暑模式。

农家小舍开始只有两间客房。因为那招牌聊胜于无，我们纯粹是误打误撞找到的，但我们一眼相中，除了它的外形和环境，还因为屋主是一对中年夫妻，年龄与我们夫妻俩差不多，而且院子收拾得干净，山壁渗出的泉水清凌凌地叮咚不已，周围种满了花草，以百合、金银花和兰草为主。它们正在花期，含蕊吐芳，冷洌的幽香缓解了酷暑燥热，静谧霎时入驻心头。屋前辟有一片向下倾斜的菜园，里面种满了蔬菜和瓜果，菜园前是陡峭的坡地，长满了厚朴树，其间栽种一些时令果树。屋的左侧就是森绿青山了，莽苍无涯，一林障目。

就在菜园边沿，我发现了一片形似莲荷的植物。我掏出手机对准它们搜索识别，得知它们是八角莲。此际，房屋女主人悄悄走近我。她名叫方娥子，见我专注那片植物，随口说道，那是陆地荷叶，好得很。

如何好？

娥子介绍，它全身是宝贝，秋天收了就是药材，平时喉咙不舒服就喝用它熬的药水，立马见效。要是被毒虫叮了毒蛇咬了，它就是天生的解药，药到病除。说完，娥子就忙她的去了。但她的话提起了我的兴趣。我继续搜索"陆地荷叶"。

陆地荷叶是取它外表而称呼。它生长在海拔两千米左右的山坡林下或沟边阴湿处，特别是高山峡谷里。药草青碧，外形卓尔不群，独茎圆叶，叶片形如小碗，犹如荷叶，叶边有微小锯齿，春夏常开紫红色小花。显然，它的独特处在于绿叶，平展展的叶片，在中间微微凹陷下去，留出一个凹槽。山中凉湿，又紧靠长江，雾雨天多，于是，叶中凹槽常聚满露水雨水，一整天都不减少一分一厘，能为艰苦跋涉的采药人一解干渴。

山里的药农就称呼它"江边一碗水"了。

回家后偶遇一位朋友，不知怎的，我们聊起了北纬三十度及那个纬度上的生物，然后说到了江边一碗水。我感叹这个名字好有质感。朋友跟着重复道，江边一碗水，然后点头肯定我的感叹。朋友略懂植物学知识，看了我留存的照片，又告诉我江边一碗水另一个神秘的名称。朋友轻而慢地吐词，见我神情迷惑，跷起右手食指在左手掌心划拉，眼神瞟向我，以示询问我弄清他划拉的字迹没有。我不好意思地摇头。他再次启唇发音。我尬笑。他蹲下身子，手捏树枝，在地上写出"鬼臼"两个字，随后点点脑袋，表示理解我的不明白。

当然，他是在强调植物的神秘。

我颇赞同。神秘的北纬三十度正是由大小不等的神秘细节组成的，这些繁复细节连缀成一处地域的密码，等待有缘人来解密。鬼臼不过是其中的万分之一，也足以在短时间占据我记忆的制高点。

某日我去图书馆查阅，有些豁然开朗的感觉。

李时珍在《本草纲目》中说：此物有毒，而臼如马眼，故名马目毒公。杀蛊解毒，故有犀名。其叶如镜，如盘，如荷，而新苗生则旧苗死，故有镜、盘、荷、莲、害母诸名。介绍简单，习性功用一目了然。《采药书》更是一句话概括了它：消一切毒，力能软坚透脓。而《羞寒花赞》则富有诗意地介绍它：冒寒而茂，茎修叶广。附茎作花，叶蔽其上。以其自蔽，若有羞状。

我喜欢这些介绍，精练，还突出了神奇性。鬼臼的神奇还在于它的功能，辟恶气不祥，逐邪，解百毒。

自然，在世人心中，它是祥物，是对邪恶的对峙和祛除。

它的传说也精彩。

传说，神农氏在悬崖峭壁上采药时不慎摔了一跤，跌伤后口渴异常，想找溪水解渴。山里溪水多，无奈的是，身无盛器，手捧点滴，终究难以解渴。他便在山间转悠，寻找盛水器物，转来转去而不得，头晕目眩中，他泄气地跌坐在一块石头上，喘几口气，一偏头，发现石头底端伸出一株形似荷叶的植物。眼睛顿时一亮，平展展的老绿叶中央有个小凹坑，这不就是一只现成的小"碗"？神农氏满心欢喜地摘下，用它盛满了清凉的溪水，一口气喝下好几"碗"，不由心旷神怡。

可那岂止是解渴的溪水？溪水发生了质变——此药草遇清亮的泉水后，茎叶中的药用成分在水中渗透，不亚于仙水了。神农氏喝下后，既解了饥渴，还解了毒，伤痛得以缓解。

鬼臼，或者江边一碗水也进入神农氏的笔下，定下了吉祥的基调。它祛痰散结、解毒化瘀，除了抗病毒，还抗肿瘤。无疑，它是珍宝级别的药草。长江边的村庄不少村民大面积培育种植它，为中成药提供原材料，走向致富之路，山民变更为药农，再晋级为致富带头人，不能不说，这是艰难而有意义的蜕变。

我如此说，是长阳朋友方娥子带来的启迪。

因为多年来的交往，我和她也是朋友了。我们都喜欢植物，习惯安静生活，共同习性下，朋友情谊逐年递升，彼此有话说，还能交换下心灵密语。

娥子的生活我大致也知晓。她表面看来是山间目不识丁的农妇，实则个性鲜明心间透亮，我以为，她很能代表现今的山里女人形象。娥子一直待在家里，守着那个小院和附近山林生活，后来又去福建某个鞋厂打工，留下老公一人在家。夫妻俩感情深厚，遗憾的是不能生育。娥子肤白貌美，一双丹凤眼总是满含笑意，从外表看性情温婉，实则刚烈。

有例为证，她向我详细讲述了她短暂的打工经历。

打工期间，因为美貌而引起鞋厂车间主任的垂涎，多次骚扰，娥子开始是躲避，躲不过，就不客气地回敬对方，虽保护了自己，却遭到报复。她干最辛苦的活儿却总是拿到最少的工资。她很烦恼，有老乡就劝她，低下清高的脑袋，时不时糊涂下敷衍下，情况会大有变化。

娥子当场拒绝，还反驳了老乡的"劝告"——迎合那些下三滥的人和事，就是同流合污，就是降低操守，多拿几个钱，却会悔恨一辈子，划不来。

老乡恼火了，就激将道，你格调高，怎么拿这么少的钱？你不在乎钱，就别烦恼啊，再说格调有屁用，只配我们茶余饭后当笑料，唾沫也会淹死你。

娥子听闻，先是愣了下，随即不管不顾地叫嚷道，你们小看我，我还小看你们呢，要是伙同下三滥才能活得好一些，我就不打这个工了，我倒要看看，我回家后能不能活出个样来。

娥子说到做到，辞了工，返乡回家。

家在海拔一千三百米的山腰上，屋前屋后都是山林。空气倒是好，树木多，负氧离子超足，气温在三伏天也是二十来摄氏度，这也是我们选择在她那里吃住的重要缘由。岂止我们和县城本地人，还有来自武汉和外省的一些客人，到了周末节假日，总会驱车来这里聚会休闲，总之，娥子的农家小院作为散心休闲的场所，是不负众望的。辞工回家的娥子和老公就地发展避暑农庄，吃住一条龙。但是，避暑农庄受季节限制，炎热天没几个月，剩下的时间就是空暇，两口子总不能靠玩打发吧。从二〇一六年起，娥子和她老公辟出山林地，开始种植药草和药树，药草多为八角莲，药树多是厚朴树。气候土壤都合适，药草和药树长势喜人，再加上政策好，还不愁销路，收益也是逐年增长。三四年后，娥子一家已经建起一栋五层楼的避暑公寓，辟出三十余亩的药材地。

二〇二〇年的秋末，我们一家再去长阳天柱山玩。

爬了天柱山，赏了秋景，暂时放飞了为生活奔波的心灵。那是周末，我们吃住依然选择在娥子的避暑农庄。这次，她在道路口竖起了一个大招牌"方娥子休闲农庄"。

秋末，山间的气温已经降下来。此际娥子的避暑农庄也空闲，我们一家几乎是唯一的住下来玩的客人。娥子仍旧忙碌，她正在山坡药草地里挖陆地荷叶，就是江边一碗水或者鬼臼吧。不光她一个人挖，还有请来的一些小工。

挖出江边一碗水干吗？我找了一个机会询问。

娥子忙是忙，却不失耐心地回答我，挖出它们，晒干后炮制，才是真正的药材了，然后药商就会开车来收。

我点头，慢慢地回复道，再然后，你就是这一方真正的药农了。

娥子哈哈大笑，黑而紧实的脸上因为渗出的汗水而发亮，一双丹凤眼眨巴下，燃出隐约可见的火星，火星溢出流光。我的眼睛跟着一亮。

随后，我亲眼见证了炮制过程——

他们挖来全株植物，剪掉茎叶，在大盆里清洗干净归拢一块儿，再放进烘干机烘干。而已经烘干的材料，要除去根须，分开大小个，再次洗干净，放在水里浸泡——时间短，只需微微润湿即可，然后切出厚片，再次风干或者放到大烘干机里烘干。看似没几个步骤，但要花费好几天的时间。

娥子知道我要来，预先给我准备了一大袋炮制好的中药片。

我推辞。毕竟，她是靠这些吃饭养家的，我何德何能不劳而获？再说，我似乎也用不上……

她仿佛看清我的心思，要我一定收下。还强调，你一定会用上它的，谁家没有咳嗽疼痛的时候？它见效快。

这倒是让我无法反驳。倔强的娥子还在坚持，一双亮晶晶的眼睛盯住我不放。那么恭敬不如从命，我欣然收下。

回家后我束之高阁，几乎忘了那些药材。但是两年后，我们一家人感染了新冠病毒，喉咙生疼，犹如刀片划过，还日夜咳嗽，简直痛不欲生。我想起了娥子赠送的礼物。取出若干，捣碎熬汤喝，一天下来，夺走喉咙上的刀片，第二天中午，除了嗓子哑，疼痛消失……

神奇带来的欣喜下，我忍不住给娥子发出信息，感谢她的救命药。

娥子秒回，陆地荷叶是宝贝，现在我叫它江边一碗水，因为一碗水我端得好，这几年来可是供不应求。

这么说，你是村里致富能手了，牛。我回复道。

她居然毫不谦虚，发来一段语音。哈哈哈的笑声后，宣布她不仅是山村能人，还是整个长阳县的乡村振兴代表，"方娥子休闲农庄"也是当地旅游观光的首选地，药材地目前扩增了十多亩，明年我们来她那里避暑，保证会大有收获。

这实在是令人振奋的消息。

娥子兴致高，在语音里她偷偷压低了声音问我，要是她上电视的话，能不能把她的打工遭遇讲出来，因为说到底，就是打工遭遇刺激了她，才使她下狠心谋出路的。

当然可以说，就说你的心里话，最好了。我附和道。随即，我反应过来，哦了声，嚷道，这么说，电视要来采访你了？哎哟，现在是名人了，祝贺娥子，新时代女性。

哈哈哈，是新时代的山妇。她纠正道，再次邀请我们明年来避暑，说，我给你们准备了一袋子江边一碗水的果子，那功用……说到这里她卖起关子，停顿下，继续说，你用了自然晓得，要提前晓得，就看我的直播。

是的，我忘记介绍她的直播了，用户名就是"江边一碗水"。

我点开。

视频中，方娥子正站在江边一碗水的药草林中，头戴一顶草帽，身穿土家族蓝布对襟衣服，一双丹凤眼笑意吟吟，很上镜。美丽的娥子伸出右手，掐了一株莲叶般的一碗水，在镜头前左右捻动。她嗨了一声，用地道的长阳土话招呼了朋友们，开始讲述一个传说——

话说一个女子，名叫金魁莲，在一个雨天的早晨，独自打把雨伞回娘家。女子走的是山路，遇上一条毒蛇，山路崎岖，她没跑脱，只好奋力地与蛇搏斗，幸好手里有伞，把伞当作武器，才将毒蛇打死。遗憾的是，她的一条腿被蛇咬伤，无法行走，只好侧卧于地。雨下不停，她从早上等到天黑，也没等来行人。腿也肿胀发白，蛇毒攻心，女子死去，尸身却化作一棵药草。草根为腿所化，横生于地；蛇咬的地方凹成臼状；伞化为叶而有八角；头上戴的花开于叶下。这就是八角莲或金魁莲的来历，它专治蛇毒。山里人常说，识得八角莲，可与蛇共眠。它们多半生长在江水边的山谷，我们药农又习惯称它江边一碗水。嗯，一碗水更顺口，我是叫惯了，倾向这个名字，要不，我这个曾被嘲笑一无是处的农妇怎会端稳自个儿的命运？我要说的是，一碗水这个药材全身都是宝，我家农庄附近种满了它们……

这当然是为了推广她的药材生意，不过兼顾了农庄。

花园般的农庄，镶嵌在一处坡地丛林中，泉水淙淙，花团锦簇，背景是隐隐青山，真个是世外桃源。方娥子说得好，她这个山中农妇，一碗水端得真是好，端来远远超乎她预计的命运。

彼岸花

看见她时，我叫她烟花。那时我才二十出头，烟火甫一入眼，就炸在心田，我的心不由为之震动。

她拥有人间绝色，<u>丝丝缕缕</u>的花瓣，细长而卷曲，重重包围蕊心，蓬勃出一个花团。在高处，在眼上。

我凝神而望。这是一株从石渣坡地抽出的细长茎干，顶端挑出蓬松的烟火，在半空中默默绽放，许久不肯凋谢落幕。

远看，她似乎在祈祷……

她孤零零地从石缝中蹦出，在角落摇曳。看上去绚丽又落寞，喧闹又孤单，她是快乐的，周身却又浸满了悲伤。

这是充满了悖论的花朵。

花开时，不见叶。

其叶青翠欲滴阴阴可人，却只属于夏天。而此时已是初秋。初秋的江水边，一场雨后，显得萧瑟而阴冷，寒气逼人。瑟瑟山风，摇落一地黄叶，这万物凋零的季节……

然而，叶片枯萎零落后，花却在抽出的长茎上打苞开放，一茎一朵，花叶自此相离不见。长叶不见花，花开不见叶，相生而错的遗憾，关乎思念、爱情、路途、命运、轮回。

彼岸花，再没有比这更中听的名字了。

这是世人赠予的名称，并被大面积接受，饱含了世人普遍的愿望，或者说，世人的心绪大抵相似，而这相似性建立在心灵的相通上，人与人，人与物，在某个瞬间激起电流般的感应，建立同一种磁场，由此休戚与共。我以为，彼岸花攒足劲头向上绽放，也是在积蓄内力朝下掘进，通往外物的内里层面直至灵魂……构架一座隐形的桥。

这是虚话，要这些虚话落到实处，还须归回物理性质，即它的植物学根本。

彼岸花属于石蒜科，或者就叫作石蒜，是多年生草本植物。这植物取名石蒜，却与平时吃的大蒜没有半毛钱的关系，只不过因为根茎与蒜一个模样，用专业语言说，就是鳞茎呈球形，不是蒜又是啥？

好了，就叫石蒜。植物学如此统称了它们，干脆直接，远远比不上彼岸花这个名字文艺浪漫，在民间受众面也没有彼岸花广泛。

石蒜有个性，基本是一颗鳞茎一根茎干，再一朵花，即独苗花。它们喜欢阴湿地和溪沟边，尤爱丘陵地的阴坟。这点增加了它的鬼魅神秘。更神秘的是，石蒜的花叶永远不会相见，不会同时出现在一个时间段。石蒜开花，是石蒜一根茎上挑出了花朵，曾经肥厚光滑的绿叶凋谢枯萎。花期不长，也就个把月吧，花谢后，根部再长出绿叶。那叶片开始是新绿，慢慢地抽长，新绿变成了墨绿色，肥嘟嘟的，却异常光滑。

无疑，石蒜的叶也好，花也好，都是颜值超群，观赏性强。而近来，植物学家们组织栽培了多种类型的石蒜，为将野生的石蒜培育成养护成本低、观赏价值高，适用于庭院或盆栽观赏的种球，大体上做了以下努力：抗寒、矮化、复色变色。我们见到，长江边的公园和道路旁，一般都会栽有石蒜，除了红色、黄色石蒜外，还有红蓝石蒜、玫瑰石蒜和稻草石蒜，也许还有我不知道的其他品种。它们簇拥一块儿，在夏末秋初时节挑出蓬松的烟火，燃烧出绝美画面，令人仿佛置身仙境一般，不免恍惚出神。

而大面积栽种，就不再是为了游人大饱眼福了，而是当作药物充分发挥这类植株的宝贵作用。

石蒜之功用始载于《本草图经》，主要用于"敷贴肿毒"。《本草纲目拾遗》中记载：可治疗喉风、痰核、白火丹、肺痈，煎酒服。许多年后，医药学家们又研究出，石蒜鳞茎中含有的碱具有抗癌活性，同时还有成分是治疗小儿麻痹症的要药。除了医药学价值，石蒜还有其他功用，鳞茎富含淀粉和胶质，可提取制作糨糊和浆布，也可直接制成石蒜粉用于建筑涂料。石蒜提取的胶可以代替阿拉伯胶。此外，还可以利用石蒜的毒性制取高效杀虫杀菌的生物农药，用于农作物病虫害防治，较好避免了污染环境的弊端。

石蒜不是宝贝也是宝贝了，还不是一般的宝贝。

弊病也存在。石蒜生长速度慢，前期生产周期长。此外，市场上的种球供应多半依靠野外采集，对野生资源造成极大破坏。石蒜颜值高，人类相中，便去采挖。大量采挖下，导致很多种类在野外已很难找到，很多居群也急速减少。可喜的是，二〇一九年，石蒜植物品种受到法律保护，而产业化发展也加快步伐，除了用于医学、工业、农业和环境保护、城市建设方面，近年来在乡村振兴方面也迈出了可喜的一大步。

最后一点我感受尤其深刻。

我两年前下乡驻村七星台镇张家港村，对接的是一户情况糟糕的人家，经济条件差倒不必说，主要是心态差，他们后来能把家庭振兴起来，正与石蒜有关。

七星台镇位于长江边，靠水吃水，七星台各村的水塘多，近年来发展鱼塘养鱼的也多，而砂质土壤又决定了发展种植业具备的得天独厚的条件，因而种植蔬菜的也多。七星台镇乡村都发展得不错。

我对接的这户人家只有一对父子。父亲名叫王新华，比我年长一点，儿子王进已经成年，但是智力平平，曾经被村里介绍去城里打工，却处处被骗，钱没挣到一分，倒是莫名其妙落得一沓欠债账单，只好返乡待在家里，整天深陷于游戏之中。王新华脾气古怪暴躁，与人说三句话就会冲起来干架，所以，他们父子俩在村里基本独来独往。王新华家有八九亩地，却不愿意种植，租给别人，每年拿点可怜的租金度日。以前因为家里九十多岁的老母亲在世，被纳入低保户，基本保证了吃喝拉撒没问题，生活水平在贫困线上，而老母亲过世后，高龄补贴和部分低保被取消，日子就紧张了。好歹，村里想办法给王新华安排了一份保洁工作，他虽然三天打鱼两天晒网，却还是领到了工资，吃喝度日不成问题。只是，这样的日子王新华自己颓废无望，我们外人看了也叹息不已。他那模样不言而喻，就如撞钟和尚，过一天算一天吧。

我与他结成帮扶对子后，连续三天去他家走访，均未进门。前两次是白天，第一次他不在家，儿子拒绝开门，第二次他人在家，也拒绝为我开门。第三次是晚上，我趁他开门倒垃圾的机会溜进去，却被他赶出来。

第四次中午我进了门，是找到他的姐姐，跟随她一起进家门的。房子是新建的两层楼房，却乱糟糟的，除了床和一个衣柜，再无其他家具。父子俩正在煮快餐面吃。

我放下手里的一桶菜油和一小袋米，随口说道，以后要多吃饭，少吃快餐面，不然会生病，那样划不来。

王进个头高而壮，却难得地回头朝我笑了下。我回他一个微笑，喊出他的名字，问好。他的脸红了，随口说道，我妈也这样说。我一愣，马上明白他的话意，而且我意识到他不反感我。

就这样，我先打开王进的切口，慢慢与他们父子俩熟悉起来。他们糟糕的家事也浮现出来。

王新华的老婆是夷陵区人，两人在宜昌打工时认识并领证成家，随后，妻子怀孕，夫妻俩回到张家港村种田。随着孩子来到世上，家里越来越穷，而且家运差，一个年逾八十的老母亲神志不清，但食量超大，每天大部分时间都在吃东西，吃完就到处拉屎撒尿，家里臭气熏天。生下的儿子儿时看不出什么，等到上学发现读书不行。最关键的是，王新华好吃懒做，还心性高，看不起种田的村邻，每天双腿夹着一辆摩托车到镇上游荡，一天也不回家，脾气也不好，惹祸不说，还爱打人。终于，老婆在王进十岁那年跑掉，再一年，与王新华离婚拜拜了。

关于两人的离婚，王新华还有解释。他说这与他们住的地方有关，很不吉利，前妻嫌弃。王家住在一个高台上，屋前是池塘，屋后是坡地，坡地外是他们家的田地。那样的地方，树木多，而且松柏和水杉多，还是好多年的老树了。为啥有这么多的松柏树和杉树？王新华撇了撇嘴，看我的眼神有些神秘了。但很快，他又恢复一副淡漠的神情，说道，我老妈跟我们讲过，这里很久以前就是坟场，晦气，住这里当然家运不好，你看，我爸喝了酒走夜路，好端端就死在路边了，我们一家人都没好运……

这是他的说法。我当然不信，但我还是没有明显地表露出来，否则，我们刚刚建立起来的熟识关系一定会戛然而止。但是，王新华丢来了一句话，你来帮扶我，我问你，怎么个帮扶法？

这可是大难题，像他那样的情况，不是出钱出力的问题，而是心态和精神——这就没有底。

我顿时心虚了，但还是随口反问道，你不是把田地都租出去了？人家种得怎么样？

这下轮到他愣了。他唔了声。我继续追问。他嗫嚅一会儿答道，租我地的人，一部分拿来种植大棚蔬菜，还有部分种植林木，收入……还是蛮高的。

这就对了，关键不在地方，在人。我直接点明。你多年没有种地了，肯定不晓得现在蔬菜种植和林木种植，三农政策好，上面补贴也多，还有专家指导，收入基本可靠，不信你可以试下。

王新华连连摆手。语气也不耐烦了，朝我嚷道，我才不干那事，有啥意思？我打断他的话，你觉得你干啥有意思？

他的眼珠突出，嘴唇紧抿，鼻孔兀然放大。

我不由得心跳不已，嘴巴赶忙跟上一句话，你是父亲，总要为儿子想想，还要带个好头，是不是？

王新华哼了声，但脸色差不多恢复以往的淡漠。他居然说道，他的妈妈都不管，我给他饭吃不错了。

一股怒火冲到喉头，抵消了我刚才的害怕，我脱口而出，难怪你老婆跑了，因为你枉为人夫人父，怪这怪那，就没怪过你自己？

他再次瞪大眼睛。

我不看，继续说，你正值壮年，只要有力气，有诚心去做，什么事都能做成。

他冷笑一声，问道，看样子你是老师傅，你指点哈，我做啥会成？

我基本冷静下来，悠着语调说道，那就看你想做啥，我能保证的是，无论你做什么，我和村里都会根据你的要求尽量争取政策倾斜。

那次他没赶我走，而是丢下我一人，骑摩托车跑了。倒是他的儿子王进下楼来见我，也不说话，只是不好意思地尬笑。我那时可能是母爱泛滥，见他还比较听话，就要求他把家里打扫干净，还要收拾好屋前的空地，要不，住的地方像猪圈太让人难受了。

王进右手抓挠脑袋，扑哧笑下，说，我妈可爱种花了，以前家门前面都是花，好看，我爸也喜欢。

我说，你爸现在啥都不喜欢。

王进又说，我妈种的花……那么高，就像烟花，我和我爸都喜欢。

像烟花的花，就是彼岸花嘛。实际是石蒜，不光好看，还能美化环境，还有发家致富的潜在价值。我想起前不久刷到一个视频，关于乡村振兴的事例，就是依靠种植金花石蒜走上振兴之路的。我一激动，拿出手机找到那视频，马上转发给王进，要求他再转给他爸爸看看。王进一看那视频，叫道，耶，就是那花，我妈种的，还有红色和粉色的。

大致二十天后，王新华夹着摩托车来到村里找我，打听金花石蒜哪里能进到种球。哈，那事有眉目了，我大喜。但一个实在的问题摆在面前，不是种球不好进货，也不是钱的问题，他若是要大面积种植，按政策可以贷款，还可以申请到不少补助。问题是到哪里种去？他的田地全都租出去了，现在正是秋天，即使按最短时间一年为周期计算，也还有两三个月才能到期。

我点明这个问题。

他居然以毅然决然的语气答道，只要马上能进到货，我就收回田地，付违约金也可以，我查了，秋天正是种种球的好日子。

我长长舒了一口气。这事，不是眉目而是有底了，绝对成，因为王新华的心态来了个一百八十度的大转弯，有了目标，肯定就会有行动。

先是收回蔬菜地，林木地涉及林木的移植，还要疏松土壤，时间长。王新华将林木移置后，专心守在那四五亩蔬菜地上，先把土壤疏松，请来一个罗姓专家指导土壤改良和施肥，再种下鳞茎。

罗专家已经了解了王新华的家庭情况，他也有帮扶人，也在七星台镇张家港村。罗专家为了稳住王新华的心，也为了激发他，一个劲儿地夸他的地好，有坡度，砂土质地，利于排水，古木多，周围有堰塘，水分有保证。

王新华嘟囔道，这地方以前是个坟场。

罗专家拍下他的肩膀，笑道，那更好，说明土壤酸性强，种植石蒜更有利。王新华难得笑了，还一个劲儿地致谢。罗专家留下联系方式，交代他遇到难题直接拍照传来看。王新华问，明年能否有收成？罗专家说，开花不成问题，我可以保证，那将是你们张家港村最美的风景。

王新华没作声，但严肃的表情泄露他的心思。他需要的是挖出球茎后，能直接供货给药商和工业、农业、环境保护行业相关供应商。

罗专家在一旁耐心地解释道，成片的美景会吸引游客来打卡，你们一家就会成为乡村振兴的红人，这也是致富门路，当然你心中想的其他，我能猜得到，我觉得，只要你坚持下去，愿望肯定会实现，不过这需要慢慢来，毕竟石蒜鳞茎成长慢，要时间，你也需要慢慢掌握其中门道。

出于方便，罗专家主动要求我与他对调帮扶户。自此，罗专家对接王新华，更好更多地指导王新华种植石蒜。王新华种植石蒜也算是天时地利人和了，想必，套用他的话语来说，就是运气砸在他的脑袋上。

而"运气"两个字包含了多少不为外人所知的细节。王新华肯定有触动，要不，依照他以前的德行，那石蒜种植早就泡汤了。难得的是，他坚持下来，慢慢地走出一条创业路。

想想还是挺让人感慨的，王新华一家曾经一度快要返贫，却通过大面积种植石蒜峰回路转，不只他们一家发生了变化，他们的石蒜种植还带动了附近乡邻的产业发展。打卡彼岸花带来的乡村旅游马上晋升为张家港村的一张名片，而石蒜提供的其他价值也在慢慢地发挥作用……

王新华不再夹着一辆摩托车到处跑闲，每天基本守在石蒜地里。儿子王进也参与进来，跟在父亲后面忙碌。父子俩发生根本性的变化，与以前判若两人，从外表到内里，看起来干净爽朗，自信的笑容滤镜一般滤走了萎靡不振。人的精神气度溢于言表，这就是所谓的"有奔头"吧。

今年九月初，我们一家打卡王家的彼岸花花圃。那片地方游人如织，散心休闲的，拍照的，录视频和拍抖音短视频的也不少。花圃以金花石蒜居多，但也有其他品种，高擎于茎干上的蓬勃花朵，在半空中绽放，烟火缤纷，绚丽多姿。

此际的王新华父子正在不远处的一片竹林下忙碌。罗专家也在，正在指导父子俩培植一个崭新品种——玫瑰石蒜。玫瑰石蒜的花朵艳丽若玫瑰，而且抗性好生长快，分球速度也快，具有更高的观赏价值和利用价值。王新华右手朝竹林外面的一块地指点，告诉我，那是他新租来的，准备扩种石蒜。

王进站起来，朝我笑笑。

我招呼道，王进你们家将来就是我们这里最大的石蒜种植户，你可要把种植技术都学会。

王进伸出右手抓挠脑袋，脸红了。我预感他有话要告诉我。我上前，拉他走到一边。

果真，他说道，我妈端午节回家了。

好消息。我还未笑出声，王进却又跟来一句，她还是不愿意回来。

我不知如何回答他的话，一时沉默了。他却不停地拿眼看我，一副期待的样子。我该说什么呢？

眼前那片璀璨的烟火活跃了我的思维，我答道，还会回来的，因为她喜欢——说到这里我伸出右手，跷起食指指向那片彼岸花花海——烟花，这么多又这么美的烟花，她肯定喜欢看。

这是安慰话？我自感不是，是我客观的推测。

因为，这是彼岸花啊。

这是天庭之花，也是天使之花。佛教中，又叫它曼珠沙华。它从天庭到人间再到冥界，因爱的错误，别离成为永恒。遥遥相望的煎熬，却从不辜负灿烂。修行的生命中，别离的常态滋生出无言的大美。爱别离，从此岸到彼岸的泅渡，传说回到了凡生。

这是俗世的命题，无尽的岁月河流滚滚向前，也不过是在放逐生命的痛楚。但秋天时，彼岸花绚烂多姿，把痛苦抽丝剥茧，吐纳出佛性的喜悦。风过处，它小心地捧出曼妙身姿，和它的族群一起站于我面前，姿态平和，喜滋滋地看着世人，招呼世人：

谁给我全世界，我都会怀疑，心花怒放，却开到荼蘼……

痴傻若我，只有站着，愣怔着。山风呜咽，秋鸟徘徊。青山却不老。

彼岸的距离，那么近，那么远。

辣蓼草

秋燥时，小姑给我带来一竹篮新摘的柿子，全是大个头。光溜的表皮上敷满白霜似的粉末，颜色大半是青里透黄，也有黄澄澄的，但果蒂褐色，坚硬得戳手。

这都是接近熟透的柿子。不能过于烂熟，否则存放不了几天就会烂掉，何况一大篮子？难怪小姑只选择成熟与烂熟之间的柿子。这样的柿子，汁液还在果肉中酝酿，而果肉青涩发硬，更别谈口感了。

怎么吃？

要等段时间，果实成熟了，且要去除涩味。果实成熟不难，秋燥嘛，温度在，湿气也小，几天下来，果皮大致就黄澄澄了，而要去掉涩味，那就需要一种植物上场了。

何种植物？

打小在长江边生活的我们太知道了，那种茎叶枝干散发着一股辛辣味道的植物，去除异味功效好，而且随处可见。即便是城区，主干道路旁和休闲公园里，也不乏它的身影。这源于它高颜值的花朵及其散发的浓烈的花香味，要说那香味，与一般的花草香大有区别，辛辣味道中逸出的芬芳，有些刺鼻呛喉，好在，它们以点缀的方式站在城市的大路边，江风和空气加速了香味的流通扩散，刺激性大大减少，只余芳香。丰富市容市貌是用途之一，另一种用途就是，那些花朵穗状串条似的，不仅香气浓烈，花期也长，吸引来蜂鸣蝶舞，利于传播花粉，促进植物蓬勃生长。无疑，它是环境美容器的一颗紧要零件。

我们通常叫它辣蓼草。

以该植物的气味命名，多少也说明了气味的不同凡响。那股韧劲十足的辣香味蛮横，遍布茎干、枝叶、花朵中，挨挨挤挤成一团，覆盖在竹篮上。竹篮下的柿子似乎盖上一床秋被，被捂起来，化合出一种乙醇和其他挥发性化合物，它们能加速柿子的呼吸动态和新陈代谢，促进柿子糖分迅速积累，从而去除柿子中的青涩味。同时，辣蓼草本身还有防腐功能，可以在一定程度上防止柿子在发酵过程中腐烂变质。

这是辣蓼草的功劳。

辣蓼草覆盖的一竹篮柿子迎来了新生。三五天后，竹篮中黄澄澄的柿子出笼了，拿在手里，亮了眼睛，颇有手感，再储放于阴凉处，可保存半个月之久。

辣蓼草是长江中下游一带随处可见的一种植物，又叫醉鱼草，这是许多年前在农村很盛行的一个名字。现在长江附近的人称呼它为醉鱼草，多半是为了突出"醉鱼"的功能，或者以醉鱼功能来映衬植株的强烈气味——哈，能把江河里的鱼醉倒，气味自然神奇。无疑，这是蛮劲十足的植物，山坡处，沟壑里，岩石缝，秧田，菜园，麦地……甚至林木植株的间隙处和野外一隅，都有它的身影。它在长江中下游一带，简直就是泥土的代言人。

它扎根泥土中，茎叶韧性强，连续几个大太阳后，一下可以蹿出米把长的高度，甚至可以达到三米以上。它是草本植物，但肉眼看，其蛮横的枝叶和近乎高壮的枝干更似灌木。它得江水之灵慧，又因长江中下游一带雨水充沛森林浩瀚，故水源和湿度得到保证，生长起来适得其所。

这种植株个头不高，茎干却是直立，很有骨气，它分枝也多，且节点膨大。茎干基本为褐色，叶子对生，叶片长条披针形，酷似辣椒叶，叶子表面有膜质，赋予其光滑的手感。它花期长，从开春以后持续开花，可以持续到十月底。那些花一般是穗状聚伞花序顶生，白色红色都有，紫罗兰色为多，在江风中散发浓烈的香味，我一直觉得很难描述那股气味，后来翻看一些植物方面书籍，从古人那里得来知识，知道那香味，叫辛香。

辛香特别。尤其是大面积的植株聚集田地里，辛香味越发浓烈了，遇到高温天气，在空气中横冲直撞，不免让人脑袋为之愣怔，继而去注意它们。于是，常常会有城里人发问，那是什么植物？我记得一次文学活动中，来自省城的一位女士见到大片的辣蓼草——那时收割后的稻谷地，辣蓼草遍地，姹紫嫣红地站满了稻田，景致壮观。女士便询问那是何物，几个文友也紧跟着询问。

一个头戴斗笠的男子正站在田埂上，听到便扬起手指头指向地里，答道，喏，那是醉鱼草。

他的舌头打出甜蜜的卷儿，向城里人介绍这种再普通不过的植物。我懂得那卷舌中逸出的甜蜜味，一股夹杂了对外人四体不勤五谷不分的轻视的骄傲态度——似乎是在宣告，这植物都不认识？不可思议啊，不好意思，那关于此物的发言权就在我这里了。男子见大伙儿面面相觑，便朗声介绍道，顾名思义，醉鱼草就是能将鱼儿麻醉的药草。

男人说到这里停顿，观察大伙儿的反应仍是愣怔不解，嗯了一声又补充道，注意是麻醉，而不是毒死，毒死鱼儿，醉鱼草就是毒草了，它是药草。

听者恍然大悟一般频频点头，随着男人的指头纷纷望向开满了田地的醉鱼草花，中蛊似的望着那片紫红白三色花铺满的水稻田发呆。我也呆呆望着那片田地，一时无语。旁边两个同伴在窃窃私语，"醉鱼草"三个字蜂鸣般在我耳际嗡叮，人有些恍惚了。

大概那名字顺耳好听，还有，世俗经验多次启迪世人，中听的名字后面往往会埋伏一处地域特色或一段故事，听者不免思绪漫飞。鱼醉在水草里——刚好对应了青山绿水的特色嘛。当特色以漫山遍野的植物呈现出，神奇便滋生蔓延，被碎片化细节化，也被日常化。

神奇加持着一种名叫醉鱼草的植物，它却不可遏制地散发出尘世的味道。清奇的感觉令一个来自滚滚红尘的人，似在瞬间接受了某种神谕，身心为之一凛。

曾经沉疴堆积的心灵突然被剥离了血肉，清空一般，它变得纤细而洁净，回到初始状态。被岁月偷走甚至篡改的记忆一下正本清源地回归，时光汩汩倒流。

我熟悉它，却也只停留于表面，要准确地叙述，还需回到它的根本。我不免引用下书面记载——

时珍曰：醉鱼草南方处处有之。多在堑岸边，作小株生，高者三四尺。根状如枸杞。茎似黄荆，有微棱，外有薄黄皮。枝易繁衍。叶似水杨，对节而生，经冬不凋。七八月开花成穗，红紫色，俨如芫花一样。结细子。渔人采花及叶以毒鱼，尽圉圉而死，呼为醉鱼儿草。池沼边不可种之。此花色状、气味并如芫花，毒鱼亦同。但花开不同时为异尔。按《中山经》云：熊耳山有草焉，其状如苏而赤华，名曰葶苎，可以毒鱼。其此草之类欤？

浩浩若水流的醉鱼草，叶绿花红，从幽深的岁月涉水蹚来，灼灼其华数月不减。这种植物周身有毒，汁液也不例外。它们被揉碎后放到水里，鱼闻嗅到香味拢来抢吃，便会中毒一般休克，捕鱼人简直不劳而获。

这是我们儿时捕鱼的常用手段。

去田地采摘来一把醉鱼草，拿刀切碎，再撒到堰塘边，我们耐心等待鱼儿游来抢食，等到它们醉倒"挺尸"水面，便伸长竹竿扒拉来，飞快地装进水桶，不然的话，那些"挺尸"的小鱼儿马上就会醒来跑掉。只能是小鱼儿，乡下人称为猫猫鱼，大一点的，难得上这种近乎笨拙的当。但小鱼儿也好，至少满足我们的捕鱼乐趣，童年也有了滋味。

孤岛上堰塘深潭多，为了保证水里的鱼不中毒不麻醉，水边和岸上的醉鱼草必须要拔干净。我们常被大人吩咐到水边拔草。

从这点讲，醉鱼草作为植物，它是水中生灵的克星。植物与动物构成了对立关系。

但，醉鱼草盘踞匍匐荒野和田地里，葳蕤不减。而鱼翔游流水，曼妙芳华，从远古到当下，游刃有余，不急不缓。

它们在相遇的时空相遇。时光的隧道中，醉鱼草与鱼相生相克的关系，成为奇迹的见证。一段生物遭遇对手后的残简，是它在诉说遭遇和冥冥中的相对存在论。

居住长江边的我，见过多个品种的醉鱼草。皱叶醉鱼草、大叶醉鱼草、小叶醉鱼草……花色有白色、紫色、黄色、蓝色等，可谓五彩缤纷，紫色最普遍。岁月更迭，时光不减，却淘汰了许多东西，醉鱼草除了垂钓时偶尔被当作鱼饵外，揉碎草茎撒在水面醉鱼的方法不大用了。它们现在被大量种植在城市公园和路旁，作为绿化带来美化环境。此外就是药用价值，除了祛风除湿、止咳化痰、散瘀化血之功效外，还因为花和叶含有多种黄酮类，正被广泛用于相应缺乏的症状。而且它们全株有毒，还可用作农药，专杀小麦吸浆虫、蝗虫及灭孑孓等。

醉鱼草因其醉鱼的功能减弱，这称呼被提及得越来越少了，另一名字辣蓼草便后来居上，接受度逐渐广泛，起码在我老家孤岛，现今几乎只称它们辣蓼草。长江中下游一带的农村大都如此吧，尤其是水稻区，醉鱼草之名几乎被辣蓼草替代。

辣蓼草的辣味猛烈，消肿止痛很能救急。我六岁那年的夏天，可能吃了辣椒上火，牙龈红肿，还疼得厉害，半边脸都肿成了包子，我母亲去田地里扯来一把辣蓼草，洗净捣碎，加了几粒食盐，敷在我的牙龈上，简直神了，上午敷，晚上就消了肿，可谓立竿见影。成年后，我嘴巴里长出智齿，位置挺不规矩，导致牙龈发炎，那个疼无法形容。老规矩，我母亲就去公园里找辣蓼草，居然找来一大捧，洗净捣碎加食盐冲温水漱口，再敷贴发炎处，两天时间，牙龈消肿也不疼了，再找医生拔出。这一神招，不知别人试过没有，但于我留下深刻的印象，我会当作一个独门绝技保存并传下去。

想到这点，心中就乐滋滋的。

辣蓼草在农村更多是用于制作酒曲。

我童年时，孤岛到了三伏天，家家户户都会采摘辣蓼草制作甜酒曲，再撒在剩饭中发酵，做出米酒喝，达到解暑的目的。酒曲制作方法简单，几乎只要三个步骤：将采摘的辣蓼草洗净捣碎，加米粉拌均匀后捏成丸状，再晒干发酵，就大功告成。这步骤，在农村，无论是大人还是孩子基本都会。

要不，酷热难耐的伏天和秋老虎日子，少了沁凉又清甜的米酒，该会少了多少乐趣啊。不过，各户人家制作酒曲除了做米酒吃满足口福之外，还有一个原因是，夏天做饭一天吃不完，因为气温高，又因为条件限制缺少低温保存的冰箱类物件，剩饭基本会发馊，吃了发馊变质的米饭又影响身体健康。倒掉？那将是多大的浪费啊。农村老人有句俗语，浪费粮食要遭天打雷劈，这足以道出农村人对粮食的敬畏。

怎么办？

不如把剩饭利用起来，做米酒喝。

对，米酒就是酒曲加剩饭的大混合。既能解决剩饭发馊被浪费的遗憾，又能满足口福，还能解渴。植物酒曲加剩饭发酵的米酒在长江边的农村该有多普及，可想而知。辣蓼草为原料的酒曲做出的米酒，纯草本，健康不说，还口感清洌回味悠长。那种甜，不是单纯的甜，有股酒香，从而避免了腻味，草本的清香味清洌绵长。我孩提时，三伏天热得烦躁不安，最幸福的时光，就是搬把竹椅在一片竹林下乘凉，口渴了，端一碗冷却在井水中的米酒来喝。辣蓼草酒曲做出来的米酒，经过井水的冰镇冷却，很有质感，它们顺着冒烟的喉咙汩汩而下，甘洌如泉的汁液直至心田，而鼻尖却漾起沁凉又淡淡的草木芬芳，微微的酒香似乎激发了身体的多巴胺，快乐甜蜜油然滋生。那一刻我想起一个新学的词语"苦尽甘来"。

这样的好东西，自然会流传四方，还会发展为养家的"家业"。

我祖母的一个远方大哥，我喊舅爷爷，住在白洋镇雅畈村。他们一家是做辣蓼草酒曲的好手，都会酿米酒。

舅爷爷家里的田地大部分拿来种植辣蓼草，剩下部分种植水稻。水稻田周围也是辣蓼草，水稻收割后，更是任由辣蓼草生长，辣蓼草中的辛辣味可以杀死害虫，相当于给水稻田喷洒了天然农药，水稻田的害虫自然减少，水稻环保健康，往往是，一亩水稻田的收入等于人家两亩半。舅爷爷家种了那么多辣蓼草，就是以此为原料来做酒曲，植物酒曲和酿出的米酒全都卖出去，在白洋那里做出了名气，甚至经销到宜都、宜昌。舅爷爷那时有个外号就叫"米酒爷爷"，慢慢地，"米酒爷爷"成为他们家植物酒曲和米酒的招牌，江南江北都有名气。

米酒生意在舅爷爷家里一直做得好，他的儿子我喊明柱大爹，也是做酒曲酿米酒的好手。明柱大爹夫妻俩一边种田一边做酒曲酿米酒卖，家业算得上殷实，是他们那个村最早建三层楼的农户。

生活从来就不是一帆风顺的，厄运来了。先是明柱大爹因为中风，身体半边瘫，家里的顶梁柱倾倒，接着是大婶患上严重的风湿，站立都成问题，别说下田做事了，遇到阴雨天，整个腿疼痛麻木，下床都困难。好在，他们的两个儿女均已成人，只是儿子南音对做酒曲酿米酒毫无兴趣，高中毕业后，没考上大学，直接加入了打工大潮，南下谋生去了。女儿读了职业学校，认识了一个军人，后来嫁给军人随军去了。舅爷爷已是八十岁的老人，还要腾出手来帮衬下儿子儿媳妇俩人，哪有更多的能力再去忙米酒生意？米酒生意后继无人，搁置下来。家里的那些庄稼田也租给别人去种果树。

曾经家业不错的舅爷爷一家，因为年老和生病，留守在家的三个人吃喝拉撒也出现问题，一度成为村里的贫困户。他和儿子明柱两口子都被列入了低保人员名单。

南音在南方打工多年，钱没挣到，倒是挣来一个好妻子。妻子是五峰人，家里穷，兄弟姊妹多，高中都没读完就去南方打工挣钱。但是她脑袋灵光，还有眼光，与南音成婚后，先是两口子换了一个地方打工，人虽辛苦，收入却比以前多了一些，但随着孩子出生，那点收入不值得一提了。等孩子上幼儿园后，她和南音马上拟出家庭发展计划，结束外地打工生活，回到南音老家雅畈，重拾植物酒曲制作和酿米酒生意。

先把租出去的庄稼地回收，然后犁田施肥灌水，再岔开时段种植辣蓼草和水稻。年近九十的舅爷爷和明柱大爹成为专家，拿出看家本领，殷切指导这小两口，帮他们弥补了经验短板的缺陷。辣蓼草当年种当年有收获，很快，酒曲和米酒就回到生产轨道上来了。小两口消息灵通，信息广，懂得借助乡村振兴的力量，争取来一些政策支持和补助资金，还通过全市对"打工人员返乡创业"提供的帮助，打开销售渠道，形成种植、做酒曲、酿米酒、销售一条龙，"米酒爷爷"的名号逐渐回温。

但是，市场在，竞争自然也在，而且很激烈残酷，小两口做得顺手是顺手，要想做出规模和影响来，不能守着成法不变，还需动脑筋进行改革。家里老的老小的小，而且还有两个老人近乎瘫痪，南音两口子每天几乎转陀螺一般难以停下来休息一会儿。但是再忙，他们夫妻俩也抽出时间出去考察了一下。考察回来便决定，在传统植物米酒的基础上进行改革，尝试生产养生米酒系列产品。野生的枸杞、黑莓、猕猴桃、杨梅……相继加入其中，制成养生米酒。市场反馈开始很平淡，但是一年后，在荆楚一带畅销，成为抢手货，尤其是加入藏红花的米酒，刚出锅就会脱销。

"米酒爷爷"给舅爷爷一家带来稳定的收入不说,还带动了乡邻们创业致富。今年年初,南音两口子注册了纯植物酒曲发酵米酒公司,将养家糊口的手艺发展为企业化生产,其雄心不言而喻。

南音小两口很谦逊,面对众多赞誉,他们都会归功于辣蓼草这个植物身上,只说,讨了辣蓼草的好,它蛮劲足,韧性好,只要给出足够的地盘,保持水分,一定会回馈我们好收成。

虽是谦虚话,却也不失道理。除开两口子勤劳有眼光、家族生意有经验和当下乡村振兴的政策好这些因素外,辣蓼草的确功不可没。

辣蓼草在农村就是宝贝。一般家庭的田园里,都会种植一小片辣蓼草,时不时就割来一捧发挥下作用。除做酒曲外,最常用的就是放在鸡笼里驱蚊虫和病菌,以防鸡子患上鸡瘟。当然,到了夏天,屋前屋后放一些辣蓼草,相当于艾草似的驱蚊驱毒蛇,也很普遍。

辣蓼草也好,醉鱼草也好,无非一个称呼。但它与我们的童年深深地缠搅一块儿,又以蛮性蔓延到我们以后的生活中去。就像田园,曾经在儿时作为我们生命河流的源头,流淌出磅礴之水,这条河流送我们去更远的地方,分汊出若干支流,但无论去向多么遥远,我们最终还是会回到田园。

不是吗?

我们儿时的田园里,蔬菜瓜果秧苗中,总少不了醉鱼草。我们基本不会把它当作杂草锄掉,因为醉鱼草花朵会释放蜜糖一样的香味，蜂鸟蛾蝶便蜂拥而至，它们自然会帮瓜果蔬菜授粉，不愁田园不丰收。

这点又被广泛地用于城市环境改造中，穗状花串在江风中摇曳，散发出一股浓烈的香味。随即，迅速地扩散到空气中，又随着江风蔓延，浸入我们的呼吸中，再下沉至我们的肉身……

有那么一刻，我们童年的记忆被唤醒。也在那个瞬间，我们似乎回归了田园和故土，再次获得成长的机会。

金钗石斛

多年前，我曾在朋友圈见到一位擅长书画的友人晒了一幅古画，是珍贵的宋代画作《石斛》。

画面的巨石是丹霞岩石，周身红彤彤的，不见一物。只是岩石隙缝旁逸斜出一丛花草，就画作的题名来看，应是石斛。画作中，石斛枝叶均为褐色，枝条顶端缀满了蓝绿色石斛花。花上有蜜蜂萦绕嗡叮，而巨石顶上一只小鸟正驻足朝下偷窥这丛石斛。

画作款识为宋代洪咨夔《石斛》的诗作：藓痕分螺砢，兰颖聚琳琅。

作为书画小白，我无权评价其画作，但因为见过山野中的石斛，甚至借助望远镜瞧看过石壁上生长的金钗石斛，便觉得画作整体带来的视觉冲击与现实之物不可相提并论。但那画作和款识倒也反衬出石斛的臻美珍贵，尤其是花朵颜色呈蓝绿色，令我讶异不已。蓝绿色花朵在世上少见，植物学家有解释，蓝绿色的花朵接近自然本色，授粉的昆虫蜂蝶难以发现，故而这类颜色十分稀少，而石斛却绽开蓝绿色花朵，除了这幅古画，我在现实中还没发现过一朵。我不由猜测，是作者特意用这种稀罕颜色来突出山中石斛的珍稀？要么，他真的看见了，觉得震撼，才用笔墨画下来留存，达到永恒的目的？

不得而知。

只是满腹疑惑，疑惑之余，心中对石斛又增加一份敬意。稀罕物，植物中的高洁代表，就像林黛玉一样，永存世人印象的不是她的美丽，而是风骨与高洁。石斛尚且如此，其品种之一的金钗石斛更不用说了，它对土壤、空气、水质颇挑剔。我国第一部药学专著《神农本草经》指出金钗石斛的生长地为"山谷、水旁石上"，苛刻的生长环境决定了它的稀少和不易。

无疑，野生金钗石斛是一种尤为珍贵的植物。

石斛的名字来自希腊语，由两个名词组成，分别是树木和生活。这值得玩味。网络上解释，是石斛附生于树木的意思。

这样的附生物，核心点就在根须。石斛以其密集的根须附着于石壁沙砾上吸收岩层水分和养料，裸露的根须则从空气中的雾气、露水吸收水分，依靠自身叶绿素进行光合作用。因此，石斛受小气候环境中的水分尤其是空气湿度的严格限制，分布地域极为狭窄。

北纬三十度横跨的地域，特殊性自不必多说，它为石斛这样对生长环境要求颇高的植物提供了条件，却也限制了该类植物的品种，其中铁皮石斛、鼓槌石斛、霍山石斛、金钗石斛、串珠石斛药用价值高。石斛作为药草，其味甘而微咸。性属清润，清中有补，补中有清。两千年以前，《神农本草经》中就有记载，并把它和灵芝、人参、冬虫夏草一起列为上品中药。可惜的是，近年来，野生金钗石斛处于濒危状态，被国家列入二级濒危珍稀药用植物。

长江三峡一带的金钗石斛之所以珍贵，还因为它的生长与一种神奇的动物有关，这种动物被当地人称呼为飞鼠。飞鼠是种野生动物，意思是会飞的老鼠，准确地说，是很像老鼠的一类会滑翔的动物。本质上它属于松鼠科，形状上它似鼠非鼠，似鸟非鸟。它有棕红色或者灰褐色的茂密毛发，毛茸茸的，腹部颜色却基本是白色，四个脚丫又多半为橘红色，看起来毛发颜色缤纷。飞鼠的脑袋宽大，避免了鼠头鼠脑的猥琐样，再加上眼睛巨大，还会骨碌碌地转动，萌萌的气质，让人顿生欢喜，也显出它们通人性的潜质。它的飞膜起到了翅膀的作用，肉眼难以看见，因为隐藏在茂盛的毛发中，只有飞翔时，飞膜才会露出并扇动——它短小，其边缘呈锯齿状。飞鼠喜静，常常栖居悬崖峭壁的岩洞中。它全身是宝，粪便更是宝，是一种名贵的中药，叫五灵脂。

野生的金钗石斛正是靠飞鼠的粪便生长，而飞鼠却又喜食金钗石斛。

采药人为了获得金钗石斛，需顺着绳索下到悬崖，飞鼠为了使自己的领地不受到侵犯，即会展开飞膜奋力地向侵入者冲击，有时还会咬断绳索，不少采药人为获金钗石斛而葬身山谷。因其难得，金钗石斛常被世人视为神秘之物。民间有"救命仙草"

之称。

说到飞鼠,我不得不提起童年时见到的一种仙物。我疑心——不,我确定,那便是传说中的飞鼠,是落入凡间被稍微驯化的神兽。

它居然落脚到我们孤岛上。

那东西以老鼠形状为基础进行了扩充,糅合了猫的眼睛和狐狸的身段毛发——特别是那毛茸茸的毛发,棕红色,光泽度极佳,尾巴超长,毛发更是丰茂,在风中微微颤动,颤出耀眼的光芒。它通灵性,远远地见到有人打量它,打量的眼睛充满了惊奇和赞叹,便左右摇晃长尾巴,接着将长尾巴扬起,倒伏在身体上。

这样好看的长尾巴,毛毯般盖住小身体,在向晚的四月霞光中显出橘色的光泽。而那乌溜溜的眼珠,透明清澈,盛纳了我的惊诧和震撼。

那小东西来自绵延的青山中,跟随一个走南闯北的货郎来到我们孤岛,与我们村最古怪的老妇三婆子为伴。称呼她老妇,是在我童年时的目光看来,实际,她年纪不过半百吧,但是头发全都灰白,一张脸本来有些麻子,又有皱纹,还黑沉沉的,看上去树皮一般,加上为人刻薄,模样凶悍,活生生地将她送入六七十岁的老妪行列。

我记得首次见到那小东西的场景。

那年我七岁,是个大热天,就在村口的一棵大榆树下,我混迹大人中间乘凉。三婆子远远地走来,步伐悠闲,犹如醉酒一般，与她平时急嚓嚓的步风毫不相同，我们就被吸引了。

更让我们惊奇的是，走来的三婆子右边肩膀上还站有一个东西，就像老鼠一样，但肯定不是老鼠，那小东西的大眼睛和毛茸茸的毛发，完全规避了老鼠的尖嘴猴腮的猥琐样，还有些萌态。三婆子见我们都在拿眼睛看她，很是得意，不由加快脚步。她愈来愈近了，蹲伏在她肩膀上的小东西突然耸直身体，还翘起大尾巴盖住了小身体。

就在我们惊奇的观望中，小东西扇出两片小翅膀，径直飞向我。我吓得双腿哆嗦，却不敢跑，只好一动不动，双眼紧闭。小东西似乎飞过我头顶，在我脑袋上方左右盘旋，发出的扑哧声钢锯似的刺耳，仿佛要剪断风声。恐惧再次袭来，又让我清醒几分，我吓得举起双手抱住脑袋，弯腰蹲下来，双眼睁开，紧紧盯着地面。旁边的众人也吓得左右躲闪，不住地叫唤"我的天，好吓人"，还有一个老者喘着大气就像拉风箱一样响，却不忘向三婆子求情，要她命令那小东西停下来，求情声音断续哆嗦，就像寒号鸟。三婆子哈了一声，居然发出几声怪笑，挺配合小东西盘旋时发出的扑哧声。我用眼角余光捕捉到，三婆子居然抱起双臂在胸前观望，一副十分享受的模样。

那小东西在我脑袋上绕了几圈后，三婆子一声令下"算了"，通灵的小东西得令，慢慢地停在我跟前，又用尾巴盖住它的小身体。

催生子，它是催生子。

三婆子一改古怪性格，走近那小东西，热情地介绍道。这名字跟她人一样古怪，大人们越发好奇，齐声询问催生子有何来历。

三婆子呵呵呵地大笑，那笑声鄙俗，又如风吹过破漏的屋顶一样刺耳难听，但她自己不觉得吧，一直笑声不断。终于，她笑完，颇有耐心地解释起催生子的来历。

一个货郎卖货到我家门前，这货郎奇怪啊，他肩膀上站着个老鼠一般的小东西，那小东西有意思，居然一下相中我，跳到我背上，排出稀拉拉的秽物……货郎说，那东西不简单，在古人眼中就是神物，神物有名字，叫催生子，就是对女人身体好的东西。这只小东西是母的，正在经期中，排出的秽物可是宝贝，能使人返老还童，我们俗人一般是可遇不可求，没想到却落到您身上，那就是真缘分了。

那么，你三婆子就留下小东西了？众人纷纷接口道。

三婆子点头。缘分之说嘛，能不动人？再说那小东西着实让人喜欢，于是，三婆子请货郎吃了午饭，货郎留下了那小东西。三婆子说，就一顿糙米饭外加几根腌菜，可我得到了大宝贝。这等于说，货郎白送了三婆子那小东西，也等于说，那小东西真是宝贝。

三婆子，你这神物多大了？有人问道。

三婆子咧开嘴巴一阵大笑，接着伸长右臂，叉开右手三根指头。

既然是神物，它每天吃啥呢？又有人问道。

三婆子伸出右手摸下干瘪的嘴唇，再呀了声，压低了喉咙说道，吃啥？我吃啥它就吃啥，只是货郎交代，以前它在大山绝壁上，专门吃救命仙草的。

大伙儿一时无话可说。倒是那小东西又飞起来，在半空左盘旋右盘旋，扇出扑哧声和一阵风，直到大伙儿眯起眼睛，才落到地上。

三婆子又提高了声音说道，我这神物，货郎说他驯养了几个月，蛮习惯了山下日子，又相中我，会习惯的，我才不会亏待它，是吧——三婆子朝那小东西招手。那小东西果真听话地腾起，又重新站立在三婆子的肩膀上。

以后，三婆子与那东西就是形影相伴了。

那小东西，似乎是三婆子的保护神，凡是陌生人或者三婆子反感的人，不消三婆子表露出来，它立马心领神会，扇出小翅膀冲过去，在空中发出扑哧扑哧声，短促有力却刺耳。那扑哧声配合那俯冲架势一般都会把人吓得蹲下身体，双手抱住脑袋求饶。除非三婆子喊出那两个字"算了"，它会不停地在半空中飞来飞去，钢锯般的翅膀剪断风声，扇出的风会掀起尘土落叶，甚至砂石……求饶声不断，三婆子再古怪，终归也会吐出那两个字。"算了"如同赦令，催生子马上敛起翅膀，静静地落足地面。求饶人确定一切安静，才站起来，人是没受到什么损失，却受够了折腾，以后对三婆子不免恭敬许多。

如此，三婆子可得意了。有那小东西陪伴身边的日子，该是她人生中的高光时刻。

三婆子一生命否，先后生育了三个儿子，三个儿子都在十四五岁时夭折，老伴因为常年在水中捕鱼，患上风湿瘫痪在床多年后，一命呜呼。孤家寡人的三婆子自认为克夫克子，性情古怪且刻薄。难得见她一笑，更难得见到她与村里人主动搭讪。

催生子给她带来不少尊严和自信，也带来了快乐。

那东西终究将孤岛当作故乡了，在孤岛上陪伴了三婆子一两年。最后在一个大雪天的清晨，它佛陀一般坐化于一口大深潭边。那口大深潭，八卦形环绕我们的村庄，周围古树森森，深潭的水面大多数时候是老绿色，而古树房屋倒映在水面，静影沉璧似的宁静古老。小东西彼时已经苍老，曾经蓬勃茂密的毛发掉了许多，稀疏，有几个地方还秃出老皮，稀拉的毛发毫无光泽，就像三婆子的树皮脸一样，即便飞起来，也不再那么利索吓人了，连扑哧声也哮喘一般无力。它老了，疲倦了，还心思重重，但是我们没想到，它居然坐化了，但它乌溜溜的眼睛依然睁着，身体一直保持朝下俯视水面的模样。

它在看什么呢？在生命的最后一刻。

我无数次地猜想。是看它自己的小模样？毕竟它通灵性，知道自己模样俊美，为人喜欢。还是仅仅低头望望水面而已？抑或是低头瞧看绿莹莹的水面时，错把水面上的峰峦般起伏的树木房屋的倒影当成了青山绵延的故乡？再或者，它一直缺乏对口食物金钗石斛——就像熊猫不能吃到竹子一样，从而一点点饿瘦身体消耗掉能量，从而死亡？我无法知道。我能确定的是，那样凝望的一刻，它肯定神思恍惚了，而就在神思恍惚中，它的灵魂抵达了故乡，还抵达了与它相生相伴的金钗石斛旁。

小东西坐化后不到一个月，重返孤独的三婆子也命归西天。

想必，催生子带走了她的魂魄。

许多年后，我到长阳天柱山游玩，再次见到那飞鼠一般的小东西，我叫道，催生子……

当地人惊奇地感叹，正是，你一个平原人怎么知道它的俗称？

我一时无语。

因为童年的经历，见到大山中的飞鼠，我不惊奇，却仍旧免不了一番感慨。随即，以为已熟悉它的我又再次为之叫奇，在知道它与金钗石斛的共生关系之后。

原来，世间事与物从来就不是孤立的，冥冥中真就有联系和照应，我再次想起那个古怪的三婆子。她人生的最后几年也是与飞鼠共生共存，然而她与金钗石斛能够类比吗？若是放在前几年，我会断然否定。但现在，我觉得可以。二者的相似性，不必为我这个外人所知，毕竟那是属于飞鼠的秘密，是属于人类认识的盲点。否则，飞鼠也会沦为普通的俗物。这点恰恰是我无法接受的。

我越来越相信，世间有一些人和物，因其拥有我们人类尚不能知晓的秘密，所以大大丰富了我们的想象，也拓宽了我们的眼界。我们一次次不厌其烦地脑补时，平淡到俗气浅薄的生活才多出缤纷复杂又耐人寻味的意思。进而，我们会感叹道，广袤纷繁的世间值得我们去走近、理解和探寻。

再回到飞鼠的食物金钗石斛。

金钗石斛属于兰科，根系由肉茎构成，粗如中指，棒状丛生，叶如竹叶，对生于茎节两旁。它的颜值主要体现在花朵上。花姿优雅美丽，在风中散发淡淡的清香。花莛从叶腋抽出，每莛有花七八朵，多的达二十多朵，呈总状花序，每花六瓣，四面散开，中间的唇瓣略圆。许多品种的瓣边均为紫色，瓣心为白色，也有少数品种为黄色、橙色。

美则美矣，毕竟世上的花朵没有不美丽的，清香的却少之又少。而难以被人类复制并加工为香水的清香独有兰草。金钗石斛的清香，只在山间的风中，微微地飘过，恍惚如梦一般在鼻尖绕下，再留下惊鸿一瞥的影子，令人惋惜，又抱憾。心间却被芬芳告慰——那种香你识得，恰如故人来。

终是相遇，不可言说。

三峡一带的古镇商铺，到了春天，会在大门前的石阶上摆出一个竹篓或者纸箱，里面堆积着一捆捆绿色石斛，其间有少量的金钗石斛置于一旁。竹篓或者纸箱上方，插一块纸板，上面专门书写着金钗石斛作为中药的种种功效——抗癌，降血压，平心率，滋阴抗衰，等等。

因为就在长江边居住，我一有机会到三峡玩，就会去古镇瞎逛，难免遇到那些石斛。每每遇见——不，只要一眼瞥见，隔多远我都会驻足，瞪大了眼睛观望。那被置于一隅的金钗石斛，寂静而又芬芳，幽幽地散开它神秘的磁场。我先做呼吸状，深深地吸入一大口气，再走向商铺前竹篓里摆放的金钗石斛。

那几株带着吸管似的根的石斛，大都只有四五片叶，也有两三片叶的，青绿色泽，修长若竹叶的叶片却经脉明亮，犹如抛光打蜡般光滑，在清水般的阳光中荡漾出冰片似的光亮。我走近它们，忍不住伸手拈出一枚。刹那，山风浮荡，我鼻间竟有一股奇异的寒香拂过。

真香。我由衷地感叹道。

友人和老板同时耸了下鼻子，而后面面相觑，继而瞪起眼珠问，哪里有香味？我们怎么没闻到？

继而又耸起鼻子闻，再重重地摇头。他们都不大同意我的慨叹，认为是心理作用。我很无奈。真的，那香味淡而雅，随风潜心，就在我深呼吸时，它们渗入我心胸，刹那，沁人心脾的感觉下，一再耸动鼻子的我张开嘴巴，欲将寒香吸纳肺部，而胸口真就产生熨帖的感觉。这芬芳……只有你想到，它才会浮现。

见我如此钟情，老板慷慨地允许我择一株金钗石斛带走。

我欣喜若狂，很小心地挑出一株。为了配合它的清雅气质，我特意买了一个竹杯子，以备回家种养。老板将金钗石斛和竹杯交给我时，动作犹豫，同时又语气沉重地说道，你带回去怎么养活它呢？

我也愣了下。

老板又说，你那么喜欢……不妨先带回去试试吧。

这是能预见的结局。

离开了温润的山山水水，离开那神秘的飞鼠，金钗石斛的确只有慢慢地枯萎。我只好放回。老板望着我，目光颇有些同情，还有些怜惜。我懂，这是一个天生拥有一方好故土的人，对于异乡人的同情和怜惜。他们的富有，成为清贫若我的印证。

我无奈地笑笑,很快释然。没有金钗石斛,不等于失却它。在后来的日子,它是我的梦想了,但当我想到时,它的芬芳就会浮现。

这何尝不是一种拥有?

华重楼

繁复结构。绚丽身姿。盛大气象。

华重楼,不是楼,是一种植物的名称。一根细长的茎上,多枚叶片轮生,再往上是花梗,花梗的顶部绽开花朵。花朵六枚花瓣,又是里外两轮,外轮呈现绿色,仿佛叶片,内轮狭条形,多为黄色或者红色,还有紫黑色……花开锦绣,犹如重重叠叠的楼宇。

这哪里只是单纯的草木?是建筑,是景象,是胸襟。

但它的确只是一种植物。它性情平易近人,耐寒也耐旱,对气候和土壤要求并不严格,喜欢阴湿的环境,但发育期也有自己的小想法,以阴凉和土壤质地疏松的地方为好,比如夜潮土、腐殖土和灰泡土。尤其是古木森森的林下坡间,它小心地拱出地皮,然后擎起一枚手掌般的叶片。时光中,整株植物从黄绿到青色再到翠绿。那叶片……大都七片,在中心的白点环绕出圆圈,轮生出一个青碧可人的"莲花座",赐福遇见者,从这点来看,它被人喜欢,大有道理。"莲花座"中心的白点呢,当然是蕊心，是主心骨，它要支撑起一层楼，楼宇上的三片叶子伸展出外轮花，中间再三片是内轮花。站在中央的花，站在高处的花，里外两层，重重叠叠，仿佛独角莲，华美贵气溢于言表。它丝毫不嚣张，不浮扬，相反，它内敛含蓄，还有少女似的羞赧。

山风总在荡漾。吹过来，又吹过去。那叶和叶上的花，在风中微微摆动。却止于摆动。光影斑驳的林下坡地，时而被阳光照耀出明亮，时而被林木的阴影笼罩。远远看去，那植株稳重却充满了动感。

是举重若轻的仪表。好一个华重楼。

我为它叫好，在心中。不是花重楼啊，是华重楼。花叶茎干一起供奉出的华丽华贵之仪表气度。无疑，它不凡，是珍贵的植物，是拥有大气象的药草。它的草根，也只是表明它坚韧的生命力而已。草根到贵族，生命力第一，而气象也不可忽视。华重楼二者兼备。

华重楼又名七叶一枝花。七叶一枝花在民间叫得广，或者说，民间尤其是药农基本称呼它为七叶一枝花。

这名字直接是取其形貌，简单明了，归纳性强，好听好记。

就我而言，总觉得少了什么，我更愿意称呼它为华重楼——有一种令人肃然起敬的意味在里面。事实上，当我们了解后，它的确值得我们满怀敬意。不过，七叶一枝花这个俗称，我也不拒绝，简单往往更能流传。

说来，七叶一枝花这种野生药草逐渐稀缺，被列入国家二级保护植物时，它的药用功能远远超过了它作为一株植物的意义。

奈何？

大山的植物，得天地精华，一般极具药性。七叶一枝花一般是七个叶片，偶尔，叶也会少于或多于七叶，有微毒，多做外敷中药，治疗跌打损伤、蛇虫咬伤有奇效，是云南白药的重要成分之一。李时珍在《本草纲目》中赞誉它——

> 七叶一枝花，深山是我家，
> 痈疽如遇者，一似手拈拿。

痈疽就是古时候一种发生在体表、四肢或者内脏的急性化脓性疾患，属于毒疮，民间多称呼为脓疱疮。这是农村的常见病，到了夏天，因为天气热，加上田里庄稼耽搁不得，农民极容易热出脓疱疮。脓疱疮多急性，还会肿胀，疼痛难忍，甚至到了化脓的地步，但患者也常常化险为夷，多亏了七叶一枝花之类的草药。无疑，李时珍这句顺口溜似的记载，充分表明了七叶一枝花十分厉害的解毒作用。

但是"深山是我家"也归纳了它的生长地，似乎局限在大山中。然而世上事并无绝对，或者说，李时珍是以此类药草的普遍性说话。除却大山，七叶一枝花在长江中下游一带，无论大山还是丘陵或平原，只要是坡地湿润阴凉的地方，它都能生存。

当然这是三十多年前的环境了，也就是说，我童年的记忆里，曾经有它们的一席之地。起码，我还在孩提时，孤岛上的沟渠边，屋后的坡地林木下，那些阴湿地方，总能看见它们，还是大面积。

那是七叶一枝花吗？

多年后，忆起往事的我询问父亲。我父亲是外科医生，主攻西医，也略懂中医知识，对于我的询问，他先是点头，继而摇头。

孤岛上的七叶一枝花，实际是它的变种，从这方面来说，李时珍的顺口溜记载绝对正确，他说的对象是正宗版本。孤岛上的它们多生于林下阴凉处或者沟谷地的草丛中，称呼为华重楼更准确。但这都是这类植物的学名，我们孤岛人称它为蚤休花（俗称，在此取的发音，大意是能有效地防止跳蚤等毒虫的叮咬）。

很明显，华重楼的药性不仅在植物本身，还在于它浓烈的气味。它在我们孤岛盘踞在潮湿的坡地或者沟渠边，与一种名叫蛇床草的植物混居一块儿，蛇床草养育了蛇，又被蛇守护。

儿时，每年汛期一到，长江就会出现洪涝，为了防洪，江水四围中的孤岛上的老屋基本建筑在高台上。我家老屋也在一处高台上，前后都是坡，在童年的我眼中，自是陡峭还有些长度。那时，水塘多，星罗棋布似的布满孤岛，导致孤岛上古木多，杨柳、樟树、银杏、洞庭树、皂角树……一般都是几十年的，也有不少超过半个世纪的，甚至百年以上的也不少。堰塘水池沟渠水波潋滟，岛上古木阴阴，再加上孤岛地处江水中央，雾天多、水汽大，空气湿润，有利于花草林木生长。

我家屋后土坡上都是好多年的乔木，树干高大，枝叶婆娑舒展，阴凉匝地。坡下是一条沟渠，到了春天，沟渠两边长满了蚤休花和蛇床草，慢慢地，蛮横的它们开枝散叶，朝着阴凉湿润地盘延伸掘进，扩散到大树下，初夏时，几乎占据整个后坡。

看上去，屋后坡地芜杂了些，犹如无人管的野外荒地。

我祖母也不管，只说，这样好，免得强盗从后门进来抢劫（我父亲在镇上卫生院工作，前几年，母亲和我们三姐妹也跟着父亲"农转非"搬到镇上去住了，家里只剩有老人，防盗防贼大有必要），而且到了夏天，因为这块茂盛的植物地，全是蚤休花和蛇床草，药性大，家里夜蚊子和苍蝇也少。的确，这些植物都含有毒性，吞吃蚊蝇跳蚤之类，是绰绰有余。

不过，弊端也明显，大小蛇在此生存，要是爬进屋怎么办？

我祖母的解释是，蛇一般不愿挪窝，何况那样好的地盘。不过，蛇也有好奇心，万一进屋来，也不会到处乱爬，一般会盘踞在厨房水缸边，其他地方不会待。蛇嘛，喜静爱清凉，再则它从不主动攻击人。

解释有道理，但我祖母也清理过后坡好几次。无奈的是，蛇床草和蚤休花都根性强韧，难以斩草除根。真要斩草除根的话，我祖母也不大愿意，她的理由杠杠的——别看那坡地植物粗糙，看去还戳眼睛，但都是宝，要真是被蛇咬，它们就是救命药。

九岁那年夏天我放暑假，回老家玩。老屋凉快，也留我度过大半个暑假。彼时，屋后坡的蚤休花和蛇床草到了生长旺季，相互交织，蔓延一大片，而且植物都快长成灌木了，高高的，根茎串生，枝叶相连，快要淹没其间的台阶。中午时，我会从屋后溜下坡到后面一个深潭边玩，要么扯醉鱼草去捞鱼，要么就去岸边大树下等小伙伴来跳房子。已是伏天，骄阳似火，中午正是一天中的最高温时段，小伙伴基本等不到，我就沉溺于用醉鱼草捞鱼的乐趣中。

那天，我吃过午饭，直接下坡走到地里的台阶上。然而，才走下几步台阶的我猛然停下脚步，一颗心乱跳，快要蹦出身体。

那个成年男子，身上毫无一物，赤身裸体地站立在沟渠前，正背对我。沟渠前是一片菜园，菜园外就是小路了，路下方是全村最大的深潭。男子静静站立，仰着脑袋朝前方盯瞧，还很专注，似乎定格一般，显然不知背后有人。他的双腿被茂盛而粗糙的植物隐没了一大半，兴许，植物还刺疼了他的肌肤，可是，他一动不动。

他没感觉到？还是那刺疼正是他的需要？因为喃喃低语清晰地传来——我才不是没用的人，我也有优点，你们看……

我捂住双眼，转身就回跑，尽量踮起脚尖不发出声音。幸亏只有几步台阶，我迅速上坡，回家，轻声关闭后门。

这是一个怪物。

我听祖母嘟囔过，怪物家庭复杂，身世也怪可怜的。怪物出生时，母亲因为难产死掉，他却活了下来，身体也不大好，病歪歪的。父亲打心眼里就不喜欢他。不久，父亲又娶了一个女人，作为后母，女人嫌他碍眼，万分厌恶嫌弃他，经常打骂，拿脚踢他的下体，口头禅是"你这个没用的废物"。父亲开始还不帮腔，在弟妹相继出世后，不喜欢渐渐发展到厌烦，也视他为"没用的东西"，非打即骂。打骂中，他寂寞地长大，却似乎被施了魔咒，总是把他继母的衣服藏起来或者扔掉，性格古怪不说，后来发展到爱偷女人的内衣内裤，还爱蹲在茂盛高大的植物丛中，等待独行的年轻异性出现，然后猛然闪现对方面前，露出下体，强迫人家看。

我祖母嘟囔完，就会骂句下流坏子，交代我一定要躲开。

而这次竟然差点让我遇见……我心中充满了恐惧。

回家后，一颗心还在乱蹦乱跳，羞耻感重击我心胸，令我感觉到无法描述的痛楚。我将一切愤怒迁移到屋后的坡地，强烈地要求祖母砍掉后面的植物。祖母问原因，我只说，那气味恶臭，让我缓不过气，还被刺疼多次，不砍掉的话，我永远不再回老家。我祖母见我语气横，答应了我，又说她年纪大了，那些植物太横，她砍不动，只能等我父母回老屋后再砍。

说是说，父母也在暑假回来过一两次，却也没动手，真正砍掉是秋末冬初，后坡的植物萎谢，要除根也就方便些了。因为我的要求过于强烈，父母也就下手狠了些，基本除根。不过，父母挖得小心翼翼，简直不是除野草，而是挖宝贝似的。事实上，那些挖出的根茎，被我父亲当成宝贝收拾起来，晒干，再装进一个麻袋里，带回他工作的镇上卫生院。我父亲这个医生，当然知晓这些根茎的药用功能，清热解毒和消肿止痛不说了，许多药草都具备这个功效，蚤休花的重点功能（应该说是特殊功效吧）还是凉肝定惊和缓解惊风抽搐，父亲介绍，蚤休花有奇效。至于如何奇效法，父亲曾给我们讲过一个例子，一个年轻的母亲带着小孩前来求医，小孩症状是手足抽搐，面色潮红，父亲断定小孩受惊了。他这个西医居然没给孩子吃药打针，而是拿出晒干的碾成粉末的蚤休花根茎和一捧菊花，马上烧水煎服，小孩喝下一两碗，不到一刻钟，身体就恢复了正常。

这么好的东西砍掉，的确可惜。但来不及惋惜，年底时，祖母摔了一跤，行动不便了，我们将她接到镇上和我们一起住。第二年春上，老屋也卖给了我的一个远房表哥。

至于蚤休花和蛇床草，真就是记忆了，躺在岁月的河床上，逐渐被漫溢的时间之水淹没。也不至于死掉，蛮横的它们很有耐心，等待一场类似干旱的契机抽调的岁月之水，重新露出真容来。

那个怪物的消息传来，着实令我愣怔了半天。

他在夏天一个晚上，躲在另一片茂盛的蚤休花和蛇床草盘踞的地里，等来一个下晚自习的独行的女学生，一把将女生拽进地里，脱掉衣服，强迫女生看……幸好，那地方前面就是小路，后面有同伴跟来，女生大喊救命。一场闹剧被及时止住，怪物被送去劳教。

怪物不是怪物，是无耻下流的流氓。这是彼时所有人的看法。那看法似乎没错，然而，我心中分明不完全同意这个绝对的定义——那是什么原因？而我也曾被他惊吓到，还心生难言的羞耻感，却产生不赞同的类似于袒护的看法。袒护他？我又断然否定。究竟是什么？我气恼，又迷惑不已。

再几年后，怪物的消息又传来，是他的结局。他死了，居然死于从劳教所出来获得自由的当天。他一个人从宜昌坐车再坐船回到孤岛自己的家，已是傍晚，刚到家门口，就被父亲和继母拦住痛骂，责备他给全家带来祸害和耻辱。怪物没作声，或许太累了，或许害怕，还或许内疚羞耻……他默默地走进堂屋坐下。继母不放过，跑来，伸手甩给他一个清脆的巴掌，又赶他滚蛋。父亲跟着附和，又拿手推他。怪物只好站起来，抱起墙角里摆放的农药瓶就跑，跑出家门，跑进棉花地里，咕咚灌下整瓶农药，随后中毒而亡。可怜的是，他在棉花地横尸一整夜，直至翌日清晨，才被打农药的村邻发现。更可怜的是，他死后，连棺材都是奢望，家人就用草席裹了下埋在田地里。

那次是家乡一个亲戚来找我父亲看病，说起故乡事，提到怪物的结局的。亲戚讲得平淡，听不出感情色彩，但是，在一旁听闻消息的我居然流泪了，却又害怕别人见到我的泪水——那简直是我在同情一个"流氓"的罪证。我假装有蚊虫飞进眼角，拿手捂住，跑进了卫生间，一时无声泪流。

成年后，我有机会学习心理学，了解了溯源式的心理分析方法。心中再次想起那个怪物，想起童年时在屋后坡地里的那次遇见，想起他的种种不堪令人唾弃的"流氓"行为和他悲惨的结局。我明白了当时的迷惑和得知死讯时的伤心，相对于他的流氓行为，他表现出来的更多的是"病人的病态"。一种从小就遭遇坚决否定后的心理病，在时间中分泌出怪异的病态的毒汁，当外人惊愕害怕时，他却品尝到"被注意"的甜美，为攫取更多的病态的甜美，从而走上了不可控的癫狂道路。

而他选择蚤休花和蛇床草盘踞的坡地释放身体毒汁，仅仅是因为那里的植物茂盛且隐蔽性超强，还是因为那样蛮横的植物缠搅一块儿，粗糙刺人，气味也不好闻，本身就是一种否定中的否定，从自我再到他人，人与人不得不处于同一水平线上，从而放松了他的心理，促使他行事？

也许还有其他原因。具体如何，还需要面对面地对谈和分析。

彼时起，我在心中将那植物的俗称蚤休花更正为华重楼这个名称。是的，没有比华重楼更好的称呼了。变异的七叶一枝花，从大山搬迁到江水四围的孤岛上，藏匿在阴凉湿润处，默默地开拓属于自己的地盘，成为时间和一方地域的见证。

后来我再回孤岛，发现孤岛与儿时的印象大相径庭了。不可思议的是，华重楼也好，蛇床草也好，几乎快要在孤岛绝迹了。但从环境方面来分析，也能找出原因，毕竟孤岛在水中央，全是砂质腐殖土壤，日月更替中，孤岛的地势无法避免地不断下陷。以前的高台不见了，与平地也只有几个台阶的距离，堰塘和深潭也干涸不少，直至完全枯竭，古树也是年年减少，百年以上的古木几乎绝迹，爱阴凉喜湿润的华重楼自是难寻踪迹了。

谁能想到呢？它又出现了，还是在我家老屋屋后坡地。

买下我们老屋的表哥，几年后推倒老屋重建了一栋两层楼的新房，屋前屋后也平整了坡地，但全都种上了林木。又是十年过去，表哥栽种的林木也是俊逸轩昂，枝叶婆娑，阴阴可人了。屋后的林木地上，靠近一口小池塘边，他居然重新种上了华重楼和蛇床草。开始是试种，单纯就是为了发挥华重楼和蛇床草的药物作用，利用它们的植物药性杀害虫，净化环境，为林木减轻农药的伤害，后来发现，不仅效果奇好，减少了污染，还节约了一大笔农药费。于是他便将前面的菜园也全拿来种植华重楼，还不断扩大种植面积。这下，药用地和养蛇同时发展起来，成为林木种植外的副业。

几年下来，表哥成为村里的致富能人和乡村振兴的榜样，慢慢地也有了些名气。他的林木种植和副业，成为村里和镇上乡村振兴的参观点。有一些媒体前来采访他，问他如何想到种植华重楼和蛇床草？

表哥有些紧张，想了下才答道，不是我想到去搞什么独创，是因为它们以前就长这里，后来因为特殊原因砍掉了，现在我再大力种植，也是帮它们回归，我觉得它们真是懂人心，善待了它们，就会有回报，为我们增加收入不说，还改善了农村环境，这说明啥呢？说明存在的就有道理，说明传统的东西也要继承。

估计表哥想达到一"说"惊人的目的，所以话语不大自然，但表哥强调，"这就是我的真实感受"。

我看了那个采访视频，在后面点了赞，还跟了句评论，肺腑之言，说到亲人们的心坎上。

这以后，表哥自己也玩起长视频，宣传他的林木药草种植和养蛇经济，而用户名就是"华重楼"。

只能说，那看似平凡的植物蕴含的贵气繁盛和有容乃大的气象，不只我一人如此认识，而是熟识它的人的一种共识了。

四照花

儿时，我母亲接下她一个朋友的庄稼地来种。

田地面积不大，也就三四亩，但是够贫瘠的。原因在于，主人是半边户。我喊金兰阿姨，她比我母亲小十岁，嫁给了军人，还会唱歌跳舞，平时也注重外表，纵然身份是农民，还分有庄稼地，整个生活状态却比农村人要好得多，就我儿时眼光来看，妥妥的城里人做派。金兰阿姨家的那些庄稼地也没纯粹荒着闲着，每年种点麦子、玉米和黄豆之类的经济作物，这些农作物一般都在上半年收完，下半年田地便荒下来，杂草丛生，荆棘遍地，还引来成群的老鼠兔子黄鼠狼之类的野生动物做窝。能想得到，那些庄稼地因为缺少打理，土壤板结，营养也不好，堪称荒凉。后来，金兰阿姨的丈夫昌华叔叔读了军校，分配到南宁去工作，金兰阿姨带着两个儿子也要跟去南宁生活，她即将彻底告别农村了，便将庄稼地交给我母亲打理。

母亲接到田地，先是兴奋，犹如天上掉馅饼的兴奋——农村人，对庄稼地天然亲切，觉得那就是粮食饭碗，更是暖乎乎的好日子，怎能不高兴？可惜的是，我们家也是半边户，父亲在镇上卫生院工作，家里的祖父祖母年纪偏大，而且都有病，行动不大方便，家里就只有母亲一个劳动力，况且她还是岛上有名的裁缝师傅，隔三岔五地要被请去裁剪衣服，平时忙我们家的六亩庄稼地都是分身乏术，何况又增加了三四亩地？母亲一阵兴奋后，冷静下来，随即就愁眉苦脸唉声叹气了。但再忧啊愁啊，也是枉然，既然已经接受，哪有退回道理？况且人家也是信任和好意。

只是那块庄稼地荒凉如斯，要人何为？

年底时，我父亲请假，又请来两个舅舅帮忙，给接来的三四亩田地犁田施肥，还挖来一板车灌木拖到地里。

那些灌木，已经落完叶，只剩下光杆……我们都很惊奇，母亲眯眼看下，一拍巴掌叫道，原来是山荔枝，这个好，不愁那几亩地没得肥力了。说着，母亲吩咐我和姐姐都来帮忙，请山荔枝下车，为它们松绑。

干吗？我们姐妹纷纷问道。

等舅舅们犁完地后，我们再把这些山荔枝栽种在地里。母亲答道。见我们瞅着那一板车植株看，愣怔不动，又解释，山荔枝你们不认识？

山荔枝啊，尽管叶片几乎落尽，只余枝干，但不妨碍我们尚还稚嫩的眼力，毕竟是常见之物。我们点头，疑问却纷纷跑出嘴巴。

就是灌木嘛，种庄稼地里干吗？

田地里专门栽种山荔枝……它们似乎卖不到钱啊？

母亲嗻一声，随手扯一株山荔枝在手，细细打量，自言自语道，多漂亮啊，你们看，山荔枝不光是枝干干净，叶子也好看，开的花……啧啧，成群时，那可是爽目得很，结的红果子还能卖给人家做中药，不过——说到这里，母亲停下了，微微叹息。

我忍不住了，嘟囔道，你口口声声地夸它们，却又叹气，叹啥子气呢？

它们现在少了，以前到处都是，真要人惋惜，还好，这次能找到这么多，别看它们现在个头小，但好处多着呢，眼下最大的好处就是，它们能让荒凉贫瘠的土壤始终保持肥力，促进庄稼生长。

我们恍然大悟。没想到，不起眼的山荔枝还有这个作用。

事实也是，次年春天，山荔枝发芽，枝条上长出了鲜嫩的质感颇好的叶片，春末时，它们爆出花蕾。群居的花朵呈黄绿色或者绿白色，攒在一块儿，犹如枝头落雪，煞是惹眼。而那些荒凉已久的土地，先种小麦大豆，再种棉花，棉花下种植辣椒南瓜西瓜，四五月，小麦大豆丰收，七八月时，瓜果蔬菜丰收，九十月，棉花更是大丰收。

那一年，我们家添了电视机和录音机，是村里较早买这些高档电器的人家。这当然与增加的田亩有关，再进一步说，与山荔枝大大有关。我母亲感叹，山荔枝果真是祥物。

幸亏我拖来它们栽种到田里。父亲得意地摆功，接着又告诉我们，山荔枝这个祥物是物如其名，听听它的学名，简直惊艳。四，照，花，父亲一个字一个字地吐词儿，我们一个字一个字地回应，四，照，花，眼睛随之亮堂，瞳仁里映出彼此的脸庞，继而哈哈大笑。随即，父亲呵呵诌出两句打油诗来解释这个名字——花开仿似雪，天地大豁亮。

莫名带来快乐的，竟然是一个植物的名字……此起彼伏的笑声里，既是附和也是感叹。

父亲大概是博学的，也可能是他道听途说的。他还告诉我们，我们宜昌一带的四照花多半是灌木和小乔木，也有大乔木，相对来讲少一些，尤其是平原地方。但宜昌的四照花最美丽，花朵宽阔洁白，曾经在许多年前被一个外国人发现，随后带回英国栽种，种出高大的乔木来，满树开出大而雪白的花朵，花期也长，慢慢地雪白会渐变为粉红色。可谓华丽壮观，大受西方人喜欢，也引起植物学界的轰动，宜昌的四照花也就在欧洲乃至北美扎根并繁衍下来。

多年后，我翻看一本关于植物的华西旅行笔记《中国：世界园林之母》，是一名叫威尔逊的西方人写的。我蓦地想起父亲向我们介绍四照花时提到的外国人，想必就是这个威尔逊了。诚如父亲所说，一九〇九年的夏天，威尔逊游荡到鄂西，在兴山万朝山丛林里跋涉，发现了四照花这种植物。彼时，在丛林中穿梭的威尔逊患有小疾，人也饥饿疲倦不堪。四照花从阴郁的密林中攒出大把光亮照来，他的眼睛和心胸霎时明亮，犹如神助一般，倦怠和饥饿消失，突然精神抖擞了。在威尔逊看来，四照花简直是棵神树，不由躬身朝拜。随后他挖走四照花的小苗带回英国，将宜昌的四照花种子播撒到全球。

这是题外话，再回到我有关四照花的儿时记忆。

那年暑假，金兰阿姨一家人回到孤岛探亲，我母亲请他们来我们家做客。正值三伏天，气温高，却有大西瓜解渴。那大西瓜正是金兰阿姨的田地里结出的无籽西瓜，沙瓤，皮薄，水分足，甜糯，入口即化。同时，我母亲还端出一盘野生的苦瓜果——并非蔬菜苦瓜，而是微型西瓜模样的野果，白色肉质，琼浆般的汁水，那是另一番甜蜜。

金兰阿姨放下西瓜，连续吃了两颗苦瓜果，吃惊地问道，真是我家以前的庄稼地里长出来的？

我们点头。

金兰阿姨啊了声，又道，也许只适合这些小打小闹的玩意儿生长，至于庄稼……她轻摇脑袋，还不好意思地朝我母亲笑笑。

我读到了她满怀的歉意和难堪。

我母亲却高扬右臂摇摆，否定道，你不要抱歉，没必要，不信你去田里看看，棉花长得好，还有山荔枝都在结果……

金兰阿姨站起来，再次啊了声。山荔枝？你们栽了山荔枝在田里？为啥要在田地里栽那东西……？哦，山荔枝，我想起来了，是为改良土壤吧……要不呢？我去田地里看看。

说去就去。我母亲骑自行车，让她坐在车架后面，朝庄稼地里骑去。毕竟，那块庄稼地离我家还有些距离，不过，在我看来，她们绝不是为了图方便，而是赶着时间去看那块地吧。那时我想到了一个新学的成语"迫不及待"，这不正是"迫不及待"的真实写照？瞧她们那个着急样，恨不能身插翅膀化身鸟雀吧。

更有趣的是，金兰阿姨休完假，离开孤岛前，从田地里挖走几株山荔枝栽种到她娘家的菜园里。

谁让山荔枝是高颜值的植物？

看看，那些农人，每每经过栽种山荔枝的庄稼地，都会驻脚打下方（俗语，休息的意思），并非疲劳而小憩，主要是为了看看山荔枝的花或者果，饱下眼福，即便是单纯的绿叶，也蛮养眼。可惜的是，没等到山荔枝长大，再一年的五月，我们姐妹随母亲一起"农转非"搬到镇上生活，我家原有的庄稼地和金兰阿姨交给我母亲种植的田地一并转给我两个舅舅了。山荔枝改良土壤的作用也发挥完，被乡邻纷纷挖走，栽种到院子里和蔬菜地里去了。除了颜值高爽心悦目，另外，山荔枝的木质坚硬，纹理通直而细腻，易于加工，是良好的用材树种，常用于制造农具或工具柄。

山荔枝是土名，它的学名叫四照花。山荔枝嘛，山间生长的荔枝……说土也不土，仔细推敲下，也有诗意，还实在。毕竟山荔枝这个称呼，归纳了此种植物的某些地理属性，山里生长的植物，结出的果实模样与荔枝高度相似，故名山荔枝。

四照花这名字乍一听，眼睛不由一亮，豁朗通透的感觉袭上心头，这名称强调了感官的愉悦。难怪啊，我父亲告知它的学名时，我们不由哈哈大笑。能瞬间给人带来享受的……这植物定然入眼入心，物与人，眼与心，迅疾地融合，神奇地激活出画面感。想想吧，幽静林木中，花静而风动，摇曳之感传递出光影的层次。于是，时空的纵深感加强。

时光、人生、青春、理想、爱恋、心灵……笔花四照，四照得心。

这也是我的一厢情愿之感。

说到底，它不过是一种植物，成群生长于长江中下游一带——不见得只能在大山里生长，平原也有，比如我们荆楚大地，比如我的老家孤岛，"山"定性的是它的主要属地吧，大山里，它更能适应。从这里也看出，它对湿度和温度有一定的要求，喜光，喜温润环境和湿润酸性土壤，也耐旱耐寒。

山荔枝这个称呼强调的是植物果实，而四照花强调的是植物开花的样子，各有千秋。但那样的小乔木，或者就是灌木，整体看来都养眼，它们单叶对生，厚纸质，手摸颇有质感。到了早春时节，小枝顶端挂起球形花苞，不是一朵，而是一片，三十来朵吧。有意思的是，花朵虽小，却讲究，有花盘垫底，四个白色苞片绽开，中间伸出筒状花萼，淡绿色花序，模样清丽雅致。春风款款，阳光新嫩，挂满茂盛绿枝的花朵散发青白色的玉质光泽，一时成片成群，攒集的光线刹那就令天地豁亮。气温逐渐升高，果实挂上，红宝石似的绯红欲滴，艳丽夺目，犹如小荔枝。

青白玉似的花串……那样的开放姿态，足以要人仰望称奇。看看，从古到今，典籍总有它的记载。

《山海经·南山经》如此介绍四照花："南山经之首曰鹊山。其首曰招摇之山，临于西海之上，多桂，多金玉。有草焉，其状如韭而青华，其名曰祝余，食之不饥。有木焉，其状如谷而黑理，其华四照，其名曰迷谷，佩之不迷。"

枝叶皆精华，形状若谷物。开花时，花朵能够弥散出明亮光照，光辉四射的花朵佩戴身上，人不会迷路……简直就是魔幻之花。

魔幻的岂止是花朵？还有它的材质木料，因为木质异常坚硬，通常被用来做家具农具，还有的用来做匕首和短剑的手柄。

四照花自不是谷物，实属落叶乔木，也有小灌木，多生长于海拔六百米到两千两百米的树林内及阴湿的溪涧边，而在平原，只要光照和水分都充足，照样能生长。前面详细介绍了它的枝叶花果，但叙述到这里，还是忍不住唠叨下它的外表，它真是植物中的另类。

春天，地温上来了，春雨绵绵，四照花舒展开枝叶，枝头上的嫩叶片开始呈现鹅黄色，几场春雨后，鹅黄色慢慢地变成黄绿直至翠碧色，叶片大而繁盛，挤挤挨挨的，枝叶青葱逼人，树形整体呈伞状，可谓美观悦目。气温逐渐升高，太阳大了，叶片长出了厚度，颇有光泽感，入秋后渐渐变红，再落叶。它们初夏开花，白色苞片覆盖全树，犹如聚集了一群粉白蝴蝶，在风中微微颤抖，异常美观而显眼，颇富观赏价值。而风起云涌时，白蝴蝶似的苞片摇曳生姿，似在翩跹起舞，十分别致。

开花时，每个头状花序之下都有个托盘。托盘是四个白色的大型总苞片，随着时间推移，托盘四瓣白花颜色会变化，起初是青绿色，而后是黄白色，最后是纯粹的雪白色，它们簇拥一起，收集阳光，反射出白银似的灼灼光亮，引人注目。而花序外托盘下又有两对大型苞片，苞片呈黄绿色花瓣状，接近叶片颜色。

你能想到——大片的花朵挨挨挤挤地铺成一面大镜子，折射亮闪闪的阳光，光彩四照，如此便得名四照花。

有一次去三峡玩，在一处悬崖峭壁处遇见四照花。同行的朋友是山里人，他称呼四照花为壁花，我眼前兀然一亮。壁花之称，用在此处再合适不过。在幽暗潮湿的林间峭壁或者岩洞里，几株植物挤挨一块儿抓牢了峭壁，挺立其上，简直像丛生的大灌木，它们屏住气力，一起承接被山林和岩壁遮蔽的阳光，慢吞吞地抱团生长，枝叶蔓延，到了花期，蓬勃的枝头驻满粉白的蝴蝶，那是四照花啊。就在感叹中，刹那，四照花亮闪夺目的光芒，犹如火把照亮眼睛……

这绝非只有感官的愉悦，还有心理层面的暗示。禅宗说花开，明心见性。四照花生命力较强，若灯盏留存树上，树木可因此熠熠生辉一月有余。

那是通体明亮的日子。

秋季，四野黄绿渐至荒芜。而四照花树叶枯萎凋零，林木上的挂果成熟，红彤彤的，满树皆是，可谓硕果累累，在山坡处燃烧出一树喜庆的火把。

这样说来，四照花属于植物中的上品贵族。春赏亮叶，夏观玉花，秋看红果红叶。其观赏价值不言而喻，营养价值也不逊色。其果实营养丰富，可食用，不过果肉少，味道酸甜微涩，在山中和庄稼地累了饿了，摘下几颗，暂时投喂肚腹，可以解渴解乏。果实价值主要还是入药，有暖胃、通经、活血作用。秋天时，山里人会背着背篓采摘果实，既可食用，酿酒制醋，还可广泛入药。

南朝《头陀寺碑文》记载："九衢之草千计，四照之花万品。"所言不虚。

如此好林木，自然被普遍用于城市环境建设。长江中下游地区沿江的道路边和园林中，均能见到它们的身影。它们美化环境，增加城市魅力，还能平衡土壤酸碱性，为之提供肥力。

因为花果品相高端，不出所料四照花近几年来迅速地晋升为网红树。网红版的植株，意味着自然与俗世通融后的和解。一株从山野走向生活的植物，得到接纳和认可，本身就是对长期浸淫喧嚣中的心灵的慰藉，于双方都是荣耀，亦是幸运。

高大乔木版本的四照花，栽种在庭院中，枝干俊逸轩昂，枝叶婆娑青碧，在空中撑开一把巨大的绿伞，风过处，浓荫匝地，清凉袭身。花期至，繁花缀满枝头，犹如皑皑白雪，又如白蝴蝶飞舞翩跹，人间胜景令人无言，只是心中无限澄明通透。秋日，红果若宝石，颗颗晶莹剔透，闪烁秋日之光，辉映逐渐高远的蓝天白云，满树生辉，却要人神思漫游，恍若魂灵出窍。

那一刻，人与树，树与蓝天，彼此交融，物我两忘的心境悄然而生……

如无庭院的爱好者，一般会选择灌木类的四照花，盆栽，置于阳台上，也是一桩愉快事情。我在自家阳台上用盆种植了一株四照花，说不上盆景，因为那株灌木来自野外，完全没有经过园林专业人士的培育和修剪，形状却是天然的好看。说是野生，却来自我的故土孤岛，是在我舅舅家的菜园里挖来的一棵幼苗。

想必你明白了，这棵生长于我家阳台上的四照花，真正是有来处，不仅来自老家孤岛，还与我家曾经的庄稼地有关。实际是，我母亲曾经将它们栽种在田地里，改良了贫瘠的土壤，促进了庄稼丰收。后来我们一家人搬迁到镇上，田地里的四照花便移居到两个舅舅家的田园和院子里，它们开枝散叶，从小灌木到乔木，又衍生了后代。我的两个舅舅，一个早已去世，另一个已年至九十，到了风烛残年，却每天还在田园里忙碌，而舅舅的大儿子，我大表哥，他们夫妻俩，辟出一大片庄稼地，专门发展林木种植，其中就有四照花。大表哥的林木种植不是那么大面积和大规模，却也给他们家带来了较高的收入。

大表哥家门前的院子里，有一棵三十多年的四照花树木，算是老树了。枝干笔直挺拔，枝叶蓬勃，在岁月的风霜里葳蕤生光。大表哥改良了这棵老树的品种，说是嫁接了从日本引来的四照花，叶片和花朵更有形状，光泽感更强。春风骀荡，万物蓬勃，花期到了，四照花树枝条上缀满了青绿色的花苞，很快，花苞打开，撑开黄绿色的花瓣，慢慢地黄绿色渐变为绿白色、纯白色，再到粉红色。秋天，红果代替繁花缀满枝头，又是另一番风景。

不知怎的，每每到大表哥家里，一跨进院门，那棵葳蕤自生光的四照花大树就占据了我整个眼帘。我会不由自主地驻足，勾下脑袋和腰……

是的，我在朝拜。

经历了漫长岁月的四照花，青绿常在，花胜白雪果似宝石，年年璀璨，风华不减。

我想起曾经看过的日本电影《花水木》，剧情唯美，一个女孩子经历了诸多坎坷，无论身处何地，总会想起孩提时父亲为她栽下的花水木（也就是四照花），从而触动她对亲人爱人的思念。电影里的歌词也是围绕花水木写的，我不妨摘抄几句来收尾：

你伸出双手，
撑开湛蓝天空一片，是五月时分。
请你一定要回来，请你一定回来水边，我会给你一簇花蕾。
我院子里的花水木，淡红色可爱的花苞，
愿你大梦无涯，有天终会开花结果。
…………

疏花水柏枝

一

我首次见到疏花水柏枝，是在二十多年前的秭归县九畹溪。

彼时初夏，九畹溪正值旅游开发。群山连绵天际，万千泉水奔涌而出，又接地下水，汇聚一大片洼地，成溪涧湾沱莲塘，再彼此融会贯通，沿着山势蜿蜒流淌，而附近水流自夹岸山中淌出……随着地势平坦，蜿蜒向前的狭长水流逐渐开阔，流域面积增大，而水质青碧通透，水中石头、水草和游鱼隐隐可见。溪水两岸，林木盎然，花草峥嵘。我见到了屈原篇章里的芝兰、江离、辟芷、申椒等植株，初夏的阳光中，野花散发幽香，草木泛出珠玉般的光泽。我还见到了大面积的柑橘林，柑橘品种不一，有的树上缀满了雪白的橙花，清香阵阵令人迷醉，有的则挂起了小果，牛油果般的小果子羞赧地藏匿枝叶间，泛出阳光的金泽。

山野烂漫繁盛，却在正午的阳光照耀下，弥漫出清冽气息。而大小溪流绕山奔流，注入碧绿的九畹溪。浩荡的九畹溪坦呈于群山中，又被群山罩出静影沉璧的气质，即便坡度较高的水段，也是静气逼人。

我那时刚参加工作，正在恋爱中，是一场旷日持久的暗恋。对方知道我的心思，我也知道对方的心思，可是，没有出口的表达，就是沉默，而沉默有时候更接近于否定。至少，在今天的我看来，恋爱期的沉默表达，无非是顾忌，是彼此赌气后的无奈选择，也是彼此试探的一个微小却巨大的切口。

彼时的我们年轻气盛，并不明白爱为何物。但在彼时的我们看来，爱是博弈，谁先说出口，谁就是输家，注定是心理较量中的失败者。哈，年轻气盛的我们，谁又能承认自己的弱小和失败？

但是，弱小和失败已经找上了我，遍布我的身心。哪怕徜徉山水间，也无法放飞沉溺于失败的心情。失落和溃散的情绪下，我无视繁花异草和绿水青山，继而在午餐后将自己抽身出来，踽踽独行溪水边，沿着石头阵朝前走。

沙滩出现了。

不是纯粹的沙滩，而是沙子和石头相杂，砂石遍布的荒芜中，奇形怪状的石头裸露其上。那些石头要么白中泛出微微的红色，要么是青石般透出暗绿色泽，没有一块是纯粹的颜色。

我走走停停，眯起眼睛看着脚下，以免自己磕到石头摔倒。

就在石头缝中，我发现了一丛灌木。红褐色的枝条，不高，至我膝盖的高度，却韧性好，撑起长满翠绿的细叶，就像一位个头不高却脊梁挺拔的娇小女子，一下就跃进你的眼中，要你不得不为之注目。

挺拔起来的……哪里只是身板，还有从内到外的精气神，是内质。多年后，我看汤唯主演的影片《分手的决心》，女主问男主，我到底是什么吸引了你的注意？男主答道，人群中，你的挺拔身板很特殊，将你和人群分离开来，并送到我眼神里，我不得不看。

那一瞬间，我蓦地想到了它，疏花水柏枝。是的，我不得不看……它就是那样进入我的视野并留下深刻的记忆。

彼时，我并不认识它，只是觉得它的颜值高形象好。所以我蹲下来，仔细地打量。说实话，生长于长江边的我，并不太奇怪水边的植物，尽管它很陌生，但我打量一番后，还是飞快地将它归类：柽柳科。而且我还判断，这是依靠江水生长的植物，靠着水流应该还有更多。

我继续朝前走，就在溪水边，发现了一大片红枝翠叶的植物群。它们簇拥在一块儿，涌出碧玉似的亮绿色，又在清亮的溪水边产生倒影，而阳光那么好，喷射出蜂蜜似的金光在植株和倒影上。微风过，碧波荡漾，树影纵横徘徊，若烟波浩荡起伏不绝……

我甚至看见那些展开了绯红花瓣的花骨朵儿，在烟波荡漾中破碎又圆满，再破碎再圆满……周而复始中，修复和碎裂交互进行，传递令人牵肠挂肚的动感画面。就在那时，我想起了海子的诗歌《我感到魅惑》——

我感到魅惑

小人儿，既然我们相爱

我们为什么还在河畔拔柳哭泣？

那一刻，我深深地体会到，一种美击中了我。此"美"是清新的，却又强大直至颓废，瞬间就摧毁了我的肉体。这几乎不可修复，在获得不可复制的美感的同时，心碎也在进行，两者相互渗透。我坐在旁边的大石头上，陷入了无聊的又无法自控的遐思中。

太阳开始减弱威力，莽莽群山连绵天际也无法挽留它。而它定然目睹了一个女子在一丛疏花水柏枝边的心灵淘洗，关于美，关于爱情，关于生命……

那一刻，我承认，虚无从来不是无，而是诞生在"有"之上的腾空。就像一丛翠绿的植株，它独守在水边，完成对有缘人的启迪。

晚霞在山巅燃烧，却在下沉中透出青白的乏力感。我知道，时间晚了，我必须返回。疏花水柏枝的倒影越来越短，接近了无。但是它挺立在砂石中，改写荒芜和清凉。我不由为它担忧，马上汛期就来了，这些高颜值的植株会不会被暴涨的溪水淹没致死？

就是这些担心，要我不断地追问当地人，关于红枝翠叶的植物。我用语言仔细地描绘它的枝条叶片和花朵，描绘它娇小而挺拔的身姿及其在溪水上的倒影。

哈，你真是幸运，你见到了恐龙时代——不，比恐龙时代更早的史前植物，它可是极度濒危的品种，是地球活化石。当地人供职旅游局，而秭归旅游皆与群山林木有关，秭归的奇花异草，他自是了如指掌。说话时，他举起左右手，一边拍掌一边说道，似乎为我与疏花水柏枝的相遇而叫好喝彩。

是的，我分明感受到相遇的幸运和不易。因为当地人热情又耐心地补充道，你看，不早不晚，就在它舒展开枝叶并打起花苞的时节你们遇上了，要不，天气热起来，汛期就到了，疏花水柏枝就会被暴涨的溪水淹没——

我失声打断道，那么它的死期也到了。

怎么会？疏花水柏枝才不怕洪水，洪水泛滥时，它就会进入闭气休眠期，时间可长咧，有好几个月，直至水退，它才会苏醒，继而一身葱绿生机勃勃。

这么说，它拥有金刚不坏之身？我叫道。

差不多吧，但是恶劣的环境会导致它死亡，要不，它怎会濒临灭绝？当地人耐心阐释，给我这个小白普及了疏花水柏枝的常识。虽然就那么几句话，却让我感到震撼。

疏花水柏枝就这样进入我的耳朵和心田，并在彼时迅速地占据我的大脑。它于我不再是单纯的植物，而我与它的相遇，也不只是与一种即将进入休眠期的植物的相遇。

还有什么？

我说不明白，但是我感受到一股奇异而强劲的气息在身体内游弋，令我激动，想入非非，又令我沉默不语，觉得一切都是多余。

晚上，在九畹溪景区的大门前，熊熊篝火燃起，我们围着篝火喝酒，酒酣处且歌且舞。青春激情激活了我们的细胞，大家纷纷献出一技之长助兴。轮到我时，毫无特长的我，在众人前怯弱的我，也不忸怩胆小，而是兴奋上前，以"塑料普通话"诵读了海子的诗歌《我感到魅惑》——

> …………
> 我感到魅惑
> 我就想在这条魅惑之河上渡过我自己
> 我的身子上还有拔不出的春天的钉子
> …………
> 我感到魅惑
> 小人儿，既然我们相爱
> 我们为什么还在河畔拔柳哭泣？

这是致敬，为白天刚识得面目的疏花水柏枝，为我们的相遇，还为它撞击心灵而引发的漫无边际的遐思和沉默。虽然那走调很远的普通话单薄了些，还在夜风中如钢丝般颤抖不已，但是，我听见了它的激动和深情，以及其中包含的静谧和稳重。

二

它是植物。在我看来，它更像纪念品。

虽然过于稀有，还极度濒危，但是它幸存下来，从远古（可以追溯到史前的恐龙时代）到今天，它从漫长的时间中（也可以说等同于时间）走来，无非是在例证和昭示什么，关于生命和自然，关于生存和环境。就我个人的学识来看，找遍世上词语，恐怕只有"纪念品"这个名称合适，可以匹配它的顽强不屈的内质，并以恒久的名义。

"植物中的大熊猫"这个比喻自然贴切，还直观醒目，但是我一点也不喜欢。毕竟，它拥有比熊猫更多更好的品质，坚韧不说，粗糙也不提，单就说它的生死轮回的生命，这点，它是无与伦比的。

疏花水柏枝，好听顺耳，念起来朗朗上口。正如我所料，这种直立生长的灌木是柽柳科水柏枝属一种。十九世纪中叶，一个名叫阿德里安·勒内·弗朗谢的法国植物学家发现了它并为之命名。它拥有了身份，从荒水野地走出，开始渐渐登上大雅之堂。但是，它是孤独的，又一身傲骨，它终究拒绝了俗世的种种邀请和热情关注，而独居水域周围，或者在水中央，且只在海拔七十至百米的潮水地段，对了，还必须是亚热带水域。也就是说，只有在四季温差明显，水流浩瀚，汛期和枯水期分割明显的环境，它才愿意出现，并以强悍的根系扎牢泥沙——那从崇山峻岭一路奔泻而来的洪水，以泥沙俱下的湍急浪潮出现，它会用傲骨身躯接住并稳稳地站立，它和它的同伴携手并力挽狂澜，既被冲击也被浇灌，庞大的生命力由此诞生。

它不再孤立，而是慢慢地繁衍后代。族群出现了，就在泥沙碎石淤积的荒岛沙洲上。它的倔强和强悍养育了独特的脾性。它拥有强悍坚韧的"肺叶",极其擅长呼吸,能在浩瀚湍急的水流中屏息休眠,时间长达数月之久。说来,真是令人诧异,猛兽般肆虐的滔滔洪水,犹如熊熊燃烧的大火,可以摧毁一座城市,肆无忌惮地带走一切,却无法拔掉疏花水柏枝的根基,灰烬废墟处,只余荒芜,就在那片荒芜上,尚存的根基开始了萌发和生长,星星绿意出现,生机在蓬勃的绿色上勃发蔓延,一点,一团,一片……

诧异之余,是无尽的感慨。

生与死,休眠与重生,荒芜和蓬勃……相悖的轮回法则下,生存之道在漫无边际的时间中反复上演。生命就如此生生不息。它化石般的存在,见证了地球生命从蛮荒到文明的进化过程。人类在它面前,终究渺小轻弱了,无论是历史还是生命力。而人类关于它的叙说,不免片面,还会生出武断主观的嫌疑。

那么是否有必要再次记述?

当然。疏花水柏枝,亿万斯年的洪水都冲垮不了它,还有什么能够奈何它的?而对于人类,一次次地记叙它,一遍遍地述说它,以人类本身为参照物,恰恰大有必要,毕竟,恒久的纪念品就是天然的启迪。人类难道不是在无数次的自然启迪中一步步学会了思考,尤其是反向思维,即反思内省,从而得到悟道似的自我开化,从此步向文明高地的?

令人忧虑的是,文明在高科技的辅助下加快步伐时,文明的本质发生了偏离,快捷便利顺手采撷了文明的果实,高科技和文明几乎走成交合线条。在如何最大限度地满足欲望的生存法则指导下，人类欲望不断膨胀，无止境地向自然巧取豪夺，长江流域淘金挖沙开矿的络绎不绝，而在追求高利润的指导思想下，一些化工厂和水泥厂靠近长江生产以便于排污和运载……人与自然的关系僵化并出现裂痕，就像两条岔开的直线朝不可知的岁月背离而去，两者便相互抛弃，河湖萎缩，环境越来越糟糕，一些物种开始凋零。长江流域的水质发生污染，水域结构也被改变，出现生物消落地带，而对生存环境有特殊要求的物种，植物若疏花水柏枝大面积消失，直至濒危。有意思的是，就在长江中下游水域附近的植物消落地带上，仅存的疏花水柏枝以一股蛮力呼朋引伴地带来绿意和生命，尽力阻止消落地带走向荒凉……

这样的奇迹，难道不值得思考？

我们，正在阔步走向高科技文明的人类，在逐渐填满了物质的欲望沟壑后，被撕裂的干枯心灵发出了疗愈的信号，精神层面的需求提上日程。而"绿色水润"的疏花水柏枝恰如这样的需求被重视，或者说它以彪悍的蛮力进入研究人员的视野，牵引人类的视线，去发现它研究它驯养它，再去帮它开枝散叶。

慢慢地，濒危的疏花水柏枝有了伙伴，在长江中下游不同的流域拥有了不同的族群，还在长江水流中央的关洲孤岛上占出两千亩面积的植物群落——而且高度达到两米，超出它的祖先一点五米的平均身高。

但是，相对长河及其长河般浩瀚的时间，这远远不够，顶多算是微乎其微。或者说，疏花水柏枝给予人类的启迪从未停止，而人类在获取自然赐予的无尽利益后，对自身行为及两者关系的反思远远不及得到的利益。

这是遗憾悲哀。好在，长江边的疏花水柏枝在近些年来不断壮大队伍，它们不断被发现，而后被移植培育，再在长江消落地带被大面积种植，被破坏的长江水域和水域结构悄悄发生改变。

一度恶化的环境得到改善，空气湿润新鲜了，水质清澈透亮了，长江板结的河床也慢慢被疏通……

疏花水柏枝的存在超出纪念品的作用。

无疑，它是阻截洪涝的强有力的助手。它还是净化江水的植物过滤器。

它具备高颜值，天生就会聚焦众多目光。但了解它的习性后，再次打量的目光包含了丰富的内容，就像它们身体内外储备了无数个春天，我们的目光所至之处，就像在穿越春天的隧道。

看吧，韧性十足的枝条泛红，在砂石中挺直了并不高大的身板，挺出爽心悦目的精气神，接受狂风暴雨的冲击。风过处，如竹柏的翠绿细叶左右摇摆，却在天光中晃出珠玉似的璀璨绿光，火把般点亮人的眼睛。灵秀不足以形容它的姿容，婀娜也无法道出其姿态，毕竟，它傲立横无际涯的岁月中，堪称无敌者，在人类所知的时间长河中，它的青春和蓬勃从未缺席。

三

积累了相关知识后，再见到疏花水柏枝，也就不那么激动了。我会驻足一旁，静静地打量。

它在我的家乡偶能见到，但大面积的存在，是在一个名叫关洲的水中小洲岛上。关洲有点历史底蕴，它位于长江中游主航道北侧，犁耙形状，泥沙和卵石夹杂出土质结构，因为过去官府在此设立关卡，故又名官洲。官洲曾发现明代的石碑，还发现了更早年代的瓷片砖瓦石器，还有兽骨和火烧土块，随后，经过省文物考古研究所确认，关洲遗址为新石器时代城背溪文化时期的遗存，为研究长江中下游史前文明提供了重要资料。

关洲不只历史底蕴足，还有诗意和禅意。《诗经》云，关关雎鸠，在河之洲，说的就是这个地方。风景好，还具备桃源般的逍遥，庙宇便相应而生，东岳庙是关洲最大的庙堂。当地传说，泰山一个云游僧人来到关洲，见这个地方逍遥自在，还景致好，就用化缘来的资金在关洲修建了一座庙，取名东岳庙，自己也留守东岳庙修行。随着时间的推移，不少僧人慕名来此地修行，东岳庙一度发展到九十九名僧人。这里有个奇怪的现象——当然也是传说——僧人数目每达到一百名时，就会有僧人圆寂，所以，东岳庙始终只有九十九名僧人。不满百的九十九的数字，大概是深有意味的，至于何种意味，是有缘人恪守的秘密信条，想必不会为我们这些俗人所知。

这地方不仅有味，还有趣，一年四季，它只在春冬两季露出水面，而夏秋季节就会被暴涨的江水淹没隐匿于水流中。

你能想到，关洲天然就是疏花水柏枝的栖息地。它们合拍到无二的地步，一起青葱蓬勃，再一起闭气休眠。面积达到三点二平方公里的关洲，疏花水柏枝遍布洲上，关洲是目前长江流域面积最大的野生疏花水柏枝集结地。在那里，散落的疏花水柏枝数目达到十多万株，两千余亩。而群聚生长的疏花水柏枝竟有三百多亩。这庞大的数字得益于当地居民的重视和养护。值得一提的是，一位姓薛名传根的老人，本是当地河堤管理段工作人员，退休后，在关洲专司疏花水柏枝的管护，管护之余，还研究培育。疏花水柏枝在关洲越来越蓬勃，而附近水域环境不断得到改善，水质清亮不说，长江独有的江豚和中华鲟之类稀有鱼类也在逐年增加。

我去过关洲好几次。每次都要坐船，而且还是落后的渔划子。不过，今天的渔划子进步了些，不再依靠人力划桨，而是烧柴油驱使。发动机也是手摇的，在着火后，渔划子嘟嘟嘟地冒出轻烟，似乎受到了惊吓似的颤抖，慢慢地离岸，走得不仅缓慢，而且笨拙。遇到阴雨天就要停摆。这样的行程在今天看来是艰难的，但私下又感谢这样的"艰难"，唯其不易，才能保全疏花水柏枝的蓬勃野性。它的生长习性，注定了它的癖好，爱孤独，习惯僻静，拒绝喧嚣吵闹。

也许在现代人看来，它就是不合群孤芳自赏嘛。这看法没错，可是孤芳自赏到"向死而生"，以纤弱的身躯跟漫长无比的时光抗衡，还过滤浩瀚水域的泥沙，沉淀出清澈通润，大概也只有疏花水柏枝了。从前，它是一枝站在水里被水流淘洗的疏花水柏枝，千万年甚至更远的时间后，它还是，站在水流中，从容接受洪流冲击、水生物的啃噬和船舶的碾轧，而后一派青绿葱郁，终于在无涯的时光中站出一个属类。

时光不倒的个性，孤芳自赏岂能形容？这分明就是捍卫和坚守，从品性到属地再到周围的环境。

我曾私下与薛传根老人交流过，不算采访（至少在我看来，学识浅薄的我采访不了，若是挂上这名头到访，很令我不安），纯粹属于唠白。

我问他为何专门看守疏花水柏枝。

他呀了下，重复"为何"这两字，噓下嘴唇答道，你晓得不？咱们关洲可是疏花水柏枝的发源地。

我一愣。老人又补充，市里的园林专家考察过，省里也有专家来考察了，他们都是这样认为。当然，这补白是在佐证他的询问式的回答。

他的回答似乎答非所问，却包含了诸多信息，诸如他就是关洲人，关洲人与疏花水柏枝大有渊源……我还能问什么？一时，我被堵嘴——再询问下去，就是耽搁老人的时间了。我点头，低声道谢。

老人笑了。又说，你晓得不？长江奔流到这里，泥沙被过滤，堆积出三个洲岛，关洲是其中之一，还有两个。

还有两个？我瞪大眼睛，一副聆听状。

老人兴趣来了，继续跟我唠白。那两个洲岛分别叫利洲和郭洲，三洲泊于江水中，遥遥相望，洲岛上，曾经遍布农舍庄田和绿树翠竹，景色别致，江湖上流传着"三洲烟浪"的美誉……嗯，三洲烟浪，是清代诗人留下的文墨，以前在我们这里家喻户晓，我记得清楚，念给你听啊——

说到这里，老人咳嗽下，清下嗓门，瘦黑的面颊泛出水红色。他见我在笑，也还给我一个无言的微笑，再慢悠悠地诵道：

雨后波涛争怒，宵来灯火相望。
九十九洲何处，有人对此苍茫。
漫画烟江叠嶂，何须茗雪往来。
记取三洲盛概，方壶员峤蓬莱。

我点头，频频点头，表示我弄清楚这诗词的大概意思了。其实，后面的几句诗词我完全没听清楚，但是不妨碍我现在记下，手机搜索便是。我还弄清楚了，末句诗词中的"方壶""员峤""蓬莱"指的是传说中的三座神山，用三座神山来比拟三洲风景，可见三洲景色的美丽。

为何现在只剩下关洲了？我问道。

薛老反问我，你说为何？

我想是长江发大水淹没了它们。我随口答道。作为出生在水中央的孤岛上的人，我太了解在水中央的一处地域的规律了。三峡大坝建立前，每到夏汛时，江水暴涨，溃堤是常事，而遇到暴雨天，洪涝就会冲垮堤坝防线，朝着江水四围的孤岛倾泻，淹没庄稼农田和房屋建筑，甚至还会将大树连根拔起……

这样的洪涝在历史上不知有多少次，九十九洲合拢的孤岛却在一次次的灭顶灾难中幸存，这是定力。关洲也是。

薛老解释，清朝咸丰年间一场滔天洪水到来，彻底冲垮了另外两洲——利洲和郭洲,三洲只遗一个,关洲可是冲不垮的。

是啊,就像疏花水柏枝,也是冲不死的。我朗声答道,随后哈哈大笑,俨然我就是关洲子民。

四

今年三月底,一个不算晴朗的日子,我又坐船来到了关洲。

今年闰二月,三月一直阴雨连连,气温偏低,春寒料峭。而在水中央的关洲春来早,草木萌发,绿意盎然,疏花水柏枝已是新绿满身,形如竹柏的细叶清亮逼眼,红褐色的枝干在鲜绿中透出老成持重。惊喜的是,不少枝条已经打起了花苞,若苔米似的花苞圣洁雪白,随着温度升高,花苞将会绽开,洁白也会过渡到桃红色。

此际还是江水枯水期,但是春汛已经在到来的路上了。这意味着什么?意味着关洲虽然袒露在水上,却被浅水一分为二了。我站立的地方,只是关洲的一部分。哪怕是部分,却不妨碍我静静地打量疏花水柏枝。

那天,关洲上还有两三个观鸟人。关洲植被好,有高大乔木,有灌木草地,还要卵石滩和沙滩,环境丰富多样,鸟类也多,是极佳的观鸟地。这两三个观鸟达人,是来捕捉快要绝迹的黑鹳身影的,黑鹳也是濒危物种,全世界仅存两千余只,它却早早地出现在关洲上。他们交代我,观鸟需要安静,千万别吵嚷,最好沉默别动。

为了配合观鸟人，静观的我，决定选择远看，一再退后，从陆地退到水边，终于驻足一处弧形水边……

薛老远远地走来，招手叫道，嗨，你晓得不？你脚下站的石头是块墓碑，清朝的墓碑哈。

我低下脑袋，再蹲身细看。

大半截身体淹没江水中的石头，并非普通的石头，而真是一块墓碑。墓碑一角翘出了水面。这不稀奇，关洲在每次汛期遭受洪水冲击后，总会大浪淘沙般露出什么。去年七八月，天降暴雨，长江江水暴涨，水位不断升高，创下三峡大坝建立后的历史新高，而且一直持续不退。到了冬季枯水期，遭受大水冲刷的关洲露出的估计不止我脚下的这块清朝墓碑吧。

这无须求证。

关洲的历史，虽然从未在文藏典籍里找到蛛丝马迹，时间隙缝里，却处处渗透出它曾经的繁盛和厚重。而疏花水柏枝是强有力的显性证据，它无声地摇曳蓬勃，再和关洲一起沉寂到洪水下，蛇一般蜷曲身体闭气休眠，而后苏醒过来，耸立于江水中，无声地告白，江水不绝，它们将会永恒地存在。

这是奇迹吗？

也许是，但我看来，更是上天的恩典，不得不让人相信。相信它，相信所有生活领域里的奇迹，也是领受上天的恩典。

我能多次目睹它的芳容，也是幸运。

这与我居住地的环境有关。长江中下游巴楚交界处，极目楚天舒，地势从大起伏开始走向平缓，而潮平两岸阔，河床也逐渐宽广，泥沙犹如遭受细密筛子的筛选，纷纷落下，一些相应的奇特而珍稀的动植物便出现了。

代表性的动物譬如江豚、中华鲟，植物如疏花水柏枝。

蛮荒的历史如风拂过，无数的春秋轮回，天地不断繁衍崭新的四季，岁月结晶出现代文明，而长江奔流不息滚滚向东。大浪淘沙，水落石出……留下的自是类似结果的东西。作为时光淘洗的结果，疏花水柏枝是时间的产物，更是自然的代言。

它岂止植物一种？

它是时间绞杀中胜出的佼佼者，是人与自然的关系例证，是洪涝代表的灾难和生命博弈的镜像，是亘古和一瞬争锋时迸发的火光……

疏花水柏枝，更是一种辩证法，是星空璀璨图倒映江河的反向书写。它又怎能独属于人世间和自然界？它还属于整个星球和宇宙。

从关洲返回的那天晚上，惯于失眠的我竟然迅速酣睡，好梦也来助兴，我梦见二十多年前在九畹溪夜晚篝火旁诵读海子诗歌的那个夜晚。我看见一个瘦弱矮小的女孩子，被酒精催发了激情，她满脸红光逸兴遄飞，以一口"塑料普通话"大声朗诵——

…………
我感到魅惑
我就想在这条魅惑之河上渡过我自己
我的身子上还有拔不出的春天的钉子

....
我感到魅惑
小人儿,既然我们相爱
我们为什么还在河畔拔柳哭泣?

后来,我无数次想起那次相遇。而现在,我梦见并以文字记叙下来,我确定的是,疏花水柏枝带来镜像似的呈现:岁月无情而沉重,而在其中无限地保全最初的自己,等于在致敬未来的自己,某一天你们相遇时,你会说,啊,我认识你熟悉你,我们那么相同,终于站成了一个人类与一个物种。

第二章

乔木年华

梨，白了天下

漫无边际的白，在田野，在沟渠，在村头，在堰塘，在屋后。雪来了。但那只是冬天的事情。

现在是早春。雪作为过去时，早已融化，融化的雪水已被盛纳盆钵中，并煎出春茶的香茗。雪水滋润的身体、土地及其万物，将要苏醒，只等风来。说时迟那时快，风来了，悠着步伐晃荡，曾经板结的黑土地松开攒紧的筋骨，慢慢柔软。一场雨飘过，地面冒出翠色的草尖尖，毛茸茸的，带着孩童的稚嫩和好奇，在春风中摇头晃脑。再几天后，毛茸茸的草尖尖已是嫩苗，它们伙同庄稼菜苗花木等植株，在大地铺成嫩绿色的毯子。

风继续吹拂，在一望无际的洲岛上吹出前波后浪。料峭的春寒，依旧砭肌刺骨，却分明逸出早春的清新。

春阳逐渐圆润有力，地温也上来。一棵梨树，一垄梨树，整片梨林。蓬勃的新绿挂在褐色的光秃秃的枝杈上，惹眼，而叶芽儿不过刚冒出脑袋，花苞急不可待了，纷纷挂在枝头，三五朵热闹地拥成一簇，在风中颤颤巍巍的，眨眼间就要绽开。

那花冰身玉肤，凝脂欲滴。风过处，白色蔓延如洪水，雪白呼唤雪白，簇簇花团相连，水流似的呼啸而来。从此，白了天下，却不是雪。

是梨花。

怎么说呢？我艰难地描绘，对外地的友人。我们因为一个培训活动相遇，又因为某个机缘而交出各自的故土，那是推心置腹的交底，是佐证缘分的赤诚。我先说，因为梨花已经绽放在我的唇上，催生我表达的欲望。说起故乡，在水中央的孤岛，避开不了它特殊的地理位置和不同凡响的景致，好景致离不开春天。而春天在孤岛就是梨花岛。

春风骀荡时，漫天遍野的梨花，款款诉说二三月的璀璨和珍贵。

我如此起头——不画梨。

不画梨，是绘画中的一句行话。因为梨花那样白，比雪还要白，已经白到了绝处，接近虚无，就不好用色了。故而绘画中，一般不画梨花。我不清楚故乡人是因为绘画行家的点拨，还是有这方面的典故，他们说起梨花，免不了文绉绉的，说完，以"不画梨"作结。

不画梨哈……他们以重重的语气叹道。啊，不是叹息，是感慨强调。

不画梨……

村头响起谁的惊呼。于是，三两个脑袋，妇人的，孩子的，从院墙那边探出来，朝村头堰塘边的一棵大梨树看去。那梨树很有些年头了，是棵古树，树干挺拔粗壮，我们小孩需要仰视才能见树尖尖。每到春天，黑褐色如剑戟四处叉开的枝干上冒出了新绿，那新绿犹如小星星，异常耀眼，却孩童似的满腹好奇，它们娉婷着身姿站在堰塘的岸上四处打探。

天气刚放暖，春阳还很羞赧，春天的痕迹却准确无误地被梨树显示。梨叶尚在新芽状态，而疏落的枝丫间，绽开大团粉白的花，压枝欲低，拢起一树白雾似的云团。那绽放……无声无息。但那只是假象，或者说，我们凡人无法听见那隐秘的呼唤——是的，一定有隐秘的类似电波的声息传输。花苞一簇簇，挂在高矮不等的枝头和丫杈间，得到了命令，霎时彼此呼应，并摧枯拉朽地蔓延那片白。白色篡改探望的视线，要我们忽略了花簇与花簇之间的距离，白与白对接联手……白得漫无边际，白得天地失色。

那白……朦胧而旷古，令人恍惚，使打量的人霎时入梦，似乎天地间有个纱网凭空罩下来。等你眨个眼后定睛再瞧，流动的粉白的纱罩缩小了，隐身衣一般套来又笼住周身，灵魂不由出了窍，顿生今夕何夕之感。有风吹来，暖和中还带有倒春寒的凛冽，但这是必要的。于是一颗心稳妥下来，游走的神思安然返回，清晰地提醒：那白不是虚幻，而是真实的花朵，是整个春天……

清白胜雪，素雅含香。

微风处，花朵颤抖，犹如婴儿的呢喃，却不胜风力，花瓣飘摇，脱离枝叶，缓缓坠地。地面一层粉白，若雪似霜。那些白，树上的、地面的、水面的，延展明亮而恍惚的空间。而树上的粉白却未减少一分，还是一团云雾，蒙眬了双眼。

那些风姿绰约的花朵,正如古人所说的"占断天下白,压尽人间花",很能镇住场面。即便飘坠于水面,却也轻柔地压在其上,倒映出半边花影。

白了天下。

妇人和孩子跟着呼喊,口气清淡,毫无惊讶。但作为"不画梨"的应答,舒缓下来的声调,分明透出欣喜和赞赏。那树花,粉白若梦,让人想起唐诗"梨花院落溶溶月,柳絮池塘淡淡风"。是呵,都是以物类比,进行衬托。那簇拥的白,一瓣一瓣,一朵一团,一簇一树,在颜色中,无法避免地白到了极致,接近于无了。以虚说实,怎么说好呢?

真不好说。友人附和道,还频频点头。她沉思下,又补充,不过,我似乎见到你描述的画卷了,尽管有些琐碎,可是又很值得,毕竟它太冲击眼球。这补丁打得贴心还真诚。

我也点头。继续说,某种意义上,梨花就是雪白的代名词,而雪白,几乎就是虚无的别称,接近了空白,极限处的空白,是初始,也是终极。或者,说起白到极点的颜色时,要想言简意赅,只好搬出梨花。

白了天下,正是梨花的绽放。

白了天下。友人面露赞许,重复这四个字,似品咂玩味,又似肯定赞同。她慢慢抬高了眼帘,眼神朝虚空无限地看去。沉静的凝望姿态,与其说是想象,不如说是沉悟。

是啊,乡村人就是这样直接。但他们的智慧也令人由衷地叹服。一句"白了天下",分明把雪白的梨花形象淋漓尽致地道出,而且还生动地描绘出梨花绽放的姿态。

我似乎找到话语的方向，决定结束笼统的描述，转从我家门前的梨树开始叙述。

我老家建筑在一个高台上。

有高台就有台坡，台坡从院门开始倾斜。而院门外有一棵大梨树，是我家起新屋时植下的，算来有半百的年纪了，绝对是梨树中的祖宗。梨树喜欢温润的土壤，爱阳光，也喜通风。它站在院门外的坡面，环境得天独厚，三五年就长出俊逸挺拔的枝干。到了春天，枝丫便蓬松出大团大团的白花。艳阳下，白中透出丝丝粉色，肉眼看去，就是粉白了。春阳好，但风也频繁。风悠来荡去，梨花似不能承受它的诱惑，忍不住颤抖，却又极力屏住。无奈，绽放的梨花也绷完劲头，终是忍受不住风的摇撼，花朵开始破碎。分离。坠落。

一瓣。一瓣。再一瓣……

梨花披靡于地，仿若霜雪覆盖。却有淡淡清香，萦绕泥土，扑面而来。这是时光的痕迹，托付梨花瓣，见其形，漾其芳，慢慢地走过，不返。这终是遗憾了，令赏花人陡然忧伤。

韶华如此流逝，挽留不得。古诗词以梨花落地为"春去韶华尽"的象征，也是大有缘由。而月光下的梨花地，又是另一番滋味。

春月挂在黑云上，徘徊于斗牛之间，月色清隽，光华无限，却微微散发凉湿气息。梨花林里，浮腾一层霜白，似云若雾，毫无挂碍的夜风穿越其间，迅猛而精准，扎出无数的针眼般的小口子，梨花香便在其中蔓延浮荡。夜风浩荡，梨花终是弱不禁风，随风飘坠。飘坠的声音，轻弱却绵长无尽，是春夜陡降的小雪，是少女纯真的眼泪，是诗人的核心字句，还是夜鸟的呢喃。梨树下，花瓣堆积，堆在月华照不到的地方，却堆出月华的反光。

月华似水，地面堆霜，天地兀然合一。大一统的芬芳的霜白，淹没了我们的感官，我们的身体。

漠漠长夜，虚幻若仙境，那时，总有梦游的人浪荡其中，或静默，或歌唱，或缓缓踱步，或低头沉吟，或手舞足蹈，或引颈长啸。更有一个女子，总爱在那样的夜晚，化出浓墨重彩的表演妆容，头发插满珠玉，身上套一件白色的长衫，再摇一把扇子，穿梭在梨花树之间，咿咿呀呀唱着古戏曲。她粗鄙的歌喉实在令人不敢恭维，而且唱一句要弯腰咳嗽好一会儿。那呕心沥血的咳嗽，是病患的症候，大大抵消了歌唱的连贯性。但是，没有谁认定她是个异类是个病人，从而喝令她停止。相反，听见的人会停驻下来，满怀敬意地听她唱听她咳嗽，那观看的眼神里带着欣赏和怜悯，偶尔会有一两人靠近，手捂嘴巴窃窃私语，旁边的人就竖起右手食指，并将食指压住上下唇，嘘……轻微的绵延的声音下，周围安静了。聆听和观赏，都是对白衫女子最大的奖赏，亦是认可。这里包含了理解和悲悯，还有同为乡邻缘分的珍惜。白衫女子的幸运，也在于此。

当然，她是美丽的，却又中了"红颜薄命"的蛊而不幸。一个人到中年却依旧单身的女人，还是抱病在身，这不幸里包含了坎坷的经历。她曾经爱唱戏曲，也有一段与戏曲有关的恋情，却总是被情所伤。年少时的女子身段婀娜多姿，容颜清丽可人。有一年，楚剧班子来到村里唱大戏，为村里的赵家老太爷祝寿。赵家三个孩子都有出息，在外工作，适逢赵老爷爷七十大寿，于是请来楚剧班子热闹热闹。适逢正月，大年还没过完，也正是农闲时节，楚剧班子见洲岛上的百姓喜欢看戏，便在洲岛各村巡回演出。白衫女子和村里的一个少年一起跟赶着看。楚剧班子的演员熟悉了他们俩，见俩少年兴趣浓，长相也不俗，便有意无意地进行调教，发现还是那么回事，于是有心招两个少年入行。俩少年回家跟父母请示，父母都答应了。少年少女便加入楚剧班子。

但是，七八年后，白衫女子返回乡里，她变了一个人似的，沉默寡言，脸上一派凄容。一些传闻也流传出来，少年已是班子里的当红小生，与班主的女儿形影不离，在台上，他们常常是戏曲里的男女主角，台下除了一起排练，其余时间也是出双入对。而白衫女子总是气力不足，唱功跟不上，还时不时就忘了词，慢慢地，女子从配角退到跑龙套再退到打杂的用人。其间她患上了肺炎，在医院住了好几个月，病情稍稍好转便回到家乡。半年后，她开始咳血，去医院检查，发现患上了肺结核。肺炎转为肺结核？还是天生就有肺病？不得而知。

回乡后女子依旧唱戏，多半是在家里楼顶上独唱独演。但遇到梨花盛开芳菲流转的月夜，她就会换上戏服到梨林里演唱。啊，梨林对应的难道不是梨园？那白到天下大一统的月夜，难道不是最华美的舞台？而漠漠清辉下，对影成三人，难道那不是她对初恋的祭奠和哀悼？不是她对生命的诗意阐释？

而咳嗽，剧烈的咳嗽已经严重影响了她的表演。这有什么关系？在乡邻眼中，她是真正的戏曲演员，是美的化身。作为观众，他们对白衫女子也回馈了虔诚和赏识。

以后我每每想起那样的一刻，内心便会感动，为那个女子，更为她的乡邻们。这个肺结核患者，患病多年，每次咳嗽都要命似的，还会咳出鲜血，血从丝丝到点滴再到一团，快要被咳干。但那样的夜晚，如水的月色总会引诱她，芬芳的梨花香召唤她，她不得不歌唱。她唱一句，就得扶着一棵梨花树咳嗽一会儿，然后咳嗽不已，好半天后再吐出一两个音节……一年又一年的春天过去，终于，歌唱在某个春天用尽她的气力，成为生命的绝唱。春末，梨花萎谢，她也撒手走路（孤岛俗语：去世的意思）。可是，谁会怪罪她呢？正如没有人怪罪自己一样。

一切都在缘由中，一切都被理解被原谅。而理解原谅的对立面，难道不是纯粹的爱？爱到毫无缘由，便是美。

美是正解。美的倒影便是伤感和惆怅。周邦彦词云，"弄夜色，空余满地梨花雪"，写尽年华匆匆的遗憾，遗憾之余，又有不可言说的伤感之美。

那样的时刻，我还是孩童，暂时没有机会读到写梨花的古诗词。却多次接受那种说不出缘由的召唤，奔出家门，就像梦游人一样，加大脚步，奔向月华下的梨花地，置身其中，恍惚着，因梨花雪带来的魔力而醍醐灌顶，竟然莫名意会了那种形散芳流的忧伤。以后，长大的我一旦接触类似的古诗词，伤感和惆怅就会溢满心间，若干个细节张开翅膀抵达我的记忆。

记得那个春夜，我一脚踏出院门，看见白梨花花瓣堆积泥土上，竟忍不住收拢脚步，逡巡徘徊。我实在不忍踏上，以免糟践了那堆雪白。又心生说不清楚的伤感，人就驻足在那里发怔，恍若灵魂出窍。

春天的梨花岛，美则美矣，却分明生出莫名的惆怅。又恰恰是那份惆怅，衬托了感官的实在和真切，美感才有了依据，从而在记忆里站稳脚跟，修整有关故乡和童年的记忆，也启迪我们伤感的美学观。

是的，我的记忆角落，尚有大片的梨花白。白了天下，豪情处，也是淡淡的伤感。

时间迈着四方步朝前走，到了夏天。梨树已经是枝叶婆娑，先前翠绿的树冠，已经变更为华庭浓荫，埋藏无尽的清香和宁谧。

这是一棵正在孕育的果树。

它挂出的青果，绿幽幽的，贮藏了神秘的梦想。那样的绿色，似乎绿漆一般包裹小果实。它的青涩和坚硬，在天光里荡漾。凝望的眼睛久久盯着它们，心中却满是疼惜。

这样幽绿的果子，质地坚硬，却散发淡淡的沉香。

这是幼稚而天真的梦想，亦是抱定为圆满梦想而不惜珠玉粉碎的决心。一枚果实，怀揣梦想且忠贞不贰，注定会为自己封神。

一切都在开始，一切都在成长。

天气渐渐暖和，再一天天地炎热，幽绿慢慢淡化颜色，掺杂进明黄，两种颜色混合，调剂出亮绿色。果子开始圆满，曾经硌手的表皮也慢慢光滑。

那绿，青绿若草色，在枝丫间三缄其口，是腼腆的处子，虚怀若谷。它们似乎甘心陷落在宽大的叶子中间。这是假象，只能说明它们太能沉得住气。等待蒲扇摇起蝉鸣蛙叫时，它们走出树叶的遮挡，在风中微微摇晃。而清亮逼人眼睛的绿色，因为身体的饱满紧实，在阳光中水镜般映出熠熠光辉。就在人伸手的刹那，一阵风晃来树叶，绿果又隐藏起来。

还未到完全成熟的时候。还要等待阳光的暴晒。

几个大晴天后，青果完全褪掉了草色，发黄甚至呈现黄红色泽时，便透露出馥郁醉人的芬芳。沉实的果香，在方圆几里弥漫渗透。

故乡是长江中下游交汇处的一个孤岛，千年泥沙堆积，土壤肥沃疏松，气候温润，阳光充足，雨露也充沛，最是适宜梨树生长，而且是汁水丰富甜蜜果肉入口即化的沙梨，创下闻名全国的品牌，也为孤岛人掘出创业丰收的大好路径。就像棉花一样，孤岛上的家家户户，都会种上几亩梨树，春来赏花，夏收果实再卖出去，赏心悦目了不说，还增加了家庭收入。目前，沙梨品种多，翠冠、翠玉、黄金、香玉，我最爱吃的是香玉，名副其实的果实啊，个头也就一个拳头似的，表皮褐绿色，又微微泛出绯红，但是果实奇香，檀木香中又融合了兰草的幽香，霎时就能在众多果实中脱颖而出。香玉不光长得好气味好，内质也好，皮薄肉脆，汁水丰盈甜蜜，咬一口，满嘴清香。无疑，它的娇嫩决定了这个品种的收获不易，因为皮薄香味足，它常常被蚊虫叮咬，即便不是蚊虫，就是随便一个外力，轻轻碰触下，也会导致皮破果实炸开。你能想到,香玉的保质期超短,它的珍贵也体现在"昙花一现"的价值上。对了,香玉还有一个名称,叫黄花梨,两者比较,我喜欢前面的称呼。

说来,梨树在孤岛的历史,也就是这处地域的历史。它天生就是我家乡人的粮食。说粮食其实不大合适,因为梨性寒,实则药性大,是中药一种,当作填饱肚皮喂养胃囊的粮食,有些勉为其难。

但,我又没有说错。

彼时的吴婆婆就是把梨子当作粮食的。吴婆婆有个好听的名字,吴秋平。这名字让人想起她年轻时的端庄美丽。她是外地人。因为丈夫是个木匠,到处做活,做到她的家乡,两人认识并自由恋爱,还是姑娘的她,舍弃家人,只身跟随木匠来到了孤岛成婚。这在二十世纪三四十年代,可不是一件小事,是与父母包办婚姻的传统习俗的对撞。儿女婚姻父母之约的习俗在那个时代已是约定俗成的规矩,还是家长式作风权威的证明,对撞就是冒犯,甚至是忤逆,需要非凡的勇气。吴婆婆和她的木匠先生却做到了,一时在我们那个村庄传为佳话美谈。但命运多舛,木匠外出做工过河时,遇到长江起雾,乘坐的机帆船发生撞船事件,船上的乘客掉进江水里,死的死伤的伤,而木匠因为背着工具箱,一下就沉入水底,活活淹死。吴婆婆刚进入中年就守寡,一个人将两个儿子拉扯成人。小儿子参军后,去了朝鲜参加抗美援朝战争,再也没有回来。大儿子长得虎背熊腰,结实的庄稼汉一个,还继承了父亲的木匠活,平时也是到处做工,闲着时就在地里忙庄稼。大儿子二十岁时娶到俊俏的媳妇，不久生育了两个胖小子。这样的家庭还是不错，村里不少的后生艳羡得很。但谁能把握住自己的命呢？三伏天的一个下雨的傍晚，大儿子挑着水桶去长江担水，却不小心滑进江水的漩涡里淹死。一年后，儿媳妇改嫁。吴婆婆哭着挽留，却终是没有留住。

无奈的吴婆婆带着两个孙子生活，饥一餐饱一餐的，度日如年。好歹祖孙三人也活了下来，那俩小子都上了学，都是读书郎了。吴婆婆，满当当的坚韧不拔的妇女形象。

然而，我记忆的影像中，只有她颤巍巍着三寸金莲，站在屋后四五棵梨树下咒骂的景象。

应该是清晨（每次都是清晨），她站在梨树下，伸开了右臂，跷起食指，上下指点，嘴唇翻飞，口中骂咧不止。她都是祖母了，但是，一点也没有老妪的羸弱，相反，在诅咒叫骂中，她佝偻的脊背挺直了，声音越来越大，中气越来越足。没有人搭理，也没有谁来观战。但是，咒骂中的她，情绪被调动，突然蹦跳起来。她的嘴角堆积了白沫，看上去仿佛是洪水推来的泡沫。泡沫在我们的经验中，意味着即将涨潮。

是的，潮汐来了。

……断子绝孙的畜牲，不得好死啊，欺负我们孤儿寡母的，偷我家的梨子吃，你们吃得下去吗？那是我们活命的果子，你们断我们口粮，还是不是人养的？还有没有良心？偷我的果子吃，不怕闹药闹烂你们的肠子，闹死你们的心肝肝？我咒你们不得好死，咒你们死了不得托生哦……

咒骂的声量大，骂语层出不穷却毫不重复，可谓泄洪之水，滔滔不绝地奔涌向前，阵势吓人。但，她骂了一大通，还是无人观战，妥妥的独唱。终于，声音嘶哑的吴婆婆不耐烦了失望了，也许是委屈万分，一屁股坐在地上，呼天抢地，涕泗交流。

嗓门哑了破了，却把声音逼出悲愤不平……仿佛那是她人生遭遇的最大的悲哀，苦楚都粘连于喉咙，块垒般压迫呼吸，令她难受痛苦，势必一吐为快。她咒骂哭诉，不如说是变调的自我倾诉。或者说，她把人生遭遇的悲哀，一遍遍一年年地放到这样的时刻，去哭，去喊，去骂，去跳，最后喉咙哑破精疲力竭，不过为了宣泄。

一年年，在某个炎热天的清晨，她歇斯底里地哭闹。

为什么？

因为她家快要成熟的梨子被人偷了。按她的说法，那不是水果，而是填肚子的粮食，所以她必须咒骂。究竟谁偷了梨子？偷盗了多少？至今没有一个人能够给出答案。

怎么会有答案呢？看看她家的四五棵高大挺拔的梨树，黄澄澄的果实的确是少了些，却还是能够满足眼睛的打量。

但，果子少了就是被人偷了？

起先，有人在劝解中这样发问。坐在地上哭闹的吴婆婆跳将起来，指着劝者一通大骂。昨天还是果子压树低，今天就少了一箩筐，你还说没被人偷，你这是睁眼说瞎话，昧着良心编词欺负孤寡，呜，你在帮恶人作歹，是得了好处再一鼻孔出气……

滔滔不绝的骂声变成了讨伐。劝者面孔一阵红一阵白，额头却是汗水若雨滴，嘴唇哆嗦半天也吐不出一个句子来，只好哀叹几声，摆起右手，狼狈而逃。逃出吴家好远，见后面没人追来，才转身，右脚在地上一跺，先拖出接近八个节拍的唉声，再补上一句，我真是吃多了没事干啊。

路上行人听见了，无不哈哈大笑。笑完，便是一阵叽喳调解——

"人家吴婆婆练练嘴皮，抛下老泪，吼几句嗓子，你去捣蛋，活该被赶。"

"吴婆婆苦啊，她满肚子的苦水，就选个时辰倒倒，咱们要成全。"

"刀子嘴豆腐心，吴婆婆明天就会提着篮子，挨家挨户地送梨子去。"

"吴婆婆你继续骂，我们听着，骂完就回家给俩孙子准备午饭去。"

…………

听听，村子里的人大都识破了吴婆婆的怪招，不仅不揭穿，反而挺附和她。说是怪招，似乎委屈了吴婆婆的好心。她一顿咒骂后，不久的某个黄昏，便提着竹篮子挨家挨户串门去。篮子里满是黄澄澄的梨，饱满，喷香，肉嫩，个个都是外表甚佳，她殷勤地请大家品尝。于是，她会收获满满的赞誉和感谢，颤巍巍地踱着三寸金莲回家。

丫头，尝尝我家的梨子。是黄花梨，也是我喜欢的香玉这个品种，果皮薄到没有，果实入口即化，香甜得没有解。她到我家，塞到我手上两个大香玉，满脸都是舒心的笑。那褶子平展，竟水起涟漪一样，荡漾起丝丝水纹。混浊的双眼，闪过晶亮的光泽。

那一刻，我很难将她与双手叉腰撒泼逞凶的形象联系起来。我忍不住说道，是好梨，但是再好的梨也不能当饭吃。

我当时太小，心中有理，却无法圆融。我冒出的这句突兀话，省略了一些解释，只说了解释后的结论。不过这句话，是在吴婆婆咒骂偷梨的人之后不久。我的话有分辩意味，实际是在告诉吴婆婆，可能没有人偷她家的梨。

吴婆婆顿时恼怒万分。她哼一声，虎起脸，瞪大了混浊的老花眼。但看我不过一个毛丫头，口无遮拦童言无忌，怎么好意思争竞？于是，吧咂下嘴唇，笑了笑，又松开脸上的褶子，说，我就一个老婆子嘛，还是小脚，不中用，挣不了家当，家里什么都缺，说来，我家的梨还真是救命的粮食，要卖出去换钱给那俩小子读书。

这是大实话，顿时让我难过。我低头瞧看那两个黄澄澄的快要掐出水来的黄花梨，忍住即将冒出的口水，拿手摩挲下，准备把梨放回吴婆婆的篮子。

丫头几个意思，不就两个梨嘛，你喜欢吃，我这个婆婆也高兴。吴婆婆眼疾手快，赶忙拦回。再说，我差钱也不差乡邻们的好情意。她的话又让我马上转悲为喜。

好情意……多么可贵的词语。

这就是"白了天下"衍生出来的好处。友人插话，帮我总结。

我点头。吴婆婆说得没错，梨子不仅是她家救命的粮食，也是我们这地域的饭碗。后来，我们孤岛上家家都辟出大量田地去种梨，坐实了梨花岛的美称。无垠的原野上，梨树遍地，白了天下后，是果实丰收。那时候，八月底到十月中旬，是长江航道最忙的时段，白天黑夜都是拖梨子的货车。那些梨，长在孤岛的沙田上，香甜汁水多，品种优良，被发往全国各地，还出口境外，孤岛人的收入也大都压在这些天的货车上。

梨的品种多，但要挣钱快，肯定还是吴婆婆家种植的那种黄澄澄的香玉，皮薄，肉嫩，汁水多，味道香甜，且成熟后的颜色，是绿中透红。放在桌上，芳香飘满了房屋。而夏季的原野，是沁人心脾的香甜，一直在孤岛上拂荡飘摇，渗透在我们的一日三餐里，也渗透到我们的白天黑夜。

那时的孤岛人，梦中都是香甜，汁水四溢。

友人没吃过孤岛产的香玉，却在我的叙述中品尝了那种满口生津的甜蜜。她吧嗒下嘴唇，赞叹道，的确是好吃的梨。

我不禁浮夸一句：天下无敌，哈哈。这哪里是浮夸？是来自心底的千言万语的汇集。

然而，这一切都来自白了天下的春天。我们又把话头说到了梨花开到荼蘼而胜雪白。诉说中，我们四目相对时，梨花兀然在眼前绽放。春天转个弯，回到我们眼前。

一望无际的原野上，春风款款。而树树相连，梨花白到天涯，风吹拂，花瓣在半空飘浮倾泻，大片的白笼罩在天地间。天地都是飘落的白，不知谁在吟诵：

"芳春照流雪，深夕映繁星。"

棉花的生与死

秋末,小姑来我家时带来一麻袋的柚子和一床新棉被。

这是他们家近二十亩庄稼地的告别和开端。棉花全部退场不种了,庄稼地都拿来改种柚子树、梨树、柑橘树和南瓜。理由是,棉花太难伺候,一年四季都把人绑在庄稼地里,累人不说,而且需要大量的农药清理害虫,还要不断地施化肥,这些对土壤和空气污染大,孤岛四围环水的地理环境又决定了这些污染势必影响到长江水质。

这当然是理由。只是,听说棉花将要退场孤岛——不只我小姑家不种棉花,孤岛上的人家基本不种了,我心中不由一阵凄然。

晚上,棉花入梦来。一望无垠的棉田,秋阳高照,炸开口子的棉果上,棉花水流般漫出,又霜冻似的遮蔽了尖锐的棉壳。一朵,再一朵,一片,无垠……柔软和洁白盛大无比,它们蔓延梦境,遮天蔽日。接着,它们举起了我的身体。我坐在那片柔软洁白的云团上,抱着双膝,却瞌睡连天。

棉花唤醒我的记忆,我该说说它与我之间的关系了。

一　忙碌的棉花

从一粒棉籽开始，棉花就占据了春天。然后是夏秋冬，接着是一年又一年的岁月。孤岛人被称为棉农。

很长时间以来，我并不喜欢棉花。这种厌恶从我认识棉花开始。那种沉实笨拙背后的忙碌压榨了不少乐趣，而它带来的穷酸味道更是令我厌恶。我很小时，就希望自己不是小棉农，不是棉农的后人。这种假设在强悍的现实下不过是肥皂泡，冒出时就破灭。等到读书后，我心中埋下一个近乎理想的希冀，有一天我要考学出去，远离孤岛，与棉花不再有丝毫关联。

这"理想"萌发于我的幼年——孩童乐趣被棉花压榨。

刚过完年，母亲带我打营养钵。我不过三四岁，真正的手无缚鸡之力，但母亲说多少可以搭一把手的，说着她朝我递来满怀笑意的目光。我拒绝不了，跟在母亲身后，去做她的小帮手。母亲打好了营养钵，要我在每个营养钵上面的凹处放上一粒棉籽。

我捏一把棉籽在左手，右手捏一颗棉籽放在营养钵的凹处。那灰色的棉籽，比鸟屎还丑陋，却硬邦邦的，硌手心。我放了一颗又一颗，终于蹲坐在地上，捏起了泥巴。天知道，注了水的泥巴要比棉籽冷许多，可是，它们就比棉籽听话。捏着捏着，就捏暖我的手。母亲呵斥我偷懒。我只好重新捏棉籽。但是……二月底吧，时令是春天了，气温还是凛冬样子。寒风若铁片刮着我裸露在外的手和脸。鼻涕得势，欢畅地朝下滴淌，双手红肿麻木。

我丢了棉籽在荷包里，又抓起一把棉籽丢进水桶里，再……终于，我被勒令回屋。

我再没打过营养钵，母亲也没再做这方面的要求——兴许就是上次捣蛋的功劳。但是，我为棉苗薅过草。开始是用手拔草，拔累了可以休息，反正母亲早丢下我，手脚并用到田地中间忙去了。

六岁时，个头高了些，某种程度可以驾驭农具了。拿一把锄头，跟在母亲身后，装模作样地去锄棉苗根部的野草。那是细致活儿，要使力于锄头边角，否则，就会锄掉棉苗。沙地上的草，生命力超强，总是断不了根。一场雨水，没断根的野草又冒出脑袋。锄草要反复，从四月到六月。尤其是六月，气温升高，野草也优胜劣汰，留下的多是倔强的结根草，若不除掉，马上会盘成一团，再盘掉棉苗的营养，棉苗就难以结出果实。好歹，那段时间不冷不热，人再累，也受得了。

难的是大热天，棉花长高，枝叶茂盛了，也挂出了花蕾，还有一些早到的棉果。但是蚊蝇害虫拢来，盘结在棉花嫩叶花蕾幼果上蚕食。怎么办？打农药，毒死这些害虫。农药药性越强越好，毒性越大越为首选。

打农药……简直是惨痛的记忆。

父亲是医生，多半时间守在单位。家里的六亩田全靠母亲。母亲知晓打药水给人带来的毒害，再忙不过来，也不允许我们小孩家去掺和。我似乎得闲了，一颗心却揪成一团。就在七岁那年的七月中旬，母亲突然晕倒在棉田里。邻居慌忙把母亲抬回家，摘掉了母亲嘴巴上的纱巾,母亲醒过来,大口呕吐。邻居又把母亲送到父亲所在的卫生院。所幸及时,母亲输完液,就回家了。隔了三五天,母亲又背起农药瓶,行走在棉田里喷打药水。母亲有了教训,全身上下都裹得严实,喷一会儿,到田埂上休息一会儿,再钻进棉花田继续喷药水。打了几天,身体倒正常。

幸运是相对的。八月三伏天,母亲又背起药水瓶去田里喷打。这次,天气太热,母亲挽起长袖,药水毒性从手臂汗腺钻进去,母亲又中了毒。人并没倒在田地里,而是她觉得异常胸闷,便马上结束喷打,骑自行车回家。刚到家,就倒在地上,呕吐不止。我放学回家,遇到口吐白沫的母亲,吓得大哭。马上转身去找舅舅,两个舅舅用板车拖着母亲朝卫生院飞奔。中毒的母亲这次在医院住了半个月之久。

母亲康复回家后,我们要求母亲不再去打农药了。母亲笑着满口应诺。她怎能不答应?出院的她,不停地唠叨,时间快啊,可以不打农药了。她的意思是,酷热的八月快要结束,马上就是秋水长天了。而秋天是棉花炸开丰收的季节。只要采摘它回家,再就是卖出去了。打农药是来年的事情了,而来年还远着。

忙碌一年,到大雪纷飞的季节,母亲该休息几天了吧。不,母亲更忙了。她还有门手艺,就是缝衣服,她是我们村里有名的女裁缝。年底丰收的棉花,家家户户卖出大部分,却会留下一点,缝被褥和衣服。遇到家里过红白喜事的,更是少不了。年底的母亲便夙兴夜寐,背着一个大挎包在各户人家里奔走,有时还要打夜工赶做。

父亲跟母亲开玩笑，母亲就是把棉花绑在她身上的，哪怕有心撒下也撒不开。母亲爽快地答道，对头，我跟棉花是一年到头也离不得。

彼时的我年幼无知，不懂其意。但是……

二　母亲生在棉花地里

母亲来到世上全靠棉花。这怎么说？

不得不述说当时的时代背景。

一九四一年，日本军队占领江汉平原，为继续西进三峡攻打石牌做准备。他们不断西进，驻军主要集中在长江宜枝一段。日军准备得并不顺利，屡次遭受来自长江水域的抗日队伍的袭击。日军不久发现，隐藏在长江中心的孤岛，最令他们头疼，它四围环水的地理位置，成为中国人南北周旋进行抗日的有利据点。一九四三年初夏，石牌保卫战取得了胜利，而一支抗日队伍再次通过孤岛成功转移从日军手中劫来的军用物资，挫败了日军的嚣张气焰。日军恼羞成怒，决定拿下孤岛这个地盘。

八月四日的上午，日军开着军舰过江，准备对孤岛进行扫荡。

八月初的孤岛，棉花遍地，绿油油的，枝叶相连地拥挤一块儿，袒露在一望无垠的原野上。那时的棉花是十岁小孩的个头，枝干粗壮坚韧，棉叶肥硕，毛茸茸的，枝丫间的棉果拳头大，青绿色，饱含汁液，沉甸甸地填满空隙。密箭似的枝枝叶叶砌垒成一座座密不透风的墙，墙内是贪吃的蚊蝇害虫，而气流积压，空气闷热。钻进棉田,似乎被那些枝叶棉果淹没,呼吸不由急促。

那样令人晕眩的地方,谁会去呢?

你能想到,八月初的棉田是极好的隐蔽场所。

我外婆却去了,和我外公跑进田地深处,拔掉几棵大棉秆,挪出一个能够躺下的地方,便藏起来。棉花丛中,热,脏,还不舒服。但是安全啊,不得不去。因为就在日本军队过江进攻孤岛的那天上午,我外婆肚子疼痛发作,即将临盆。我母亲每次讲到她的诞生,就会流泪说,早不来迟不来,偏偏等到那天,日本人进攻咱们孤岛,还是搞突然袭击,唉,可苦了你外婆。

就是这么巧。而一个"巧"字包含多少难言之隐?还有……

母亲说,外婆他们得到消息,日军开着军舰正在渡江进攻孤岛,岛上百姓都在准备转移,可快要分娩的外婆能躲到哪里去?孤岛就是一个耸立在江心的沙洲,没有山地,也无丘陵,可谓一马平川。如此坦荡如砥的地形,如何躲得过?说到这里,母亲喉咙哽咽,眼神停留在空中某处,整个人陷入沉思或者回忆中,或者还在后怕。

我们都屏着呼吸盯看母亲,隔着遥远的岁月祈祷——有奇迹发生。

真就发生了奇迹。

日本军舰是在早上过江的。嘟嘟作响的军舰耀武扬威,军舰上的太阳旗猎猎招展。可人算不如天算啊,日军怎么也想不到,过江时,他们遇到了江猪。江猪呼啸而下,一股股浪花涌动,江面颠簸动荡。出行的日本军舰被迫停摆。而孤岛上的百姓也得到了信息，纷纷从岛南那边过江避难去了。我外婆挺个大肚子，随我外公钻进茂密的棉花田中，不久安全分娩。

当天下午，日军再次渡江，首先来到靠近江边的八亩滩村。而村庄有了准备，村民基本逃走。日本军队将村庄付之一炬，一座又一座的房屋倾圮，成为废墟。

毕竟只是房屋，人还在啊，全靠了棉花和江猪。母亲的唏嘘声中满含庆幸。

我们无言，却是满脸泪水。

棉田是母亲的避难所，更是我们生命得以延续的产房。上面说到的江猪就是江豚，后面我也会专门记叙它。

三 棉的花

棉花当然不是花。

但它在初夏时会开花。它的花不亚于任何一种鲜花的模样，洁白、淡黄或者粉红，挂在枝丫间。花瓣上脉张着粗疏的纹理，铆足了劲头怒放。大朵的花和翠绿肥厚的叶子相得益彰，漫天漫地地铺张开去，在田野绵延。

初夏，棉柴枝丫间绽放出花朵，到了夏末秋初结出棉果。开始的棉果是椭圆形，油绿，泛出隐隐的光泽。炎夏来了，棉果一天一个样，逐渐坚硬。

在连日的太阳暴晒后，棉秆开始委顿，叶子也逐渐枯残，犹如走到暮年的老妪，形容枯槁。可挂在枝丫上的棉果饱满硕大，水分充盈，它们充满了耐心，吸收阳光壮实自己。慢慢地，绿褐色的棉壳砰的一声，炸开了壳，犹如大肚子的孕妇分娩了，洁白如云的棉絮便伸出了脑袋。

那些充分接受阳光照射的花絮绽放得一塌糊涂，豁开了眉眼，就像被幸福击中的女人，满是喜悦。那些与阳光失之交臂的棉籽却明显营养不良，紧皱着脸庞，黑斑沉沉，困顿在黑铁般的棉壳中，犹如无法振作的悲伤人。

孤岛是千年的泥沙在大浪淘沙后的尘埃落定。砂质土壤，细腻绵软，再加上地处亚热带，四围江水环绕，孤岛上的阳光充沛，气候温和湿润。

棉花生长在孤岛上适得其所。今年十月，我去了博尔塔拉蒙古自治州的托托镇，在那里见到了疆棉。同为棉花，疆棉和孤岛棉花太不同了。托托镇在天山脚下，阳光充足外，水源也好——天山融化的冰雪和托托镇蕴含的地下水保证了棉花所需的水分。其地生长的棉花朵大蓬松，是长绒棉。而且，棉花的秆矮小，似乎匍匐在地上，这为机械化操作提供了方便。孤岛上的棉花高大而枝叶相连，人都难得挪身，别说机械操作了。同是棉花，因为地域环境不同，面貌也呈现极大差异，而质地呢？长绒棉自然是绵软柔和，仿如毫无杂质的温柔乡，质地远高于孤岛棉。想必，孤岛棉不久退场，也与此有关吧。

孤岛棉花到了炎夏季节，长得高峻密集，可以用铜墙铁壁来形容。而铜墙铁壁下，我们在收获的同时也在丧失。

我记得，棉花的铜墙铁壁夺走了一个孩子的声带。

炽热如火的骄阳已烤焦了棉叶的边,那些如手掌般厚大的棉叶射出金色光亮。喷洒农药的咝咝声在跳跃的光亮里嗡然不绝,让人头晕眼花。胸口也是做闷。有什么办法?棉花丰收与否,取决于果子是否良好孕育和健康生长。喷农药杀害虫,终究是少不了的程序。

在喷雾器此起彼伏的咝咝声中,总有小孩倚在粗壮的棉秆下甜甜地睡去。我隔壁家的小波,下午跟着母亲来到棉花田。他母亲背着喷雾器走向棉花田深处,玩累了的小波竟然倚靠田头的棉秆呼呼睡去,沉入黑甜的梦乡。茂盛的棉田,稠密紧实一望无际。往往喷洒完农药,天色已经黑透。寂寥的星子挂在天幕,戴着口罩的母亲没有叫醒他,而是着急赶回家煮饭。小波母亲准备好晚餐,转回田间寻找儿子。她穿行在繁盛茂密的棉花田里,大声呼喊:小波,快回家吃饭啊……小波,你在哪里……天都黑了,快回家啊……

然而,小波母亲找遍他们家的五亩棉花田,却没发现小波的人。

小波不见了。那年小波三岁,他睡醒了,发现棉花田的月色氤氲着一层雾气,田野一片朦胧模糊。懵懂的他忘记回家的路途,在田间哭泣、穿行,却被浩瀚如江河的棉田吞没。丢失了儿子的母亲一个人在广袤的密集的棉花田间呼喊寻找。他们母子彼此呼唤,但田野迷宫一般,路径复杂,母子俩在黑夜展开了错过与寻找的游戏。直至天亮,小波母亲才发现儿子哭哑了嗓子坐在田埂上,傻子一般愣怔。自此,小波不再开口讲话。

我总是记得的——夜晚，田头的柱子上挂着盏盏亮如白银的灯，飞虫奋力扑向光亮却被烧得噼噼啪啪地响。黑暗处的田野，天风浩荡，虫鸣蛙叫，拔节挂果的声音一阵接一阵。旺盛的日子，沸腾着生命的律动。声音、颜色、气味，多么热气腾腾的画面。

孤岛上的女人遍布在热气腾腾的田野上，她们在棉田里大声歌唱。芬芳的庄稼气息蒸腾在江风里，四处弥漫。一转眼，天黑了风来了，她们兴兴头头的火劲安静了，变成了人家屋顶上袅袅的炊烟。鸡鸣狗吠中，响着女人喊孩子回家吃饭尖厉的嗓音。

"小——，该回家吃饭了。"

"小"是孤岛孩子的普通称呼。男孩被称为"小"，女孩也是，他们就在女人一声比一声尖厉的呼喊中飞快地溜回去，趁女人大声叫骂时，撒娇说："喊什么喊，我早就回来了，再这样破喊，我干脆不回家了。"他们知道自己是女人心中永远的"小"。

偶尔村头传来女人挨打后在地上撒泼的哭骂声，男人操着经年的棉秆，作势抡向女人身体。女人马上爆出惊天动地的哭叫："你个遭天杀的，还想要横打我，我倒要看看谁最狠。"左邻右舍的妇女和婆婆们闻声而动，劝架的脚步止于人家门口。女人爬起来，马上换脸，站在院门——哈，大婶得空来我家唠嗑，难得，哟，王婆婆也来了，还有三姐……来来来，都进屋喝口茶。

一旁的男人，配合地哈一声，搬椅子，再去倒茶水。女人嗔怪道，瞧你小气到家了，迎客也不开灯。

孤岛乡村生活大抵如此。苦了累了，哭了骂了，临到头还是一个"笑"字收场，爽朗干脆。

四　花与果的轮回

棉花在秋天终于以果的形式炸开了"花",成为名副其实的棉花,也实现了庄稼的功德圆满。

那种极致能到哪里找寻?满眼的白。摧枯拉朽,不留余地。叶褪尽了,秆上挑着千万朵白棉,犹如女孩纯净的心事,又如柔软无期的梦,天涯无归。

女人在腰里系一个大包袱,双手搓成一个小山,轮流伸向绽开的白棉。泛着银样光泽的棉花被拈起,塞进包袱里,包袱被无数朵白棉充实而变得沉重。不久,田野上只剩下光秃秃的棉秆——仔细瞧,棉秆上总有未被摘干净的棉花。联产承包责任制实行不久,家户里的田地似乎不足以养活一大家人,总有女人去摘人家没有摘完的棉花,那是别人捡剩漏掉的棉花,或者说被遗弃的棉花。它们属于田野,谁摘下就归谁,我们称为"远边花"。

可约定俗成里,总有破坏镂刻着卑微记忆。幼小的我跟着小姑捡远边花。小姑站在田野的浩风里真是弱不禁风,黑色光秃秃的棉秆几乎淹没了她瘦弱的身子。她细弱的腰间挎着已被野棉撑得厚实的包袱。初冬的田野里,棉材还没有收尽,偶尔几朵绽开的白棉点缀着田野的萧索。

一个胖胖的男人拽住小姑摘棉花的手,他大声嚷着,交出来,交出来,统统倒出来。

小姑赔笑道,都这样的,别人捡剩的棉花……啪的一声脆响,男人一巴掌打在小姑的脸上。小姑用手捂着左脸,眼睛直直地望着胖男人。我一定流泪了,但屈辱和害怕之间,我屈服给了害怕。我木鸡般不动,只是盯着小姑看。侧过脑袋的小姑,脸上有泪水四处纵横。男人用胖手粗鲁地扯着小姑的包袱,小姑的身子左跟右跄。终于,小姑站稳后,回过头,笑道,您那么需要棉花,我马上解下包袱都送给您。

小姑牵着我的手,我分明感到她的手在剧烈地颤抖。那群人如愿以偿,肩背着满满的棉花包袱,说笑着离去。

小姑放下我的手,大声喊道,看,好多棉花——

好多棉花——大地总是能在人孤寂时给人安慰。小姑不放弃一切晴好的日子,走在大地深处,摘回满满包袱的远边花。

秋天的田野寂静安详,蔚蓝的天空像一口锅扣住白棉的尽头。这是温暖的尽头,女人把它们抢回,延续到了自家。

趁着秋阳,大家把棉花晒在屋前晒场的竹席上。因为竹席透气。老人说,要趁着秋老虎逼去地心气,才能像云一样飞上天,才能送人入梦。逼去了地心气的棉也才能碎成上好的丝絮,才能变成优质布料和被褥。

冬天时,弹花匠背着弹弓走村串户来了。他们一般不会虚行,一踏上我们孤岛,一到我们村,一待就是一个冬天。一户人家,盖的垫的新棉被再加上旧的翻新,总要弹上两三床或三四床棉花,起码要花费一个星期。遇到有嫁娶喜事的,那可就是半个多月。

那年冬天,我母亲请来一个年轻的弹花匠,又高又瘦,眼睛亮亮的，看着你，笑意吟吟。他是我父亲一个同学的儿子，说是高考考上师范学院，不愿意读，他的理想是当工程师，就跟着别人学习弹棉花，打算自己挣钱再考。我母亲听说了，敬佩不已，请小伙子来我家弹棉花。

母亲请他来弹棉花还有一层深意。我一个堂舅的女儿在村小当老师，却喜欢上一个不该喜欢的人。这个消息在我们亲戚间秘密传播，我这个小屁孩也偷听到。我母亲看好那个小伙子，觉得机会来了，有心撮合这个弹花匠和我表姐，还说即使没有姻缘，但是能有心交流下，相互激励，一起努力再参加高考，也是好事。

一个鹅毛大雪的中午，我母亲熬了大锅羊肉汤，喊来我表姐，说起弹花匠的经历，要我表姐多跟他走近，多向人家学些正经东西。表姐突然间就不高兴了，脸色冷下来，又拗不过母亲一再的殷勤好意，便走到房间看弹花匠弹棉花，却马上转身出来。她受不了房间里四处飞舞呛鼻的花絮。尽管小伙子已经停止弹棉花，扯下口罩，对表姐露出满口洁白的牙齿。我表姐还是认为，这个被棉絮沾染的小伙子终究只是一名弹花匠，入不了她的眼。

但就在两人对望的刹那，小伙子一眼相中我美丽的表姐。表姐离开我家后，小伙子找我打听表姐的情况。我表姐虽只是民办小学教师，可也是高中毕业生，颜值高，是那种薛宝钗似的美丽，鹅蛋脸，五官端庄，肤白，身材匀称，落落大方。她会弹琴唱歌，尤爱唱俄罗斯歌曲。我耸起鼻子，悠着声腔学着表姐深情的样子唱《莫斯科郊外的晚上》：深夜花园里，四处静悄悄……

我只会这两句，但这两句如此抒情，竟被幼小的我唱得声情并茂。

我的表演带有炫耀色彩。是的，我是以炫耀的口吻介绍表姐的。无论表姐做什么，她的美丽和优秀在当时就是炫目的光亮，聚焦了我们的眼神。

我要追求她，我会成为你表姐夫的。小伙子眼睛里满是光亮。

可是，你不能。我摇头。

怎么不能？我可不是弹棉花的匠人，我明年夏天肯定要考到省城去，再过三四年，我就是在图纸上设计高楼大厦的工程师。小伙子满是信心。

我还是摇头。他举起我双手，目光炯炯地盯着我，问——你这个小屁孩，竟然不信？

我不是不信，而是我表姐她的心走远了，我们看不见……

小伙子眼睛里的火焰黯淡下去，须臾又燃烧起光亮。还会回来的，你表姐的心一定会回来的。小伙子自信万分。弹完棉花离开我家时，留下一封信，交给我，说，你表姐的心要是回来了，你把信交给她，我等着。

然而，世事难料，我表姐第二年春天离开了孤岛，出去打工了，或者说以离开的姿势疗伤去了。在她离家前，我偷偷地把信交给了她，并告诉她是弹花匠留下的。表姐接过信，嘟囔一句"给我信有什么用"，接着是深深的叹息。她的脸色沉滞阴郁，双手却灵动有加，接过那封信，也不开封就撕掉。

表姐离开孤岛，不久也在外安家定居。以后的日子里，她还会想起那个对她一见钟情的弹花匠吗？我相信会的，毕竟那是一段有关青春和理想的记忆，以棉花的名义。

对于棉农及其后辈，棉花关乎他们一生。说起棉花，那个滔滔不绝的人肯定是孤岛人，然而，曾经的棉农怎么会想到，棉花正在孤岛退场，它在以后真的是记忆了。

我不免惋惜，深深地。小姑却安慰道，如果能让我们的孤岛变得更环保更生态，我想，棉花也愿意退场吧。

洞庭树

屈原有诗：袅袅兮秋风，洞庭波兮木叶下。

诗句很美，画面感强烈，动静结合中，一种被自然洗涤后的声音传播而来，在心中经久地回响。

风声。水波声。落叶声。

幽微宏阔。断续持久。静谧喧沸。秋声，总是这样异想天开地把相悖的东西并列后揉碎，再置于苍茫的天地，任其消长，而秋声已非单调的声音——或者风或者水或者林木或者原野或者宇宙了，而是它们血肉相连后的共生共鸣。

这哪里是季节所响？分明就是季节深处所有的声音共鸣后的一种意境。

一个沐浴秋风的人，在微波荡漾的湖畔踽踽独行。一枚蜡质般的树叶悠然而落，扑打着这个独行人的飘飘长衫。浩渺的湖水上，白色灰色的水鸟款款飞过，留下惊鸿一瞥的身影。

独行人的寂寞和深刻的幽思却已被这秋声透露。

然而，又有谁读懂那样行走人的心声和寂寞？他站在发黄的历史册页，尘垢蒙面，亘古行走，从不倒下，却无数次地倾倒后人。

秋风易遇，而洞庭波澜边的木叶难求。

那是怎样的树叶？长在湖畔，高大挺拔的身躯，在袅袅秋风中，坠下老去的叶片。正是这枚叶片，透露出树木的信息，非比寻常。树叶枝叶称呼何其小，只有木叶这个称呼才能捍卫它的重量和尊严。它被秋风唤醒，又被连绵起伏的波浪邀请，才款款移动脚步，从高空坠下，赶赴风水之约。终究一枚树叶而已，它在盛大的风水中似乎微弱，不足为道。可是——那只是世人蒙昧的认知。它站了那么久，早已经拔擢尘世的见解，它不是烘干水分耗尽心血的残骸，而是一枚良玉。看看色泽吧，掌心中的叶片泛起春光般的潋滟。再看其质地，比一般树叶厚重晶亮，在落地落水的刹那，发出一棵树木内心的声响。

没有谁考证屈原这句诗说的是哪种树木。究其习性氛围，我肯定它是洞庭树。就其字面意思来看，似乎只是长在洞庭湖畔的一棵乔木，但洞庭之大，大到德泽天下，又是渺渺水域的代称了。那么洞庭树，终归是长在浩瀚水边的一棵树，经得起大风大浪和雷霆闪电考验的乔木。

洞庭树在我们那里也被称为刺冬青，这个称呼形象直观——长刺的常绿树木。它们长在背阳的幽阴之地，常年青绿，浑身有小刺，生长缓慢，枝干挺拔俊逸。是树木中的奇树，体面、吉祥、诗意。

我们孤岛是长江千年泥沙淤积的一个江心小洲岛，历来盛夏遭受洪涝，沟渠堰塘水潭遍地，而孤岛上的人家为防止水患，建筑房屋时，一般会先垒起高高的土坡，然后在其之上建筑房屋。坡前坡后总有水塘，大大小小的水塘星座似的勾连，给予孤岛营养。水多，砂质的土壤，气候温润，这些都是洞庭树扎根孤岛并大量生长的因素。它们站在房前屋后，或者土坡上，或者水塘边，或者田园里，悠然耸立，蓬勃青翠。还是一个少年，就展现出它天朗气清的款型。它天生就是脸面。

家门前栽种一两棵洞庭树，不仅为这个家增添了体面，还为这个家招纳吉祥福气。

我老家当然少不了洞庭树。

我祖父很小时就居住在孤岛上，后来遭遇特大洪涝灾害逃出洲岛，中年时，祖父为躲避抓壮丁，又带着一家人回到了孤岛。重返故地，物是人非，以前的房屋已是废墟，一切重头再来，房屋重新建，树木也重新栽种。我老家院门前的洞庭树就是当时植种的。

值得一提的是，祖父没逃离孤岛前，老式的旧院天井旁是栽有一棵大洞庭树的，家人说，那棵古老的洞庭树经过好几辈人的手了，可谓祖宗树。它在那年特大洪水中，真正发挥了它的吉祥意义，挽救了我祖父的一条命。

如何挽救的？家人的讲述颇为详细。

那个三伏天，天空降起了大暴雨，连续几天，长江洪水猛涨，举目望去，漫天都是滔滔黄浪。暴雨停止，江水悬摆在堤坝下，暂时得到控制。但某个夜晚，夜空又失控似的扯起青白闪电，滚着隆隆雷声。孤岛人慌成一团，纷纷卷席而逃。青白的闪电伴随着沉闷雷声游走一番后，暴雨再次倾盆而泻，发疯似的肆虐不止，夜晚过去，又是一个半天。江水漫过堤岸，而被洪水日夜围剿的堤坝出现溃口。当天傍晚，停歇小半天的暴雨再次肆虐，洪水在暴雨的助威下，气势汹汹地腾越，漫过大堤，朝着孤岛凶猛地席卷。来不及跑掉的牲畜和人顿时不见踪影，昔日的原野、庄稼、房屋也被洪水淹没。洪水暴烈着脾气，颐指气使地攻城略地，见人收人遇物收物。放开手脚的水流在孤岛四处漫溢，连高台子也不放过。暴雨还在下，洪水不断地上涨。那些建筑在高台上的房屋，有的站在水泊中，有的突然倾斜颓圮。

我祖父家的土台子，有一定高度，但滔滔洪水还是漫了上来。祖父的大娘是做纸衣服的，嫁到洲岛上来，成为我曾祖父的大房，却因无法生育，在家地位卑微。她把所有精力都花费在做纸衣服上，技艺精湛，是孤岛上祭祀白事的师傅。我祖父是曾祖父二房的儿子，却与他的大娘亲近，为此，挨了亲娘的不少打骂。祖父却丝毫不为所动，没事就跑到大娘那里，看大娘用针线缝补另一个世界的人穿的衣服。

电闪雷鸣的雨声中，房屋里全都进了洪水，家里人乱成一团，都在收拾细软准备爬到更高处躲避。一个闪电扯过，祖父的大娘一把拉过祖父爬到院子天井旁的古老洞庭树上。而祖父的亲娘带着几个儿女爬到家门前的桂花树上，祖父的祖母则带着几个人搭好梯子爬到房屋顶上。祖父的亲娘命令祖父不要爬浑身是刺的洞庭树，爬到桂花树上来，与他们在一块儿。祖父拒绝了。祖父的大娘，一改平常的讷言，殷勤邀请其他人都到洞庭树上躲水，并耐心地解释——桂花树的根比较浅，没有洞庭树的树根深和牢，很容易被水冲松土壤而倒掉，要保命，还是得爬到洞庭树上……接着又殷殷邀请屋顶上避难的人，她的解释简单而果断：洞庭树树根早已经扎进房屋地基下面了，树比屋结实得多。

滔天的洪水汹涌而来，漫溢高台，把房屋拽进它的怀抱里，还嫌不够，拍打着浪潮冲击围剿。房屋终于倾圮，房屋顶上的老太君和其他人掉到洪水中。接着，桂花树果然承受不了洪水的冲垮，也动摇了根基，祖父的亲娘和两个姐妹都掉进洪水中。

祖父被他的大娘抱着，目睹亲人在洪水中的徒劳挣扎，心中都是哀痛，却无能为力。两天后，一艘小船救下祖父和他的大娘，并载着他们远离这片汪洋，到一个名叫彩穴的地方安居讨生。那棵古老的洞庭树在特大洪涝中站稳脚跟，保住了几条性命，自然是福树了。名声在外，主人迁移，古老的洞庭树守在废墟上，却被外人看中挖走。它的命脉虽不再属于我家，却仍旧在孤岛上，这点让我们一家人想来，虽有些遗憾，却仍旧自豪。

那场洪灾，地方志有记载：洲岛南陷，水患频仍，十室九空，沧桑顿易。整个孤岛几乎全部被淹，岛上超过三分之二的百姓死于这场灾难。

古老的洞庭树，居然是救命的树。不枉我家乡的人把它当作宝贝栽种在房屋周围，它的体面相对于佑护而言，作用终是小了。我祖父称呼洞庭树，从来就是喊"福树"的。

不独我祖父这样称呼，我的一个姑爷爷也是这样称呼的。

姑爷爷家门前有两棵大洞庭树，不知多少年了，分别植于房前左右。高大婆娑的树木，枝叶葳蕤青翠，枝干挺拔粗壮，为姑爷爷家支撑出一派高古。儿时的我曾跟着母亲去姑爷爷家做客，那是暮春的一个上午，春阳和煦，孤岛上一派葱绿。我们走到姑爷爷家的坡下，母亲就会驻足，转身拉住我，蹲下身来，先是拍拍我身上的灰尘，再拿手整理我的衣服和头发，而后反复地交代，到姑爷爷家，须懂礼貌，不要粗声大气地说话，坐要有坐相，站要有站相，如此云云。

母亲牵我的手走进院子里，站定问好。姑婆婆迎上来，请我们入座，并奉上热茶和点心。姑爷爷朝我们点头，始终笑眯眯的，他捧一卷诗书坐在门前，正在两棵大洞庭树的中间，看一会儿诗书，又看一会儿我们。姑婆婆给我端来新炒的南瓜子。我拈起一颗，小心地剥皮，白而薄的皮掉在地上，母亲皱眉盯看我，我弯腰去捡，结果把整碟南瓜子都撒在地上。母亲呵斥——怎么这么马虎？

小孩家，随意为好，不必拘谨。姑爷爷放下书本，微笑着帮我捡起南瓜子，又坐回两棵洞庭树之间。暮春的太阳热烈强劲，在院子里铺陈土黄色的辉煌，又在植物的新绿上折射耀眼的光芒。而青翠蓬勃的古老洞庭树在那片灼灼逼人的光辉中，一边播洒光泽，一边又以沉稳的青绿调剂夺目的光亮。树影在辉煌的地面挖掘一方阴凉，款款春风拂过，阴凉地光影斑驳，其间捧着书卷的老人，僧人一般入定。

我似乎听见田野里庄稼拔节的声响，我还听见蜂鸣声鸟雀的喳喋声，风吹过水面的细微声音……但是，我又感觉到，一切都在凝滞停止，随即，我又感觉到，时间在既定的直线路程上飞快地折身返回了。

那一刻，我有些恍惚。

而这一切，是两棵洞庭树之间捧着书卷的老人带来的。儒雅，寂静，诗意，笃定，闲适……诸如此类的词语若种子遇到春雨般纷纷萌生。

母亲跟我讲起姑爷爷的经历。果然，他不是平凡人，曾经参加了武昌首义，又参加北伐战争，战绩累累，但最终他选择了归乡。而回到江水四围的孤岛生活，就是马放南山归隐田园了，这是姑爷爷对于人生的选择，也可以说是关乎命运的选择。这样的选择，我们后辈人有意无意地说起来，多多少少都会为姑爷爷表示遗憾，按照姑爷爷的战功，不说当什么大官，至少能吃上公粮吧，然而他彻底转身，回归农民这个原始身份，我们怎能不遗憾？遗憾中还夹杂了不解和讶异。等到有机会见到姑爷爷时，不免问起。姑爷爷哦一声，敛起笑容，一句话总结——老夫一个庄稼汉子而已。想必，他并不喜欢提及那段历史。至于他的归隐选择，是否事后遗憾，也是只属于他的秘密了。但我成年后，偶尔想起姑爷爷，想起去他们家见到他在两棵古树之间手捧书卷的情景，细细地品味，终于肯定，他对归隐田园的选择从不后悔。

我八岁那年，姑爷爷去世了，是在床上睡过去的。姑爷爷彼时已是八十有余，但身体一向不错，临终前没有任何预兆。姑婆婆说，是移走洞庭树的结果，断了树根就断了他的命。房屋前院子门口的洞庭树，被姑爷爷的一个名叫家钟的侄子看中，硬是吵着买下一棵，在移走后的当天夜晚，姑爷爷就离世了。

家钟叔叔没有想到，移走了洞庭树，却送走了老头子，他心中充满了内疚和不安，于是担起部分丧事责任。姑爷爷火葬前，尸身放在棺材里三个夜晚，家钟叔叔亲儿子一般守了三个整夜的灵。洞庭树被移走，老人遽然离世——这之间到底有无直接的因果关系，任是谁也无法厘清吧。但"移"与"逝"在时间上的切近，以无法阐释的神秘力量最大限度地昭示出二者血肉相连的宿命。

另一棵大洞庭树伴随着姑婆婆，守着老屋，送走一年一年的光阴。洞庭树婆娑挺拔，披着阳光，在地面铺下光影斑驳的树影，阴凉匝地，寂静弥生。而今老姑婆快要奔百，她拄一根拐杖，坐在屋檐下的台阶上，看着葱茏的树木，树木也静静地望着她。相看两不厌。

天地不古啊。

家钟叔叔那时心怀发家致富的梦想，就是发展林木种植。故而，他到处搜寻大乔木，尤其是上了年纪的颜值高的乔木。姑爷爷家的那棵老洞庭树是他的首选，依靠那棵移栽来的洞庭树，他开始专门发展林木种植。二十多年的经营，他将所有田地（包括租来的外出打工者的田地）都栽上大树，面积达到五十亩——那块林木带上，全是他从岛里岛外搜寻来的乔木，既有常绿树木，也有落叶树木。林木地里，分成几个区，按照树木的年代，二十年以上的栽在一块儿，二十年和十年之间的树木栽在另一块儿，十年以内的又聚拢其他坡地。俨然，家钟叔叔是孤岛上拥有林木面积最大的种植者了，也是长江中下游一带颇有名气的林木种植专家。

家钟叔叔种植的树林里因为有大片的上年纪的乔木，可谓佳木阴阴，葱绿成阵，故而，他家的园田周围少不了堰塘，还有一个深澈的大水潭。树木与水塘彼此涵养，相互成全，风水蕴藉出宝地气质，形成清爽怡人的居住环境。慢慢地，前来打卡的游客多起来。家钟叔叔已是爷爷辈的老人了，儿子继承了他的林木种植业，又套种部分中药植物，如虞美人、彼岸花和辣蓼花等，一年四季花开不断姹紫嫣红，花红柳绿的美景，带动了乡村的观光旅游，前来打卡的游人不断，又带动附近农户的农家餐馆生意。所谓的乡村振兴，家钟叔叔所在的村庄走在前列。家钟叔叔的孙子也成人，考上大学，学的是环境规划专业，这正对上了一家人的产业发展方向。

这孩子可能是受到祖辈和父辈的深刻影响，从小就喜欢树木，或者说，树木塑造了孩子的血液和灵魂。他大学选择就读环境专业，简直就是顺手而为水到渠成。他对环境专业情有独钟，读书时有事没事就去树林里待着，东瞧西看，对林木习性和经济价值了如指掌，还发表了不少相关论文。他在学校里专业学得好，小有名气，曾被推荐为省里的青联代表。那个会上，他被某家媒体采访，问及他的理想，他侃侃而谈，围绕的都是树木。让我来看，正是树木带给他灵光的思维和滔滔不绝的话语，仿佛，树木那时就与他合体了。

我曾经刷到那个采访视频。视频里，他被问及为何那么喜欢树木，他竟然引用了黑塞的一段话，那是很长的一段话，他流利地道来——树木是圣物，谁能与它们交谈，谁能倾听它们的语言，谁就能获悉真理。它们不宣讲学说，它们不注意细枝末节，只宣讲生命的原始法则。一棵树说：在我身上隐藏着一个核心，一个火花，一个念头，我是来自永恒生命的生命，永恒的母亲只生我一次，这是一次性的尝试，我的形态和我的肌肤上的脉络是一次性的，我的树梢上叶子的最微小的动静，我的树干上最微小的疤痕，都是一次性的。我的职责是，赋予永恒以显著的一次性形态，并从这形态中显示永恒。

没有比这更好的语言能道出林木种植家族的孩子的心声了。我默默地看那个视频看了三遍，一再重温孩子引用的黑塞的话。

年前，我遇到家钟叔叔的孙子，他已是博士生了。年轻人喊我阿姨，我们闲聊，我不免询问——他未来是否会继承老家的林木产业。

年轻人刚读博，很有眼光。他先是沉思一会儿才说道，没错，家业肯定要继承下去，毕竟那是我们几代人的心血，但我心中有个计划，那就是我要结合咱们孤岛的地质特征来规划未来的发展方向。

他见我满脸讶异，就停顿，嗯声才继续说。怎么这样说？阿姨您看，孤岛深陷长江水流中，地势年年下陷，在岁月的洪流冲击下，孤岛早不是以前模样了。以前它是古楚地，是避世的桃源，自然是高台丘陵林立，古木遍地，水塘深潭交互环绕，集合了江南水乡和青山谷地的幽美怡人的气质，既有放牧心情归隐田园的闲适散淡气韵，又有积蓄力量实现抱负的壮志凌云气势，在我看来，孤岛就是现代人的"理想国"，或者是缩小版的原乡地。故而，我要重塑它许多年前的林木葱郁流水淙淙的静谧面貌，而在这之前我要做的，还是结合孤岛的地质情况研究出对策，尽可能地改善地质下陷的弊端，慢慢地恢复以前地势起伏佳木阴阴的地貌。那样的孤岛，才是真正的桃源地，是安放我们心灵的原乡。

真是令我刮目相看。作为孤岛子民，作为年轻人的长辈，我早已安于现状，用"得过且过"来形容一点也不为过，至于理想和抱负，似乎与我绝缘，是好遥远的虚无的词语了。冷静下来又想，哪里是绝缘？事实是，多年来，我主动远离它们，终于成功地抛弃了它们，不是吗？浸染现实这个染缸的我，觉得它们虚无了缥缈了，以匍匐现实的姿态干掉虚无，多么理所当然。然而，听闻年轻人的一席话，久违的羞愧和难过洪水一般袭来，包围了我。我站立原地，身体僵硬，许久无话可说。

阿姨，你还好吗？年轻人关切地问道。

我如梦初醒，噢了声，随即，竖起大拇指。

年轻人不好意思地笑了，抬起右手抓挠脑袋，喃喃道，这只是我的规划，我不知道，有没有这样的一天。说到这里，他低下脑袋，很快又抬起来，嘿嘿笑一声，慢慢地吐词：不管如何，我会走下去的，阿姨您看，咱们的孤岛是不是所有家园里一个最像样的模板？我就是为它付出一切也值得，人嘛，总要为理想拼一下的。

我频频点头。心中蓦然想起有关洞庭树的古诗"惟看洞庭树，即是旧山春"（唐代诗人周贺的《暮冬长安旅舍》），意思是，漂泊在外求前途的旅人，思乡的心情急切又无奈，只有看那庭院里的洞庭树，才能得到安慰——故乡的春天就在眼前。

风从洞庭树林地吹来，带着料峭春寒，却令肉身感受到洗濯后的清冽。那洞穿心扉的清冽令我轻松惬意……

柚子树

柚子树有个好听的学名：文旦。

文旦一出现，眼前似乎闪现一个文气素雅又身怀绝技的人，这注定不是平凡人。当柚子树被纸页以文旦的身份落下注解，它已经超越一棵树的单纯意义而落籍纸张——终是不平凡的……树或者人。我们老祖宗的戏里，管耍枪舞棒的旦角叫刀马旦。横刀立马的英雄豪迈气概，在刀马旦的名称中跃然而出。刀马旦铿锵顿挫，以鲜明生动的外形，瞬间吸引我们的眼球。但风雨过后，偌大的舞台上，注定要我们倾心的，还是外形里面的内质。文旦，简直呼之欲出，一旦站在舞台上，便聚焦了全场所有目光，还不止，还要驻扎观者以后的记忆里，并等着机会显影。

戏若人生的说法里，文旦终是主角，这似乎是颠扑不破的真理。

柚子树枝叶阔大疏朗，喜阳，水分需求量大，根部又害怕积水沤根，故而土质要求疏松肥沃，特别是根部要求能沥水。江水四围的孤岛，土壤是砂砾土和腐殖土混合而成，简直是柚子树生长的最佳处所。得天独厚的环境中，柚子树一棵棵站稳了脚跟，枝叶舒展，卓尔不群，看上去如此从容不迫又器宇轩昂。它是树木中的美男子，一根笔直的主干支撑起它颀长挺拔的身体骨架，不像其他地方的柚子树那样心思花哨，总有旁枝逸出，导致枝形矮小还胖墩墩的，满是累赘。孤岛上的柚子树，浑身青绿，终年颜色不褪，枝干不屈，遭遇风雨雷电冰雪也面不改色。它清心素颜地站稳脚跟，成为孤岛这个孤迥之地最深厚的背景，搭建在水中央的岛上骨架。

它那么多，遍布孤岛大地，又那么高，拔擢房屋和其他树群，当它们群居一块儿，那份葱绿令人闭眼也能感受到蓬勃的生命力。到了秋天，黄澄澄的柚果挂满枝头，奇异的清香在风中播洒弥漫，令人身心通透。它们分布在孤岛的各个角落，与其说是养眼滋心的树木，不若说是骁勇又儒雅的骑士，依赖孤岛守护孤岛又荣耀着孤岛。

我相信，自从孤岛从长江中心拔地而起，柚子树就随之存在于这片土壤上。而连接长江南北的江心孤岛，犹如长江南北支流的中间站，其地理意义在战争上尤其重要特殊。它隐蔽，盘旋，恰如一个更衣室，等待演员化装后演绎百变人生。

而孤岛上遍布的柚子树就是这奇迹诞生的重要背景。

不是吗？从孤岛流传最为久远的一则史料说起吧。据记载，被秦军挟制当作人质的楚怀王曾在孤岛（古名丹阳）成功逃脱，为孤岛奠定了丰富而神秘的历史底蕴。传说楚怀王丧失国土和家园，被秦军四处追杀，无处立身，如虫豸奔突于长江流域。逃到古丹阳时，发现这是个好地方，四处被水环绕，孤绝隐蔽，交通不便，即使被发现，也有充足时间逃跑。于是落脚古丹阳，并在一个名叫高山的地方隐居下来。高山，顾名思义，是孤岛上地势最为高峻的地方，而且长满了高大的柚子树，这些柚子树就像天然的屏障，隔绝外人的视线。楚怀王并未放松警惕，落脚不久，便发动当地的所有人力在这个地方挖掘地下通道，连通了长江南北支流。正如楚怀王猜测的那样，某一天，秦军闻讯追杀到古丹阳来，直扑高山这个地方，却发现这处高地青葱蓊郁，密集的柚子树下是一处处村落，而古村落统统都是泥土建筑，村落里的人士"竟不知有尧舜，无论楚秦"，蒙昧蛮荒之地也，哪里有楚王室里的人？秦军不信，挨家挨户地搜寻，终无所得。楚怀王去了哪里？没有谁知道。但一种近乎神话般的传说从孤岛开始泛滥开去，传言，楚怀王在高山这个地方挖掘出一条连接长江南北的地道，他从地道成功脱逃了。传说并不能令人轻易相信——高山土坡上，是一片葱茏的柚子林，阔大茂盛的柚子树在空中枝叶交接，柚子树下却是一户挨着一户的人家房屋，谁能够相信，这样的房屋下面会挖出通道？

柚子树，从开始就有秘不可宣的故事。它在那片山坡上为何如此茂密葳蕤？在那场著名的政权更迭的战争中又究竟充当了怎样的角色？它的根部，是否触及了一个惊天动地的秘密？简直是千古之谜。

其后，洲岛上一辈辈德高望重的老人提到楚王的传说，并以泥土中偶尔翻出的酒樽、古币、剑戟、卜骨、器皿等文物为凿凿证据扩展传流。传说在漫长的岁月中衍生出丰腴的枝叶，并挺拔出一棵主干粗壮高大的树木，耸立于江水四围的孤岛上。

这棵隐形在无涯时光中的苍翠乔木，根深叶茂，却行迹隐蔽。犹如一场经典电影，那些人事仿佛就在眼前，即将呼啸而来，我们不由怦然心动，但很快又失望至极，我们看得见却走不进，或者说，我们不是以眼睛去看一个故事真实的模本，而是以心灵感觉并接受模本后面的巨大存在，虽然这种存在从未实打实地发生在我们眼前，但它比故事更加深刻地扎根我们身体内。我们由此相信，有一种真实比亲眼看见的东西（即使行迹模糊）更令人信服。

这棵虚拟的乔木，在孤岛的空气、风声、泥土、呼吸、房屋、庄稼、水流、牲畜、体温、脉搏、毛孔等有形无形的存在中壮大青翠。它在我们头顶覆盖出一片阴凉，然后笼罩我们整个身躯，再进驻心胸，点拨我们，启迪我们，关于来处和去向。我们天生就认为，我们的身体里流淌着远古王室的血液，并以在水中央的半隐居方式延续楚国的疆域。这种看法赋予我们庄重感，令我们在自命不凡的同时又滋生出沾沾自喜和狂妄自大。

这是所有岛上人的共性。

然而，我们总是心有不甘，有意无意地攀着祖先栽种的隐形之树，合力拉拽出现实中的一棵棵树木，以期在树木的蓬勃葳蕤和苍翠俊朗上放飞我们的理想，哪怕那棵树木生长缓慢，甚至遭受雷劈而折断了枝叶。但是我们从不失望，有一天，我们终于发现，我们的愿望达成了，一棵棵被寄托了理想的树木深扎在无垠的旷野中，它们长成独一无二的品类，提纯出属于它们自己的法则。一棵树等于一个思想，一片树林等于一个精神的磁场，一方森林等于一个人类。

这是幸运的。但我们一致认为，只有大名"文旦"的柚子树堪以匹配。柚子树在高山那个地方成片成林，在莽荒的岁月中已是古木幽幽。而孤岛其他地方，柚子树一棵棵散落着，要么独木成林，要么成对共生。我想起黑塞关于树木的叙述——

> 一棵树说，我的力量是信任。我对我的父亲们一无所知，我对每年从我身上产生的成千上万的孩子们也一无所知。我一生就为这传种的秘密，我再无别的操心事。我相信上帝在我心中。我相信我的使命是神圣的。出于这种信任，我活着。

柚子树拥有丰厚的寓意，超越一般树木的实用价值存在于我们岛上，几乎类似一种象征了。类似图腾，堪比神祇，又若福祉。家家都栽有柚子树，不可不有，正如不可无家一样。种下柚子树，也就延续了家园的版图。

我老家的柚子树不在房前屋后，而是在台子下面的菜园里。不在菜园正中，在菜园前角，刚好对着母亲卧室的窗户。在老屋建好的那年秋天，祖母植下一棵柚子树苗，是祖母从隔壁人家讨来的苗子，植种在土台子下。然后以这棵小树为界围起菜园。起初听闻，我怀疑祖母说的。以我有限的认识，所有播种和种植都应该在春季，树苗也不例外，何况喜湿好阳的柚子树？我的质疑遭到家人的嘲笑——在孤岛上，没有谁不知道，柚子树最适宜秋收季节植种（这是不是另一番寓意），它比春季植下的要活得快。

从我记事起，那棵柚子树就枝干挺拔枝叶繁盛了，那身翠碧需仰视才见。它婆娑苍翠的华盖在菜园一角笼罩出凉亭般的悠闲和诗意。三月，它的枝丫间爆出青柄白苞的骨朵，犹如漫天星星，闪亮我们的眼睛。白苞撑开，洁白的花朵散发出浓郁的寒香，犹如一剂良药，清澈着我们的心肺和眼睛。春风骀荡，一阵阵地吹拂，花朵坠下，青碧色的圆果子挂起，开始还是鸽蛋一样小，一个礼拜后，就有拳头般大小了，阳光雨露下，它们一天天长大。颜色也是不断变化，从青碧色到墨绿色、青翠色、淡青色再到青黄、金黄，那时已至秋天，秋风拂过，柚香扩散在空气中，沁人心脾。终于柚子成熟了，已是黄中泛白，沉甸甸的，拉拽着树枝。挂满果实的柚子树在深远的秋空中得道般入定，身形丰腴却丝毫不减挺拔。祖母摘下一篮一篮的柚子，摆放在她房间的地上，说搭了地气的柚子，凉性更足，等到冬天和明年开春吃，润肺通气。祖母摘柚子有个规矩，总是不摘完，要留下三两个，挂在树上。问她为什么，她不说。

我再次想起黑塞对树木的叙述——

> 它是对家乡的思念，对母亲、对新的生活的譬喻思念。它领你回家。每条道路都是回家的路，每一步都是诞生，每一步都是死亡，每一座坟墓都是母亲。

我五岁那年,做裁缝的母亲招收了一个女徒弟,名叫康梅,那还是一个青涩的少女,刚刚初中毕业,却来找我母亲拜师学艺了。我记得康梅姐姐被她母亲领着来我家拜师的那天,她母亲从化肥袋里取出来一株柚子树苗,扶它站好,再拉来一个女孩子,就是康梅姐姐。

大家看,树和康梅一般高。康梅姐姐的母亲大声说道。的确,那棵柚子树,虽是树苗,却枝干挺拔,和康梅姐姐个头一样高。

这真是有意思的事情。我母亲拍手嚷道。

拜完师后,康梅姐姐和她母亲在我们菜园另一角栽下了柚子树。少女康梅右手扶着柚子树,朝我们微微笑着,脸上红扑扑的,额头渗出晶亮的汗水,一双杏眼黑白分明,却又星河流转般熠熠生辉。我们大人小孩用满含欣赏的目光聚焦向那个漂亮的女孩子时,康梅姐姐做出一个动作:她站直的身体微微偏向右手扶着的柚子树,左臂向上抬起。同时,她轻声叫道,我比柚子树苗高多了——没错,她站直身体的个头挺拔修长,要比栽种在地里的柚子树苗高出一个脑袋了,刚才或许是我们的错觉,也或许是羞涩胆怯拉低了她的身体。我们笑出了声,纷纷附和。康梅姐姐又说道,但是它很快就会超过我。说着,康梅姐姐指向天空的右手叉开两个指头。我知道,她在为她自己鼓劲儿加油。那个画面美丽动感,细节感十足。可惜,那时没有手机,我们家也没有照相机,无法定格那个生动的瞬间了。要是能留下照片,该多好啊。

三年后的秋天,心灵手巧的康梅姐姐顺利出师,正是柚子树果实累累的日子。其实，这棵新栽的柚子树去年就挂了果，但母亲说，移栽来的柚子树，第一年挂的果没有水分，味道也苦涩，不宜入口，到第二年就好吃了。的确如此。我们摘下满满一篮子柚子，杀了一只又一只，吃得开心极了。而康梅姐姐被母亲送回家，母亲送给她们家的礼物正是满满一口袋（装粮食的塑料袋）的柚子。我也跟着母亲去送康梅姐姐回家。

黄澄澄的柚果挤在一块儿，快要挤破那个塑料袋，却从塑料缝隙中透出金黄的颜色，甚是惹眼，溢出的寒香沁人心脾。

那天是康梅姐姐出师归家的日子，自是热闹喜庆的，笑语声、祝贺声、酒杯碰撞声、客人来到时燃起的鞭炮声，可谓喧嚣不已。可是，那袋黄柚子及其散发的寒香，像喧闹中的寂静不可抑制地飞逸出来，在一方热闹天地里挖墙凿洞，并驻扎进我小小的心胸里。

以柚树拜师，以柚果祝贺出师。其中的深意，不言而喻。

后来，我们一家搬到镇上去，老屋卖掉，一些树木被砍，还有一些树木被卖，唯独那两棵柚子树，全都被亲戚家要走。二舅家的大表哥分家刚起了新屋，要了一棵柚子树，还有一棵，被大姑父要走，也种植在菜园里。他们要的口径一致：帮你们看着。

也没错，柚树虽然长在他们田地里，但在每年柚果秋收后，总会一袋一袋地被送到我们家里。每年秋冬季节，我们家总有吃不完的柚子。

真是好。虽然我们一家人迁移到镇上，不再有土地，但每年我们照样吃到柚子，且还是我们自家柚子树结出的果实，这是怎样的幸福？斗转星移，我们一家从镇上搬到城里，我们不断远离孤岛。妹妹去了省城，后到了国外，回国两次，均在秋季，都吃到往年的柚子。自家的柚子从没退出我们的生活，犹如一种类似血液的东西，将伴随我们终生。

我成家两年后，女儿来到世上。取李白诗歌"人烟寒橘柚，秋色老梧桐"中的两个字，我给女儿取名"柚寒"，其中自有来自血髓的深远寓意。

而今的孤岛，柚子树更吃香。不只栽种在屋前门后和菜园里，而是大面积种植在庄稼地里，当作发家致富的经济林木种养。柚子树一年四季葱绿，枝干挺拔结实，是极好的观赏性良木，养眼不说，花叶均饱含了一股寒香，深沉厚重，渗透力强，岛上风大，柚子树在，周围空气始终都是芬芳沁脾。对农民来说，最重要的是结出柚果，因为阳光和水分超级充足，生长周期也长，孤岛上的柚果水分多，果肉甜蜜爽口，市场价格一直好。而柚子皮宽中理气、止咳化痰，常被晒干后制作柚陈皮，柚子叶也是强身健体的中药，治疗乳腺炎、扁桃体炎有奇效，还可以消食醒酒。周身都是宝，种植柚子树，等于为自家种下清吉，也招来财运，何乐而不为？

说到柚陈皮，我想起童年时母亲常做的一件事。家门前的柚子树结出柚果，大致有拳头般大小时，母亲就会搬来梯子爬上去，摘下一部分小绿果，放进竹篮中清洗干净，再晾干切片。一枚枚果片，溢出亮白色的汁水，在风中弥漫清冽的寒香味。这些果片堆在筲箕中，等一锅水烧开，放进一把洗干净的铜钱（那是祖上留下来的，上面还沾满了洗不掉的斑驳铜绿，至于为何要放这玩意儿，我至今不明原因），煮一会儿后，将果片统统倒进去，煮到半熟时捞起来，佐白糖搅拌直至糖溶化，再将果片摊放在大簸箕上晾晒。几个太阳后，果片干燥，边角翘起，基本大功告成，脆生生的柚陈皮降生。我们小孩家嘴馋，等不及它们被收进大口袋里密封，总要趁母亲不注意时，随手抓一把跑掉，找个没人的地方偷偷扔一枚到嘴巴里，嘎吱……一声声脆响催生味蕾的快感，而清甜的滋味从喉咙跌落，直抵心胸。那份纯粹来自物质的幸福，饱含了植物的芬芳，不仅愉悦了身体，还培育了我们对美的最初体验，大致是，美和清香是齐头并进的，而它们来自一棵树，以及树木生长的故乡，故而也赐予我们关于审美的最初启示，清香的无瑕的美，约等于自然，它们愉悦我们感官的同时，一定也在抚慰我们。

孤岛上的人家广种柚子树，情理之中，毕竟孤岛是千年泥沙淤积在长江中下游交界处耸立起来的洲岛，土壤肥沃透气，岛上，大小堰塘、水池、沟渠穿插在田野和房屋中，水分和阳光终年充沛，这些便利条件为柚子的水分和甜度埋下深刻的伏笔。

谁家没种有一片柚子林？

我小姑一家以前有近二十亩的庄稼地，全拿来种棉花，棉花生长周期长，从打营养钵播种开始，一年四季都要人伺候，辛苦不说，还无法保证收成，因为棉花丰收绝大多数情况下需要依靠大太阳，尤其是成熟后采摘时期，如果遇到连绵的雨天，一年就白忙了，所以我们孤岛上，种棉花有个俗语叫"望天收"。况且，投入也超大，化肥要不少，治害虫的农药更是少不了，这些因素加起来，不如种植果木划算。小姑家的实际情况也不允许大面积种植棉花，她的两个儿子大学毕业后都留在外地生活，小姑和小姑父也是年近七十的老人了，精力有限，无法再像以前那样伺候那么多的棉花地，便将二十亩的庄稼地统统改种柚子树、梨子树和南瓜。柚子树占了庄稼地的大半面积。它们站立于广袤的原野上，亭亭玉立，满身翠碧，即便是树木，芬芳的柚香味依然浓厚，扑鼻而来，钻心入肺。走近它们，恍惚觉得时光倒流，朝着肉身奔涌，远古的气息也漫游而来，直抵心肺……

事实上，柚子每年都能给小姑家带来好收入，而且是固定的收入，有大几万元钱，再加上其他，足够小姑和小姑父养老了。柚子树增加经济收入是一方面，另一方面还有利于环境建设。春天的孤岛上，柚子林青碧可人，满目苍翠，仿佛驻于原野上的绿色城堡，望之令人逸兴遄飞。初夏时翠碧林木挂满了白色的柚子花，花香在风中扩散，芳香四溢，沁人心脾，令人流连忘返。而秋天的孤岛，一阵秋雨后，从江上吹来的风饱含湿气，在原野上吹来拂去，柚果的寒香浸淫在微湿的空气里，清冽和寂静罩下，寒香笼住整个孤岛，久远的诗意和闲适降临。

这是最后的故土，亦是放逐生命和澎湃血液河流的原乡。

啊，树木。作为孤岛的子民，提到树木，我脑海首先闪现的就是柚子树。我记下它的点滴，却仍旧要以黑塞的有关树木的语言来作结语。

树木有长久的想法，呼吸深长的、宁静的想法，正如它们有着比我们更长的生命。只要我们不去听它们说话，它们就比我们更有智慧。但是，如果我们一旦学会倾听树木讲话，那么，恰恰是我们的想法的短促、敏捷和孩子似的匆忙，赢得了无可比拟的欢欣。谁学会了倾听树木讲话，谁就不再想成为一棵树。除了他自身以外，他别无所求。他自身就是家乡，就是幸福所在。

吃石头的橡子树

　　闲来翻书，读到一首唐诗《荆门行》，不由凝神。作者不大有名气，叫王建，但白话般的诗句马上吸引了我——江边行人暮悠悠，山头殊未见荆州。岘亭西南路多曲，栎林深深石镞镞。

　　心中一惊，原来满目皆见的橡子树还真是不普通，不仅能在石头阵中生长，呈现枝叶舒展高大婆娑的美态，还站出了一片树林的气势。它们拥有超强的生存基因，这点我早就知道，但读到这样的记录文字，还是不免吃惊。

　　栎树是橡子树的别名，在长江中下游随处可见，路边、江边、山上、丘陵和江汉平原，还有石头遍布的山陵，都有它们的身影。橡子树完全是因"貌"得名，橡皮般宽阔粗纤维的叶片和枝干拢出蓊蓊郁郁的密林，青碧色聚集，在高低不一的树梢起伏线上形成苍碧色，远观，尤其是雾雨蒙蒙的天气看去，犹如连绵的隐隐青山。

　　一种树木就能站出一处森林？

　　所言不虚。

唐代诗人王建已经用诗句陈述了他所见的事实。究其原因，在于这类树木的霸道，它们的根系发达，遇到丁点儿泥土，就会表现出无法分割的劲头，飞速地在地下扎稳根基，随即，根系分出更多的根系，与它们的同类在地下盘根错节，相互交缠。树林里只要栽上一棵橡子树，四五年后，橡子树就会雄心壮志地吃掉其他树种，繁衍出属于它们种属的独立王国。橡子树林，指的是一处树林，甚至是一片森林。

若是石头遍布的地面，种上橡子树，结果如何？

"栎林深深石镞镞"就是回答。故而，园林工人那里，橡子树还有一个别称"吃石头的树"。他们的口头禅是，橡子树蛮。蛮是俗语，不仅指树木的蛮力劲头，还指它超强的生存耐力和随遇而安的好脾性，无论多么恶劣的生存环境它们都能适应。

橡树林其实挺美的，因为树木的品种好。橡子树是阔叶树种，既有常绿树，又有落叶树，还有灌木。总体而言，它们抗逆性强，是树中的伟男子，乔木类的树干高大挺拔，身高可达三十余米，树皮光滑，泛出青绿色，有些地方叫它青冈树，颇有意蕴。它的木质坚硬光滑，生命力超强，一棵橡子树一旦扎根，可以长几百年甚至千余年，枝繁叶茂，颜色青碧。虽然拥有好脾性，却不意味着它们没有原则，相反它们生长的尺度还挺严格，绝不会出现人类拔苗助长的悲剧，只有树龄达到十年以上，才会给世人呈现盛大花朵和累累果实。那果实从外观上看，上面光溜溜的，青碧色，底端毛茸茸的，有些像松果，但大有区别，毛茸茸的那部分不那么坚硬，秋季成熟后，毛果炸裂，里面的橡果自然脱落，就像板栗一样，深褐色，尖端很尖，后端有些椭圆形，看上去还是很平整。夏天果实还没成熟时，我们小孩家常常在平整些的地方插入一根竹扦，一个陀螺就产生了，它见证了我们乡下孩子童年无忧无虑的生活。

橡子树是很吉祥的树。"橡"谐音"祥"，"子"是指孔子门徒三千之意。"橡子"遍栽房前屋后，是农人祈福禳灾的普遍心愿。而它的吉祥寓意在全世界通用，欧美地区，橡树被人们视作神秘之树，据说，橡树的掌管者是希腊神话中的主神宙斯和爱神丘比特、罗马灶神维斯塔。传言，宙斯神殿的山地森林里，矗立着一棵具有神力的橡树，它高大参天，枝叶蓬勃若华盖，风起时，这棵橡树叶发出的沙沙声就是宙斯对希腊人的晓谕。希腊神话中，宙斯的祭司在求雨的时候，会手持橡树树枝在圣泉中沾上水，祈祷上天降雨。而在英法国家，早期的巫师被称为德鲁伊——这个名字来自凯尔特语，意思就是"知道橡树"。这些"知道橡树"者，是由社会中最早的一批知识分子组成，一般担任当地的法官、祭司和教师，可见，橡树是智慧的象征，还是神圣的象征，具有权威性。

我的故乡孤岛也有橡子树，但比较少。我第一次见到成片的橡子树林是在地处丘陵的婆家。

我的婆家屋后是长约千米的林带，有几十年甚至百年以上的植株，既有灌木、草本，又有高大的乔木。它们站在丘陵上，得阳光雨露的滋润，集居出幽深清静。我首次在婆家过夜，正值炎热的暑季，还是少见的酷暑。太阳当头照，地面全是扎眼的光亮，院子前的几棵大樟树和皂角树也被逼走了阴凉和树荫，耷拉着枝叶，敛声屏气地收紧自己。天气预报说，气温爆表，正午达到了四十摄氏度，是三十年来的最高气温。即便农村，还是丘陵地，炎热也没见少一分，太阳晒得人的肌肤如同大火炙烤，我们窝在家里不出门，还是热得心烦意躁。下午过去，黄昏来临，骄阳隐匿，天光暗了下来，屋后丘陵地上的林带蓦地森然，仿佛伸来一双巨大的手掌，一下挥走煌煌光亮，沉没了喧闹焦躁，丝丝清凉浮腾空气中，一波一波地浸来，一颗心蓦地下沉，逐渐安静。耳际传来遥远的风声，那是跋涉的夜风，却拥有极高兴致和超速脚力，在丘陵回旋浮荡。夜色完全黑透时，夜风蔓延周围，哗——哗哗——哗哗哗的风浪在幽静的黑夜翻滚，清凉的夜气从敞开的窗子溢进来。如果没有横行霸道的夜蚊子，真是不错的消暑地方。

而幽静的制造者"林带"却令我惊讶了——每隔一两棵其他的树木就生长着橡子树。橡子树有接近人体的外形，从一根端直的树干分出两根端直的枝干。几棵长了上百年的橡子树在主干分出的枝干又长成双手才能合围的主干，又分别劈出"人"形的两根枝干。我数了数，有一棵在树干上共分了四次"人"形，也就有了十四根枝干。紧挨大橡子树的是一些无法长成树木的橡子灌木，那是乔木版本的衍生。除了橡子灌木，还有猫儿刺，也是生命力强悍的木本植物，常绿，叶片翘出五个边角，边角勾出嫩黄色的长刺。这也是颇有颜值的树木，长得极其缓慢，却是终年常绿，养眼，绿化价值高，易于造型，常用于庭院造型和土壤改造。猫儿刺在树林里算是第二多的树木了，它们纠合橡子树灌木，见缝插针地站在高大的橡子树乔木下，偷来枝叶隙缝中的阳光雨露，长得安静怡然，也安抚了在林子间四处溜达的疲倦双眼。换句话说，走进了树林，如果你真以为那是橡子树的天下，猫儿刺绝对不答应，它以同样强劲的蛮力闯入打量者的双眼，宣示它们的主权。

我再一次走进橡子林，已是两年后，眼睛与前年的橡子树相遇，突然明白——霸道的橡子乔木正在发布大一统的命令，在以不可抗拒的蛮力"驱逐"所有的杂木。看吧，夹在橡子树之间的松树已成为光杆司令了，颓丧萎缩着身子，全身发白，枝叶枯黄，基本丧失了生命力，只等着被放倒当柴烧。橡子树木根部又新生出矮小苍翠的灌木，<u>丛丛团团地围着橡子乔木</u>。这些灌木失去了林木的骨架，只能用细弱的身子向橡子树匍匐问安，它们围住橡子树的根部，又分明为橡子树的威严而害怕止步。

橡子树的霸道还表现在它大片的羽毛形状的叶子上，三个或四个羽毛叶子排列成伸出五指的大巴掌。毛茸茸的表皮，承受了阳光雨露、飞沙走石，像一个接受岁月磨砺后生存能力越发强劲的人，即便粗糙的外表也无法掩饰蓬勃的生命力和强悍的灵魂。叶片的底部长出一对孪生的果实，棕褐色的薄片围拢的橡子毛茸茸的，使人看得脸皮生涩、发麻。季节流转，太阳晒过几日，薄片随着果实的成熟退到果实的底部，到了秋天，褐黄色的橡子真正成熟了，时不时有一两颗落在地上。

成熟的果实，就是典型的坚果了，里面富含淀粉和氨基酸，是比水稻小麦还要古老的粮食。人类食用橡子的历史至少可以上溯到两千多年前，此后在漫长的岁月中，它一直是山区居民填饱肚皮的主要食物，帮助人类度过艰难时期。古人对橡子多有记载——

《列子·说符》："冬日则食橡栗。"

《晋书·挚虞传》："粮绝饥甚，拾橡实而食之。"

《韩非子·外储说右下》："秦大饥，应侯请曰：五苑之草著、蔬菜、橡果、枣栗足以活民，请发之。"

至于，唐代诗人皮日休留下的一首诗《橡媪叹》，说得更清楚，诗中写道："秋深橡子熟，散落榛芜冈，伛偻黄发媪，拾之践晨霜。移时始盈掬，尽日方满筐，几曝复几蒸，用作三冬粮……"说的是老妪家中没有粮食吃了，所幸的是正值秋季橡子成熟，山冈上落得到处都是，老妪冒着晨霜捡来一大箩筐，晒干后再蒸，可以当作几个冬天的粮食。还有唐代大诗人杜甫也留下了依靠橡子挨过饥饿的诗句。不独是中国有，橡子也是美洲的印第安人的主要食物，他们称橡果是"长在树木上的稻谷"，电影《冰河世纪》中的松鼠Scrat一直坚持不懈追逐的果子，就是橡子树的果实。橡树的果实含有多种人体需要的微量元素，如钙、钾、镁，通过食补，人类身体能够获得营养。橡子中的单宁能抵抗、缓解铅之类的重金属的侵蚀，可以提高免疫力，增强细胞代谢功能，促进骨骼生长。这个优势，决定了橡子树不仅是绿化树，还大有保健功能。

我对橡子果实的印象是，它是地道的农家菜的标配。这源于它做成的一道菜肴，因为纯天然，口味佳，而且富含多种元素，对人体绝对大有裨益，所以人们常常以吃代补。那道菜就叫橡子豆腐，在某些地方又被称为橡子凉粉。

我最初吃到那道菜，是我怀孕那年的秋天。天干气燥，正是妊娠期，我咽喉发干发痒，皮肤也干燥起了皮子，还微微便秘。

先生带我回他的老家，一路上就极力渲染，说要做一道纯天然环保菜，并保证我肯定没吃过，以后在城里也难得吃到，最重要的是那道菜主打清热解毒，并且对咽喉发干发痒、眼睛充血有特效。这么好的菜，近乎神奇了，我不免仔细询问，他却笑而不语。我再三追问，他只说，那道菜啊，实际是豆腐，但是呢，是绿色的亮晶晶的豆腐。我哈的一笑，连说，不就是豆腐放了蔬菜浸染成绿色？哪有什么解毒清热的功效？他摇头不语。我的兴趣更足了，只想品尝到那纯天然的晶莹的豆腐。

一进家门，他就挎上竹篮子，说带我捡"吉祥"去，即打橡子。我基本猜到，那道菜与橡子树的果实有关，不过那果实毛茸茸的……

我跟他走进屋后的林带，就站在树林外，手里提着竹篮。他爬上附近的一棵橡子树的树丫，攀住一根树枝朝下压，刚齐我伸手的地方，我用手一捏，橡子就落在竹篮子里。还算轻松，半篮橡子轻松到手。

怎么做豆腐？

他告诉我，橡子泡上两天两夜，用石磨磨出土黄的粉末。再在粉末里掺清水，放在大火上慢慢地熬，熬时，要不断地加水搅和，将水和粉末搅和均匀绵实。慢慢地，它们熬熟了，再把粉汁过滤出来，冷却。那时，粉汁凝聚成绿莹莹、亮晶晶、光滑滑的橡子豆腐。那豆腐怎么说？嫩滑，嫩得挑不上筷子，只能轻轻地用刀划，放上辣椒油、姜末、蒜泥、花椒和陈醋等，用调羹舀了吃。橡子豆腐味道滑腻爽口，败火清毒最见效。

只可惜，在老家是来不及吃上那诱人的橡子豆腐了。原材料我们带回家，泡上两天两夜，后天吃也不错。

实际上，老公做出的橡子豆腐太嫩了，几乎不成形，但是，加上多种作料的豆腐口感上好，关键是清凉，入口即化，吞咽下去，口中生津。连续吃了两天——也就是连续两个晚餐，我的咽喉不干了，皮肤也不再飞出皮屑，便秘也完美解决。简直是药到病除的神奇，而滑嫩湿润的美味直接将我的口味与它挂钩，那就是，秋燥时，吃上一盘橡子豆腐，气定神闲。

吃多了，自然也成了制作（包括烹饪）橡子豆腐的老手。那些来自家乡的橡子，原生态不说，还接地气，亦是大地和树木结出的精华，关键是这些材料（包括制作成功的橡子豆腐）耐保存，头年秋季制作的，放到冰箱保存，次年春季拿出来吃，同样新鲜。当我把自己亲手捡来的橡子磨成豆腐时，我已有足以向朋友、亲戚炫耀的拿手好菜。也许这道菜会在久远的时光里成为独门绝技，这该是多么幸运和值得骄傲的事。

后来在书上看见山区也有一种做豆腐的植株，不过取材于该植株的叶子，而叶子是奇臭无比。臭叶在开水里（据说开水也很讲究，掺和了地灰）翻搅，嫩嫩的叶子翻搅出绿色的汁水，然后

179

过滤、冷却，神豆腐就"出世"了。我没尝过神豆腐的滋味，但当我看见神豆腐的"神变"过程，就想到自己会做的橡子豆腐，也不觉得神了。

大抵是，那些入口入胃的东西先前并不入眼，而粗糙甚至有着臭味的"丑陋者"往往会更有支撑生命的力量。

"臭腐化为神奇……神奇而为臭腐，则是物皆然"，自然的辩证法里，生活在臭腐甚至在死亡里延续。

橡子树提供的食物哪只有橡子豆腐？还有橡树菌，这是倒下的橡子树的功劳。橡子树的强大生命力，赋予它高寿的年纪和随遇而安的好品质，所以，在重工业区，尤其是化工业区，橡子树被广泛栽种。而石头砖渣混合的土壤里，栽种橡子树更是适宜，橡子树发达的根系能够"吃掉"土壤里的砖石粉末垃圾，是标准的环保树。神奇的是，橡子树遇到不测，比如被人砍倒来不及拖走，或者遭受风雨雷电而扑倒在地，只要是挨着土壤，即使树叶和树枝枯萎死去，树干也不会烂掉，它们收集并储存雨水，春秋的雨季，倒下的树干上会长出菌子，黄灿灿的，炖肉炖骨头熬出鲜美的菌汤，对身体是大补。

你能想到，遍种橡子树，是丘陵地带的农民发家致富的一个门道了。我家先生的堂兄就是一个广种橡子树的致富能手。他住在姚家港村，靠近江边，但随着工业园区不断扩建，并响应长江大保护的号召，工业园区朝后迁移，远离长江，他们那个村几乎都被征来建工业园，一家人便被安排到董市玛瑙河边的一个村庄居住。他们一家人不种菜不做生意，也不出去打工，而是在家广种树木，田地一部分是流转来的，还有一部分是租来的。种植的树木，除了橡树，还有栾树、青檀、猫儿刺、玉兰树……既有落叶乔木，又有常绿的，均围绕一个中心：全是"吃石头"和吸收重金属的树。

这样的树木，颜值高养眼，还是环保的优选树木，大受市场欢迎。我所在的城市，凡是工厂园区的周围，选择的树木大都是这些环保树木。栾树多用于江边的人行道，作为行道树；橡子树多栽于园区内和庭院里，图吉祥，还美观，最重要的是，它能吸收重金属和粉尘。而那些污染大的工厂园区，尤其是石头比较多的地方，橡子树、玉兰树种得较多。另外，橡子树全身是宝贝，除了橡果药用和食用外，木材也很受欢迎，因为坚实还耐腐，制作家具、农具、矿柱、电杆，它们常是首选。橡木晒干后，烧出的木炭，烟少火力旺盛——以前的农村常常用它来度过漫长的清寒冬季。农村至今还流传这样的俗语：除了栎炭无好火，除了猪肉无大荤。而橡树皮和壳富含鞣质，是工业上制作栲胶的好材料。毫无疑问，橡子树的市场价值值得期待。

前年暑假，我去神农架大九湖玩，居然见到一大片橡子树林。那纯粹是无意的偶遇。就在游玩中，一片葱茏的树林跃入眼帘，在开阔的湿度较大的大九湖风景区，它们有些另类。我不由注意起来。走到近处，发现那是一处山坡，坡地上的树木虽然有些高度，却只算未成年的树木，它们枝叶相接青葱逼人，高低不一地拢出青碧色的起伏线，而地面坑坑洼洼，不平整，隐约露出石块砖头类。那些树木……我不由莞尔一笑，自然是吃石头的橡子树了。

为何它们站在这里？

我询问导游——是神农架人，而且就是大九湖以前的居民。他告诉我们，这片树林栽种有几年了，是在一处废墟上，这片废墟以前是村庄里几个兄弟一起建造的房屋，面积有些大，还开有高山旅社。他们全都搬下大九湖后，房屋推倒，但是建筑垃圾有碍大九湖风景，而且还影响到地面植被生长。怎么办？林业局给出建议，在废墟上全部种上橡子树，因为它们吃石头，而且树木耐旱也耐寒。大九湖不需要耐旱，就是冬天凄冷，这点橡子树最能担当，它具备耐零下二十摄氏度极寒气温的能力，成林的橡子树能充分改良土壤，还能给游客提供养眼的风景。

橡子树林在道路以外，我只能远观了。彼时正是下午，阴天，空气中像绷紧着一根弦，有些闷热。好在，隔一阵，一阵风会吹来，清凉再次袭身，似在证明"大九湖凉爽"的本质，只是雾气从远处的青山袅袅行进，莫名在景区徘徊。我心中不由低吟李贺的一首古诗——

　　低迷黄昏径，袅袅青栎道。
　　月午树无影，一山唯白晓。

橡子树何处不在？回家后，我时不时想起那片为改变土质而站在大九湖的橡子树林，而后感叹不已。

因为火力旺盛，还没有烟，橡子树在农村常被砍掉当柴烧。

我婆家树林里的橡子树也常遭遇砍伐，先是家人砍，我们阻止几回后，家人不砍了，外人偷偷来砍，理由是，你们又不需要它，反正是闲着。

奈何？

婆家屋后的丘陵带，橡子树几乎霸占了整个林区，里面有不少上了年纪的大树，甚至还有几棵百年古树，要保护好它们，就要先给它们名分。我们在工作之余，也学着那位堂哥种植林木，美其名曰"发展经济林木种养"，这下，因为专门从事林木种养，林木有了名分，乡邻也好，乡邻以外的外人也好，就不好意思钻树林了。既然打出种养林木的名号，就有必要扩大面积和分门别类了。我们砍掉柑橘林，连同丘陵地分出两个小林带，一个是橡子树群，另一个是樟树、桂花树、洞庭树、木梓树之类的树群。因为拥有得天独厚的林木生长环境，我们的管理算得上无为而治，就那样任其自由生长，林带却是葱茏蓊郁。最近几年，林木长得快，橡子树枝阔叶茂，挤挤挨挨的，我们清理了下，将那些十年左右的橡子树木全部卖掉，只留下老橡子树和一些成长中的尚未结果的幼树。橡子树林清朗了许多，无论从哪个方位看，都赏心悦目。而站在丘陵外的道路上看去，清晨和日暮的它们拢出悦目的黛青色，仿佛群山徘徊，令人心头为之一紧。

我明白，那是近乡情怯的愁滋味。

这乡愁哪里只是故乡故土情节？还是人与自然的一种血肉相连的天然情愫。每次不经意的遇见，就是一次回归和启迪，然而，又饱含了情不自已的愧疚。

这么多年，每次回到婆家，我都喜欢去那片橡子树林里转转。而后，站在路旁，或者就在屋后的阶檐下，呆呆地看着那片舒朗清隽的葱绿。

第三章

鱼鸟相还

江　豚

　　长江水生物最多的就是鱼类了。看似普通的鱼，有诸多类别，也大有故事，而我要说的是长江的神鱼。

　　真有神鱼存在？这对于无神论者来说，就是笑话。然而，我还是坚持，神鱼是存在的，就在长江中，曾经赐予两岸的百姓吉祥。

　　毕竟，拥有千万年生存历史的鱼类并不平凡。它们被漫长的时间养育，并在漫长的时空中，有意无意地与其他生命相遇而留下奇闻逸事，那些关乎生与死的相遇契机，恰如神灵降临的瞬间，值得诉说。

　　我母亲就是被神鱼眷顾的人。

　　她感谢的不是依靠鳃鳍呼吸游动的生物，而是江豚。我们岛上人称之为江猪。它周身褐色，形状犹如陆地上的猪，只不过它生长在长江里，一头会游泳的猪，体积要比陆地上的猪小不少。

　　古时没有工业，人类活动也不频繁，更重要的是，人类敬畏自然，生长在长江边的百姓，对江水和长江中的动物可谓顶礼膜拜。再加上，长江河流堰塘等都没遭到污染，保持了原生态，水质明澈纯净，水域周围的空气清朗，江豚甚至白鱀豚都会在汛期赶赴滔滔江流畅游江水，江豚、白鱀豚在古人眼里不是稀罕物，古人常能一睹其风采。《尔雅》中关于白鱀豚有如此笔墨详细的介绍：鱀，体似鲟，尾如鱼。喙小，锐而长，齿罗生，上下相衔，鼻在额上，能作声，少肉多膏，胎生，健啖细鱼，大者长丈余。江中多有之。

不仅常常见到，而且那时的江豚、白鱀豚多，也普遍如鲫鱼、鲤鱼、大白刁之类，偶尔被捕捉也不奇怪了。现在不行，江豚之类是一级保护动物，别说捕了，连丝毫的搅扰都不可饶恕。在此引用古文也是为了证明，江豚曾经很多，而且还大有用途。江豚全身都是宝贝。它的皮更了不起，民间传说，江豚皮熬出的油，能瞬间愈合伤口……不过，那也只是远古的事情，毕竟远古时，长江水质清澈，江上船只也少，环境好，江豚多，繁殖能力也强。话又说回来，要逮住江豚并非易事，这取决于它的身形和性情。它全身湿滑，机灵好动，行动迅捷，而且现身长江受时间限制大。

远古事不再多说，但江豚的珍贵由此可窥一斑。

再回到我母亲和神鱼江豚的结缘事情上。

一九四三年夏初，石牌保卫战取得胜利，而一支抗日队伍利用孤岛成功转移劫来的军用物资，日军恼羞成怒，决定狠狠地教训下孤岛人。八月四日这天，日军开着军舰过江，准备对孤岛进行大扫荡，目标对准了下百里部分，即当时名叫八亩滩的地方，也就是我母亲的老家。不过，那时我母亲还未来到世上，还是胎儿，在外婆肚子里安然酣睡，而且到了临产期。

母亲说，外婆他们早上就得到消息，日军开着军舰将要渡江进攻孤岛，岛上百姓都在准备转移。转移到哪里去？只有一个答案，就是通过岛南过江逃到对面的松滋去避难。可快要分娩的外婆行动不便，能够躲到哪里去？说到这里，母亲哽咽起来，眼神停留在空中某处，整个人陷入沉思或者回忆中。

我们都屏着呼吸盯看母亲，隔着遥远的岁月祈祷——有奇迹发生。

真的发生了奇迹。

日本军舰是在上午过江的。嘟嘟作响的军舰耀武扬威，军舰上的太阳旗在江风中猎猎招展。可人算不如天算啊，侵略者怎么也想不到，过江时，他们遇到了神物，并非一个，而是一大群，正是从江水中冒出的江猪。一群江猪呼啸着顺江而下，在浩渺的江水中浮沉，黑脑袋时而隐伏，时而冒出水面，它们一边呼哧哧叫一边拍打水流，浪花喷溅，溅起高低不一的白色浪柱。

一股股浪花涌动，江面颠簸动荡，弹指一挥间，从上游呼啸而来的江猪就浮沉在眼前。此段的长江宽阔平坦，水面却被江猪翻腾起几米高的浪柱，犹如遭遇台风袭击。行驶江面的日军军舰顿时失却重心，左右颠簸。而那些从未见过江猪的日军目瞪口呆，不知浮沉江水中的黑色动物为何方神圣，一下愣怔不知所措。而北边岸上碉楼里的日本哨兵，根本无法瞄准时隐时现的江猪，也只能任其为所欲为。

江猪过后，长江水面犹如大簸箕颠簸不已，大半天才风平浪静。日军上午被迫停止过江。幸亏得到江猪的护佑，争取到一个上午的时间。此际，孤岛人拖家带口的，还顺带上家养的畜牲，纷纷从岛南那边过江避难去了。

我外婆挺个大肚子，已经发作，疼痛得无法挪动一步，根本无法逃走。可总不能等在家里给日本人当靶子，还是要躲的。孤岛就是江水中心的一个沙洲，没有山，有树林，但不大，很容易被烧到。只有那广阔的、一望无垠的田野，田野上种植了密匝茂盛的棉花，可以与异域豺狼打下马虎眼。于是，我外公抱着外婆往田野里跑，一头钻进茂密的棉花田中。盛夏季节，孤岛上的棉田正茂盛，枝干齐人高，枝叶相连，在广袤的原野上站出铜墙铁壁的阵势，也算很好的藏匿地方。

可能是受到惊吓，还可能是天佑我母。外婆刚刚安静下来，就分娩下我母亲。下午，贼心不死的日军再次渡江，来到孤岛，在八亩滩那里的渡口登陆。上岸后，却只看见空落落的村庄，连牲畜也寥寥无几，满腹仇恨，燃起火把丢在房屋上，准备将村庄付之一炬。熊熊的火光冲天而起，噼啪着烧倒了房屋，一座又一座的房屋倾圮，八亩滩那个地方成为废墟，满目疮痍。

毕竟只是房屋，人还在啊。母亲的唏嘘声中满含庆幸。随即她双手合十于胸前，呢喃道，这是江猪在保佑我们。

我母亲出生的经历在村子里流传。村里人都说，这江猪是神猪，再不能逮它了，否则可是造孽，要受到老天爷惩罚。

江猪岂止是我母亲的恩人？也是我们整个孤岛人的贵人。

这样的奇迹，不是天遇说能简单解释的，它分明就是冥冥中的一种机缘。江豚于我们这块被江水环绕的楚地孤岛，像长江一样，是依靠，还是救赎。

我生长在长江中的孤岛上，儿时在江边玩，暮春时节和夏初，常常见到江豚，它们在江水上呼啸而过，掀起洁白成片的浪花，景象壮观雄伟，常令我惊叹不已。

它们基本是黑褐色，三五成群，甚至更多……春汛和夏汛时节，气温上来了，长江水流丰腴磅礴，江豚也活跃在水流上。它们喜欢成群出现，绝大多数时候，是一家人或者几家人聚拢一块儿，在江水中嬉戏浮沉。领头的一般是有威望的江豚妈妈，率领一群小江豚，顺着江流从上而下，在水中浮沉，时而发出呼哧声，连绵不绝的呼哧夹杂水流哗啦声，声势壮观。当它们呼啸而过，江水会翻卷起一股股浪柱，此起彼伏。江水中行驶的大轮船会尽量放慢速度为其让行，而小一些的船舶干脆在江水边停下来，不仅是礼让，也是为了行驶安全，他们在江水上讨生活多年，怎能不知簇拥的江豚们呼啸过江的威猛？

威猛之余，却留下壮观美景。一得到江豚过江的消息，我们便会蜂拥到大堤上观瞻，甚至直接跑到堤坝下的江边，人挤人地踮起脚尖看。

来了，快看啊。一声令下，我们伸长脖子逆着江水朝上看。只见江花白云似的朝我们涌来，眨眼间，白云就涌到我们眼皮底下。

有趣，这群顺流而下的江豚中，畅游在最前面的一定是领头的，且顽皮得很，它拥有超强的感知能力，似乎感受到江水两岸围观人群的热情，在阵阵喝彩和掌声中，会逐渐放慢速度，拿准了身后同伴正在低头深扎猛子的时机，将脑袋迅速地抬起来，上身也跟着立起，嘴巴吐出喷泉似的水线。接着，身后的同伴抬起了脑袋立起上身，周围涌起洁白的浪花……就在我们齐声叫好时，它们加快了速度，并在江水表面犁田一般披荆斩棘，江面浪花簇簇，身后只余白烟囱般的浪柱。

也就那么几分钟，江豚消失在矮下去的浪簇中，江面却是遭遇狂飙似的颠簸不定，久久不能平静下来。一如我们的心情。可惜的是，那时还没有手机，我们大都也没有相机，江豚过江的壮观也就无法用镜头定格下来，只能化作记忆长驻我们的脑海心头。

岁月流逝，我们逐渐长大成人，而这样的美景可遇不可求，后来直接不可见了。原因共知，长江两岸的城市大力发展工业，空气里粉尘含量高，废水和生活垃圾排污也没处理好，江水严重遭受污染。再加上人类欲望无底线，大量捕杀导致它的数量日益减少。再则，两岸人类活动频繁，江上大小船只往来如梭，水利建设也多，这些因素严重影响了长江生态平衡，导致江豚生存环境日益恶劣。江豚生性怕吵闹又胆小，主要是依靠声呐在水中辨别方向，再来探路前行，嘈杂的噪声和被污染的清流，常常使江豚接收不到自己发射出去的信号，形成"死路"的误导，迷路后，在水流中盲人一般左冲右撞，难免会撞上船只和巨石，受到伤害甚至死亡。更可怕的是，小江豚也被高噪声搅扰，找不到觅食的妈妈而饿死。而江河污染和无限度的捕捞导致水中鱼虾类水生物均在减少，江豚爱吃的鳗鱼、鲈鱼、大银鱼、虾和乌贼数量锐减，江豚的食物出现短缺，况且江豚本身繁殖能力也在下降……这些因素导致江豚数量剧减，它们被列入《世界自然保护联盟濒危物种红色名录》和国家一级保护动物。

说到捕捞——哪怕不是针对江豚的捕捞，也会给江豚带来误伤。江豚虽是体积较大的水生动物，但潜水能力一般，原因在于它不太擅长憋气，它的憋气时间超短，在三分钟以内。江豚在水中游弋，间隔十来秒就要浮出水面呼吸一次，几次呼吸后才能再经历一次几十秒的"长潜"。这是它的短板，还不如一个受过训练的潜水员。这个短板令人揪心，因为带给它致命威胁的概率还不小，一旦在野外误入渔网或者被什么漂浮物缠住身体，便会危及它的性命。

令人惋惜还令人心痛。要知道，长江江豚在地球生活已有两千五百万年，位于长江水生物食物链的顶端，江豚戏水曾一度是春天长江上的常见景致。南宋的诗人陆游的《入蜀记》如此记载所见情景——

> 江中江豚十数出没，色或黑或黄，俄又有物长数尺，色正赤，类大蜈蚣，奋首逆水而上，激水高三二尺，殊可畏也。

多么壮观的场面，堪称激动人心。那场面不仅热闹，还道出彼时人与自然和谐共处的生态环境。

可惜，岁月更替中，江豚逐年减少，尤其是长江中下游一带，野生江豚数量每年都在急剧下降，直至危亡境地。"灭绝"这个惨烈的动词又附带了惯性力量，一旦发生，便会加速……这是有科学根据的。在保护生物学里有一个概念叫"灭绝漩涡"，这个术语是说，曾经分布广泛的动物种群，在数量大幅度缩小后，开始在原有数量缩小的因素外，面临更高的遗传和灾害风险，直至陷入恶性循环，就像被卷入不断下降的漩涡，加速走向衰退和灭亡。更为珍贵的白鱀豚就是典型的例子。

江豚会步白鱀豚的后尘吗？

好歹，这几年来，一系列的保护政策出台，强硬措施下，污染大的化工厂迁走，长江也被禁止捕鱼十年，还季节性地疏通河道，不断加强长江两岸绿化工作……长江得到大保护，人们的环保意识也增强了，政策成效也出来了。

一度绝迹的江豚又在春汛和夏汛中赴约而来。只是，它们不再是簇拥一大群，而是单只，或者两三只。

这里要提到一件事。去年二月初，我有事要从宜昌城区坐船去西陵峡，买票上船后，船舶马上鸣笛起航。但是，刚刚离岸的船又停下来，既不靠岸，也不前行，引来大家的议论纷纷。毕竟，二月初的江面还是冷，冷风饱含江水湿气简直砭肌刺骨。船老板解释，他刚收到命令，要求停航，因为一只江豚被什么缠住了尾巴，救援队正在施救。吵闹的我们顿时安静下来，却绷紧了神经，想必，大家心中都在为那只受困的江豚祈祷吧。就在紧张不安的等待中，我们不说话也不谈笑，生怕惊吓了江豚。其实，那只江豚离我们远着呢。但我们全都噤声，有人想咳嗽也是用手捂住嘴巴，尽量将声音降到最低。很快，江豚得救的消息传来，我们全都大大地舒了一口气，继而又纷纷鼓掌庆贺。几天后，我了解到当时的具体情况：那天，一位长期关注江豚的资深摄影者像往常一样在长江上拍摄美景，却在镜头里发现了一只江豚，它正困在原地左右挣扎。深知江豚习性的摄影者马上拉近镜头细看，发现江豚尾部被绳子缠住，绳子的另一头拴着两个塑料瓶。此时，江面正好行驶来十几艘船只，还是货船。挣扎中的江豚因为被干扰，声呐被影响，憋气也差，是无法察觉到行驶于江面的船只的。如果不能马上自行挣扎出来，也无救援，就会存在生命危险。那位摄影者拨打了渔政部门电话求救。不到一刻钟，救援车赶到，而且航行的货船得到海事局的通知紧急停航。黄金水道按下了暂停键，江豚得救。这个摄影者名叫杨河，地道的宜昌人。此事被联合国新闻报道。

又岂止杨河一个人关注江豚？

更多的长江子民加入其中。在三峡一带，有个特殊的义工群体，叫"三峡蚁工"，每到休息日，便会拿上工具在长江边巡游，捡拾垃圾，打捞水面的废弃物。其中有个资深义工，是秭归人，他本是长江水流上的清漂队（负责收集来往船只上垃圾的队伍）队员，遇到休息日也不休息，又当起义工，清理江水边的垃圾。我曾经遇见他——不是偶遇，而是听说他的故事后有意接近的，更准确地说，是我约见的。他答应赴约，却提了一个要求，不要说出他的名字。

那是在一个茶室，我们初次见面。他比我年轻十岁，却口讷，不大习惯社交。坐下的他浑身不自在，开场就冷场，但说起长江大保护，便滔滔不绝眉飞色舞了。他说，长江以前就没有看相，五六年前每次清漂，垃圾漂浮物到处都是，一艘旅游船上的垃圾和附近水域漂浮的垃圾，令人触目惊心，几个大垃圾袋都装不完，每次清漂他都累得不行，累不说，还心痛。而近两年来，清漂舒服了些，除了旅游船上的垃圾外，水面的垃圾少多了，现在当义工也比以前感觉好多了，一个半天下来，垃圾袋里始终都只有树叶纸张什么的垫个底，还有好几次，就几个纸盒子或者塑料瓶，他乐得不行。他又说，要是我们这些义工失业了，这才是我最高兴的事情。对于这个愿望，他偏起脑袋思考下，不到一秒又喃喃道，真说不准哦，大家环保意识比以前强多了。

我问他为何长期坚持做这样一件事情。

他反问我一句，你见到过江豚吗？

不等我回答，他就着急地自答道，那模样真是萌，你盯着它看，它就会朝你咧开了嘴巴笑，还露出洁白的牙齿，真是可爱，难道我们不该为它们创造清澈又安全的环境？

我无言以对。无疑，我是喜欢江豚的，况且它还是我母亲的救命恩人，可是我为它们做过什么呢？惭愧下，我关注了"三峡蚁工"公众号，也默默地充当了几次义工。

江豚却一再走进我的视线里。

近几年，我见到最多的群体是四只江豚，它们一起出现在四月的长江水流上，虽然不是亲眼所见，是通过亲戚拿手机录下的视频，却还是让我如多年前亲自围观江豚过江壮观美景时的心情一样。

那是疫情防控期间，人类活动减少，长江的船只也减少，江面出现难得的安静期。四月，长江春汛到来，江水一天天丰满，水流清亮，在蓝天白云下泛起亮绿的水泽。江豚浮出水面，那是一群，领头的江豚体形庞大，估计是江豚妈妈，后面的小江豚应该是它的孩子。春阳和煦，流水淙淙，宽阔的江面上，江豚妈妈带着它的三个孩子从上游顺水往下游来，在沱水段驻足，逐水嬉戏。

孤岛上的表哥正好在堤下种植榆杨。他见到江面浮腾洁白的浪花，那些浪花不断在江水表面增多，而附近又无船只行驶，浪花中，几个黑色的小东西浮沉不已。他预感，久违的江豚要出现了，便丢下手里的活儿，奔到江水边。

果然是江豚出现了。

数量还可观，领头的就是江豚妈妈了，它带领三只江豚正在江水中俯冲，它们黑褐色的脑袋、脊背在浪花中若隐若现，周围涌现出此起彼伏的浪花。表哥用手机录下了这珍贵的一刻，并发在了朋友圈里。我们这些亲朋好友一致赞叹道：我们也身临其境了，美景壮观，震撼人心。

我点开视频，播放给我母亲看。我母亲那年因为中风，右边身体偏瘫厉害，而且语言功能受损，再也无法说话了。她紧盯着视频，眼珠一动不动地反复地瞧看，开始是微微笑着，但慢慢地，眼角湿润了，干枯的眼窝溢出了泪水。

我轻声安慰道，放心，江豚还会再来的，它可是守信的神物。

母亲无声地点头，我帮她擦掉泪水。

今年闰二月，四月气温才上来，但是，江豚早早地出现在长江中下游的不同水域里，现身媒体视频和文字中，毕竟它们的出现令人惊喜——一种被护佑的吉祥感带来的喜悦，可遇不可求。

我幸运地见到两只江豚在水面浮腾的壮观景致。

它们修长的身体左右摇摆，一前一后在江水中追逐嬉戏，碧绿的江面犁出洁白的浪花。几艘行走的船舶绕开很远，慢慢地驶过，生怕惊扰伤害了它们。可是，天性顽皮的江豚深扎几个猛子，紧随顺流而下的船舶后面，拍打水面，水面掀起几米高的浪柱，哗哗哗的巨大声浪，犹如海潮泛起。一时，大堤上聚拢来不少的围观者，我也闻讯赶来凑热闹观看。浪柱白花花的，瀑布一般，砸起无数细碎的水花，水花四溅，淋湿了我们的眼睛。我们得令一般，纷纷拿起手机和相机录制，留下动人珍贵的瞬间。

我们这些长江子民，大概人人知道，一睹神豚风采，是机缘，也是神灵在赐福我们。

终于，江豚每年都会在汛期来赴长江之约了，而我们不仅大饱了眼福，还在心中滋生了被神灵眷顾的幸运感。遗憾的是，江豚数量仍旧有限，与古书记载的江豚出游的盛况相比大有距离。

遗憾是遗憾，希望也逐年递增，无论如何，江豚数量正在稳步回升，也许我们的子孙有一天会重新见到陆游描绘的景致——

　　江中江豚十数出没……奋首逆水而上，激水高三二尺，殊可畏也。

白　吉

北有江猪，南有白吉。

长江一路向东奔泻，至中下游地段，流速减缓，泥沙和砂石沉积，水质清澈。

该地段开阔平坦，江水裹挟的泥沙沉落下来，在江心耸立起沙洲小岛，曾有九十九洲的历史说法，但岁月更迭中，九十九洲合并为一个大的洲岛，就是现今的孤岛，地理名称为百里洲。我们却惯称孤岛。孤岛耸立长江中，南北水域差异较大，出产的珍稀水生灵也不同。北方江域广阔，水流磅礴，春夏时水温也高，是江猪生存的好场所。而岛南面是荆州，群山连绵丘陵纵横，依着连绵起伏的群山地势，南部水流迂回曲折。水流依山而绕，娟秀若带，水碧至清，是典型的江南水乡面貌，且南面的江水因为孤岛的存在，流淌得安静而含蓄，我们称之为南河。

白吉生长于此，独领长江风骚。

白吉，俗称鮰鱼，学名长吻鮠，身体细长，嘴壳尖利细长、朝前突起，全身灰白，无鳞无刺，肉质细嫩，微微透出粉红。如此高颜值，自是不平凡，它择居的要求高，从不愿屈就随遇而安。它多半选择生活在大江大河中，水域宽阔水流激越，深度在一百一十米以上。湖泊、溪流、池塘终是小了，难以容纳它清傲的身体。再具体点说，长江是它生存的合适场所，白吉基本在清净而恒温的水底砾石夹缝中生长，生长速度异常缓慢，犹如幽冥独居清心修行的隐士。偶尔，隐士出行，扁着身体，跃出水面，在空中划出一道优美的曲线。它细长而白净的身体带动水流，哗啦哗啦地编织出晶亮的曲线。随即，砰的一声，水面破开一朵莲花般的漩涡，白吉沉入水底。

我们孤岛上的人，习惯称呼它白吉。"白"取其颜色的纯净，而"吉"自然是取吉祥庇佑之意。

白吉也是佑护我们孤岛的神鱼。

我祖母我母亲都目睹过白吉的绝代风华，她们屡次描绘白吉的美丽，但我们脑海里始终是一片模糊。后来，一个初夏的夜晚，村里的学校操场上播放越剧电影《追鱼》，全村人悉数出动，坐满了操场。结果，祖母和母亲她们看见那个鱼美人从水中走出——全身闪烁着耀眼鄰光，摇曳着生动尾巴，姿势可谓婀娜多姿，而双眼如星顾盼生辉。银幕下爆出嘘声，接着是哧哧的笑声。终于，有谁站起来，指着银幕失声叫道：白吉！

但马上有人呵斥道，坐下，听她唱歌。

于是，全场安静下来，只见一个个昂起的脑袋紧盯屏幕，大气儿也不出了。刚才还在吹来拂去的夜风忽然停止，只有轻微的呼吸声夹杂在附近堰塘里传来的蛙鸣声中，萦绕在我们耳际，但很快这些混杂的细微声响也消失了。我们屏气凝神地迎接美丽的鱼美人出现,并以十二分的热情聆听她的心声。

我们满怀憧憬,盯着屏幕,聆听美丽的鱼美人用婉转的歌喉表达爱情心声:

> 鲤仙修道在碧波府,
> 蒙秀才每日里顾盼情深长,
> 今日鲤鱼出水面,
> 会一会寂寞书房多情郎……

皓月当空夜风习习,上岸的鱼美人摇曳着她的美妙身姿,走向她朝思暮想的心上人居住的房间。她边走边唱,大胆热烈的双眸左顾右盼熠熠生辉。终于,屏幕下静止的人群又有了骚动。我的祖母也忍不住了,不由摇头轻叹,真是一尾小鲤鱼哦,离白吉差远了。

等我们看完电影回到家里,不禁询问,鱼美人那么好看,怎么会比白吉差?又差在哪里?

静。

祖母说的静,指的是白吉神韵。一静天地古。古是什么?往昔?不是。记忆?更不是。是恒久。那种充沛天地日月的气息,一路走来,时光无敌,散发的静气弥漫在风中,气流般地绕指柔,浇灌出我们这块特殊地域的审美指向。

静为天地之大美。

得此大美的生灵，只能存在一方宽阔的清澈水流中。

我的祖母和母亲她们总说，孤岛上没有谁刻意去捕捉白吉。为什么？我们纷纷追问原因，毕竟，那么美丽而珍贵的东西，占为私有是人类的欲望本能。

面对我们的询问，她们会反问，为什么要捕捉白吉？

反问传达出她们的潜意识——白吉好好地生活在江水里，与人类相安无事，多么自然和谐的事情，人类却故意去捕捉，这是反常的。在我祖母她们看来，捕捉白吉不仅反常，还是无法饶恕的大逆不道。当然这是家乡老一辈年长者的认识，可以代表我们孤岛大多数人的认知，却不是全部，总有例外，要不，长江中的野生白吉怎会大面积地减少，直至绝迹？

究其原因，不光是长江水域环境遭受污染，还有人为缘故，大肆捕捉，要么卖掉，要么吃掉。但这只是少数人，贪婪的毫无忌讳的人。我们孤岛上，往往是，即便捕鱼的不经意间捕到珍贵的白吉，他们也会小心翼翼地捧出，大喊一声，你要来，我却不敢留，你还是回去吧。说着，双手朝江水伸开，手中的白吉得令般飞出，昂首冲向江水，又蜷曲身体在江面划出一个优美的弧线，砰的一声，白吉落水到南长江（名为南河）。因为被赋予了神性，当然不能捕捉，即使不经意间捉到，他们也不敢留下。否则，有触犯江神遭受惩罚之说。

祖母的言辞，还有另一层意思。

白吉极有灵性，纵然信奉神灵的孤岛人不会有意地去捕捉，却并不等于它们永远不会从水中步入孤岛。换而言之，它们大有机会从水中落至孤岛上。是的,机会或者机缘下,白吉遇到投缘的人,自会跃出水面,一下就跳到有缘人的双手上。而这在孤岛人看来,是孤岛人"请来"的白吉,是虔诚所致。

这样的机缘,属于白吉和有缘人之间的秘密,不足以用语言道出一二。总之,半个世纪前,长江中的白吉大量存在,数目多,因为肉嫩蛋白质多,还少刺,是餐桌上的佳肴。有诗为证,宋代诗人苏轼赞美白吉"粉红石首仍无骨,雪白河豚不药人",意思是,白吉胜过黄鱼,肉多粉嫩还无刺,赛过河豚味道,还没有毒。《异鱼图赞笺》赞白吉兼有河豚、鲥鱼的味美,无毒无刺,真个是"粉红雪白,洄美堪录,西施乳溢,水羊胛熟"。白吉全身都是宝,而它的脑袋和肚腹是宝贝中的宝贝。

白吉的脑袋尖而细长,吻部那里因为运动时呼吸和用嘴巴戏水导致软肉发达,精华全在吻部软肉,就像螃蟹里的蟹黄一样。有经验的厨师曾经如此推介吻部鱼肉味道:"有犴鼻猩唇之肥糯,也有河蟹鲥鱼之鲜嫩,用白汤加以清煮,汁如乳,味鲜香,质滑润,食之肥美可口、软嫩相彰,实是难得的珍馐。"至于它的肚腹,颜色好看,犹同白云中晕染着浅浅红霞,肉眼看来十分娇美。而肚腹里面的鱼鳔异常肥厚,既可鲜用,也可干制,干制后的鱼鳔就是名贵的鱼胶了。湖北有一道名菜"蟹黄烩鱼肚",菜肴中的鱼肚就是用白吉的鱼鳔做成的。而鱼胶是否珍贵,取决于白吉的年岁,野生的长江白吉生长极为缓慢,一条大白吉能取出鱼鳔,证明白吉生长了好多年,鱼鳔越厚大,白吉存活的时间越长,而这样的鱼鳔干制出的鱼胶含有的蛋白质含量越高。就其经济价值来说，白吉最珍贵的部位应该是鱼鳔，鱼鳔取出后，制作的鱼胶，可以驻颜抗衰，是延缓衰老的佳品。而且鱼鳔经过晒干和熏制后，肥而不腻，脆嫩可口，被古人称为"龙涎"。即便是今天，这种美食珍馐也可卖到一千二百元一条，可谓物以稀为贵。

不过，今天吃到嘴里的白吉，是家养的，而非长江野生白吉。家养白吉，在长江中下游两岸较为普遍，尤其是清江两岸的居民，利用清江水域的好水质和水下砾石的有利条件圈养。而石首圈养白吉的也多，那里水域较为适合白吉生存，如今野生的白吉在石首段的长江水域数目连年递增。我见过清江段养育白吉的过程，先是用细密坚韧的网兜围截一段水域，放入白吉鱼苗，慢慢地培养，即便是圈养，相对于其他鱼类，白吉依然长得慢，但是品质在那里，几年后，白吉逐渐成形，再几年后就是膘肥体壮了，收获季节也就到来了。圈养的白吉纯粹就是为了满足口福和制作鱼胶了，与野生的白吉相差很大。单纯从体貌上来讲，圈养的白吉虽然也无鳞无刺，但是周身是黑褐色，哪能与白中透出绯红的野生白吉相比？至于肉质口感，不用赘言，也能想到，毫无可比性。可是，它们终归是白吉，身体流淌着野生白吉的血液，仍旧是美丽的，是鱼类中的凤凰。

说到白吉的鱼胶，我想起一件事情，与我一位远房亲戚有关，我喊她芳菲姨妈。名如其人，芳菲姨妈年轻时是个美人，但是深陷孤岛见识有限，终归有些照应了"红颜命否"的说法。我这里用词是"有些照应"，是在暗示她对自己错误反省后扭转了命运。

事情是这样的。芳菲姨妈年轻时，家里住进了省城来下乡的知识青年，姓段，可能是祖传中医，很懂得治疗疾病，那时的孤岛南河，白吉不少，孤岛上有缘分"请到"白吉，制作出珍贵的鱼胶。芳菲姨妈的父亲——我喊昌爷爷，他年轻时就凭借诚心"请到"快要死去的白吉，然后取出鱼鳔制成了鱼胶，鱼胶存放年代虽久，但纯度越发高。可能是常年在江边劳作，昌爷爷患上了风湿病，一到阴雨天就疼痛，难以下床走路。知青小段利用白吉的鱼胶加上扎针灸，连续治疗几个月后，治好了昌爷爷多年的风湿病，很令芳菲姨妈一家感激，也被他们一家奉为"神人"。彼时的小段有学识，还长得英俊，又是城里人，自然引起芳菲姨妈的钦佩，少女的钦佩在日深月久的接触下，生出了异样情愫。这份情愫不好说到底是芳菲姨妈的单相思，还是两个年轻人互生爱慕，除了当事人，任谁都无法得出清晰的结论。两年半后，知青都在返城，小段也不例外，初春收到回城通知。那时他早有准备，一心想考大学，只等回家后，上一段时间补习班再参加全国高考。残酷的是，收到返城通知的小段没能在那年离开孤岛，因为莫须有的"流氓罪"。这流氓罪是芳菲姨妈告发的，事先她有警告，请求小段留下来与她成婚，要不就会断了小段的前程。小段毫不理会，芳菲姨妈情急下，真就去镇上告发了，不知怎么就告成功了，小段不仅被收走返城通知，还被安上了"流氓罪"。再一年后，小段在南河救了一个溺水老人的性命，算是立功，再次拿到了返城通知，终于离开了孤岛回城。

然而，档案上的污点却阻止了他考大学甚至进工厂工作，多番波折后，他继承衣钵，开起中医理疗馆，生意也好，只是一直独身，但至少是有了家业。总体来说，人生步入了正轨。无奈，天有不测风云，段馆长一个晚上驾车外出，遭遇了车祸。一辆大卡车撞烂了轿车，人也受了重伤，胸部肋骨和手臂多处骨折，右小腿还被截肢，正在省城医院里住院。

这段颇为曲折的经历，浓缩在简单的文字里，却是骨骼分明，令人唏嘘。我能得知，是从芳菲姨妈那里听来的，听后，心中难过许久。她转述的经历，语言简洁，语调平静，但是语速缓慢，那缓慢里饱含了她的心痛和悔恨。

她如何得知？也是偶然，在此不细谈，总之，心中种下疙瘩的芳菲姨妈要去打听，肯定能打听到。芳菲姨妈那时做了一个大胆的决定，她借来不少钱——借到我那里去，我犹豫许久，才借给她并不多的现金，想必，芳菲姨妈凑来有些分量的现金，很不容易。芳菲姨妈是个勤快人，但农村人再勤快，又能挣来多少钱？何况她去做那事，还要倒贴钱，家人当然反对，芳菲姨妈求爹爹告奶奶的，才凑来比较理想的数目，孤身前往省城，找到那家医院，找到了住院的段馆长，留下来专职照顾他。芳菲姨妈当然遭受了段馆长的驱逐和咒骂，那份诬陷带来的伤害绝对不是时间能够化解的，他的人生从此改变，怎能不骂不赶？可是芳菲姨妈丝毫不辩解，只是说对不起，我来赎罪。她坚持不走，等段馆长装上假肢，并学会行走后，她才返回孤岛。那年，芳菲姨妈刚好六十岁，她在医院无偿照顾段馆长近一年时间。

这段经历，她的家人不解，我们亲戚得知消息后也很吃惊。但是，她的儿子后来理解了，因为芳菲姨妈讲述了那段耻辱经历。

她说——我父亲临终前交代我，咱们不地道啊，恩将仇报，害了人家前程，如果有机会，一定要去赎罪。当时，芳菲姨妈哭了，昌爷爷却圆睁着眼睛骨碌碌地盯着芳菲姨妈，直至她点头并保证，昌爷爷才闭上眼睛。芳菲姨妈能做什么呢？只能在心中百般谴责自己，为自己曾经陷害的人祈祷。然而，段馆长还是遭遇了不测，芳菲姨妈越发觉得，是自己害了人家，她必须前去赎罪……

还有一个细节要专门挑出来，芳菲姨妈前去赎罪，带去了昌爷爷留下来的一个老鱼胶。那枚老鱼胶据说异常厚重，而质地明澈，市场价无法估算。那枚鱼胶最后的去向和作用，芳菲姨妈没有讲，我们也没有问。我们当然明白，鱼胶无论发挥作用与否，都充当了优质媒介。

这是芳菲姨妈的故事，也是白吉鱼胶的故事。关乎人性人心，关乎罪孽和救赎，但我最后读到的是情义，一波三折却绵绵不绝，一如江水东逝海后的重新源流和奔腾……

时光飞逝中，一些东西在改变在膨胀，还有一些东西在减缩消失，新旧更迭，人类欲望的马达也在提速，而环境开始出现令人揪心的危机。就拿孤岛来说，它一直固守在长江水流中，基本进行传统的农业种植，然而几十年来，它的面貌发生巨大的变化。地势不断下陷，以前起伏的地表基本一马平川了，岛上众多的水池堰塘深潭干涸缩小，遍布在庄稼地周围的沟渠几乎不再见到，岛上阴阴佳木——尤其是上了年纪的大乔木古树已是屈指可数，草本植物物种数目也在慢慢地递减，甚至部分已绝迹。这些变化源于孤岛的土壤结构，流水冲击下，砂质土壤下陷不可避免，而孤岛上长期种植棉花要施化肥打农药，导致水土污染，树木和草本植物锐减，淤泥腐殖不断堆积在河道上，再加上其他因素带来水塘的干涸……我成年后，眼中的南河，即便是长江，也不再是儿时的印象了，曾经不算阔豁的河道越发细窄，肠子般细弱，而砂石和各类垃圾堆积在河岸，长期得不到清理，严重堵塞了南河水道。南岸上的工业也推波助澜，排污不说，还将一些生产垃圾倒入南河，仿佛，南河不是河流，而是天然的垃圾桶。如此环境下，白吉越来越少，终于难得见到它的身影了。

可它还是出现了，竟也牵连出一个令人唏嘘的故事。

我一个骆姓同学，从初中到高中，同窗共读六年，友情自是牢固，我们两家也走出亲戚似的感情。他家住在岛南，靠近南河边，是典型的靠山吃山靠水吃水的农户，家业一直兴旺，这缘于他的父亲骆大爹，那是个能干人。

近三十年前，长江还没有禁渔，再加上南河到冬季会干涸断流，所以南河还允许开发。勤劳的骆大爹就在南河开发一些小沙洲，种植庄稼和树木。曾经荒凉的小沙洲绿荫成片，时令庄稼遍布洲岛，春时棉苗成行，夏秋时棉花成熟挂果，冬收后沙洲也不空闲，栽种上反季节蔬菜和瓜果。小沙洲矗立南河中，被江水萦绕，倒映河水，清秀可人。骆大爹农闲时会驾一艘乌篷船，穿梭南河各个小沙洲之间撒网捕鱼，终于他的大名在我们那里传开。

彼时我还在读大学,二十出头,孤岛发生了一件大事,出现在报纸电视上。

事情发生在旧历年年底,南河江水萎缩,骆大爹驾船到深水区撒网捕鱼,居然捕捉到一条灰白的全身无鳞的东西,凭他的经验,他知道这东西定是个稀罕物。他双手捧起,又担心这神奇的精灵从手掌里滑走,于是,小心地放进大木盆中。神奇精灵蛰伏在木盆水底,一动不动,一双大眼直愣愣地忘记了转动,周身透出恐惧不安的气息。骆大爹一家人仔细看后,觉得似曾相识,大致认为,这个静泊于木盆水底的大鱼就是传说中的白吉,可是,白吉好多年都不再见了,他们终究又无法确定。这样一条鱼,泊身于木盆中,本是就是委屈,弄不好还会气绝身亡,无奈下,骆大爹驾船把大鱼放回江水。

重新回到水流中的大鱼,似乎对骆大爹产生了感情,一直绕着渔船漫游,左右画圈,就是不离开。骆大爹的眼睛顿时湿润,他蹲下身来,手伸到江水中。那条大鱼神奇地跃身而起,径直跳到他伸开的双手上。这真是不好拒绝了。好,我带你回家。喃喃自语的骆大爹不再犹豫,抱起大鱼驾船上岸。

他心疼这条鱼,带回家养在水缸中,但消息不胫而走。

骆大爹家里每天都会有一些人来观看那精灵,品头论足,猜测它为何物。村里一两个颇有威望的老人也来看过,直喊稀奇,然后拱手,激动得嘴唇哆嗦,失措般地喊道,白吉,真是白吉啊,没想到……

没想到什么?

吞咽回肚子里的话，恐怕是，绝迹许多年的白吉，居然再次现身，简直奇迹。或者是，没想到自己还能在有生之年再次一睹白吉风采。白吉的尊贵不言而喻。一时，看白吉的，甚至欲出手买白吉的，络绎不绝。而生性爱静的白吉却受到惊吓，蛰伏在水缸里，好多天都是没有一点动静。骆大爷一改往日和顺态度，变得烦躁不安，拒绝所有人的探访，哪怕亲人也不允许。他似乎从突然而至的热闹和白吉死寂般的蛰伏中嗅出一些危险味道，充满了担心。

白吉应该回到它熟悉的隐居之地。骆大爷打算把南河河道清理一番后，放生白吉。

奇怪的事情发生了。

明明睡觉前还静泊缸底的白吉，翌日清晨却不翼而飞。左思右想也无法理出一个头绪来，骆大爷双手在水缸里游走，反复游走，机械地游走，缸里除了水流还是水流。他不信，这么大的一口缸，高度在他的腰身以上，白吉怎么能跑掉？倒掉缸里的水，还是没有发现白吉。难道……家里的门窗完好无损，厨房里的水缸也是昨天的水缸，没有被盗的蛛丝马迹。

白吉去了哪里？骆大爷在村里找了个遍，又到镇上各个餐馆和菜场溜达了一整天，毫无所获。白吉真真切切地消失了，犹如空气看不见摸不着了。

焦急的骆大爷驾着乌篷船寻到南河上。

那天是个大雾日，雾气在江水上弥漫，笼出朦胧却化不开的仙气。水汽也在升腾，江面的雾气越来越重，铁链般封锁了长江，南河水面伸手不见五指。寻找的船舶也不知所终，遁走在空气里。

这是我们岛上的大事，而且充满了诡异，诡异加速了事件的流传，风速一般传播，我们岛上人没有办法不知道不猜测。我们尽可能地发挥自己的想象，出走的鱼和人，究竟何故，他们又去了哪里？骆大爹驾船在南河可有几十年了，少年时就在长江支流南河上讨生活，保守些估算，也有半个世纪的经验，算是驾船捕鱼的老把式，不可能在南河的枯水季发生技术性失误。这点我们毅然果断地排除干净。我们口齿伶俐地交换自己的想象时，吃惊地发现，我们的想象惊人的相似，全朝着一个方向滑行：无论是白吉，还是寻找白吉的船舶和驾驶船舶的骆大爹，他们的遁走，不是简单的消失不见，而是带有主动性的隐匿，很有可能是为了完成某种夙愿。

如果我单纯地讲述这些事情，难免会落下故弄玄虚的嫌疑。但我们孤岛人和鱼生灵水乳交融的关系就摆在面前，多年来我们被楚地古风浸淫，膜拜鱼生灵，我们的言语和思维均被一条来自远古的神鱼训导，再神奇的事情在我们看来也会化为平常。反之，平常的时间不经意间拍打神奇的翅膀，就能让陷入庸常的心灵为之震撼，并得到前所未有的滋润。

仿若，一条游弋千万年的鱼，作为一条水生灵，翻腾飞跃，还会因缺氧僵硬着身体死去。但是，它留下灵性的精魂，慷慨地喂养它的同类，从而永远地驻扎在江水上。我们当然有理由相信，漫无边际的岁月中，机缘指不定就会到来，长江神灵从水中跃起，与有缘人相碰，撞击出白银般吉祥而耀眼的水花。

事实上，近几年来，春天一旦露出绿意和清亮，孤岛南河便能不断见到白吉的身影。

它们静泊在江边巨石缝隙中或者某片僻静的水底，清澈若镜的水流不能完全遮蔽它们的身影，总会闪烁它们身上绯红的透明光芒。碧绿透亮的水域，长江南河段仿佛世外桃源，时光缓慢，连炎夏的阳光也显得温润。绵长幽微的寂静中，水鸟喋喋，鱼儿跃出水面发出欢快的咝咝声，随即拉出细长淋漓的水线，而岸边草木中传来鸟虫的聒噪……一条周身无鳞通体透明的尖嘴壳游鱼正在跃出水面，它微微张开嘴巴，吻部丰腴柔软又洁白无瑕。随着鱼身不断跃出，嘴巴逐渐张大，柔软的吻部更是显眼，接住慷慨的太阳，在阳光中透出朝霞般的颜色，瞬间，周身呈现耀眼的迷人绯红。

有谁叫道，看，那是长吻鲍，它在亲吻……

亲吻什么呢？我以为是在亲吻久违的世界，是虚空中的往昔与现在的交叠和绵延。因为它就是白吉啊，只要虔诚还在，终归不绝。

鳝　鱼

　　一个在五峰高山上的朋友曾专门发来短信，提出要求，稻谷成熟时，拍一些稻浪翻涌的照片发给她。照片终归隔了，不如看实景，我便邀请她来我这里玩，并用语言描述大风起兮稻浪翩跹的景致，我还告诉朋友，七月收早稻，九月和十月收中稻和晚稻。

　　只可惜，朋友的家人生病，她大半年也无法赴我的诚挚之请了，那么，我暂且以照片来弥补遗憾。我作为孤岛人，对稻田虽不那么陌生，却仍旧达不到十分熟悉的地步，在我走进七月的顾家店后，面对冲地（两个丘陵之间的冲击地带）的稻田还是为之一怔。

　　顾家店在长江之北，是三峡向荆楚平原过渡的地带。它综合了山区和平原的特征，既有山区的葱郁起伏寂静，又有平原的平坦阔豁舒朗。种植的农作物也复杂繁盛，平原上的棉花有，山地的稻谷玉米黄豆也有。但终究因为起伏的地表，决定了水田多，农作物以稻谷为主。

　　太阳正值盛年，火力威猛，朝大地喷洒糅合了金箔的热光。

质地坚韧的秧谷齐刷刷地列阵高低起伏的田地上，周身披挂金黄色彩，在正午燃烧出一片火海。偶尔有风从树林里吹来，分摊在稻田里，几乎被那些燃烧的小火海吞没，余下的部分被修改，修改出一阵热浪，氤氲在田地及其上空。稻谷一颗一颗地缀满了稻穗，饱满紧实却静谧无语，没有一点胡思乱想。

我拿出手机，调出相机功能，拍下几组照片给友人发去。友人回复，有气势，但与我心中谷浪翻滚到天涯的景象有距离。

是啊，山坳里的稻田，大都是早稻田，面积不大——庄稼人喜欢种植中晚稻，因为中晚稻口感好，谷浪翻滚恐怕也只能等到十月了。我拍摄的稻田，错落分成两块。一块是马上等待收割的早稻田，另一块是已在扬花的中稻田。

友人又说，照片还是挺美的，毕竟是稻谷，正在成熟，让人隔着屏幕就闻到了粮食香味，这气味一定吸引了上乘的水生动物。

所言极是，那上乘的水生动物，就是黄鳝了。而我花费笔墨絮叨了水稻，也是为黄鳝的出场做好铺垫。

伏天的秧田夜晚是喧闹的。此际的秧田，水温高，泥土松散，正是蛇、鳝鱼、泥蛙、龙虾、乌龟等水生动物的活跃期，也是顾家店人挣外快的好时候，主要是捕捉水稻田里野生的大黄鳝。

打着手电筒在水田里放竹笼罩的顾家店人比比皆是。竹笼罩，一种竹篾制成的捕捉工具，大小不一，大的用来捕捉螃蟹、乌龟、虾子，收获的概率较大，但是价钱不好，多半是剁碎了喂猪吃。小的竹笼罩用来捕捉鳝鱼，而且方便携带。此际正是黄鳝成熟季，黄鳝口感好，而且药用价值也高，还容易捕捉。在顾家店，竹笼罩多半偏小，也可以说，整个七八月，到了夜晚，捕捉人便会拿个手电筒，手持一个小竹笼罩，步入水稻田收鳝鱼去了。一个"收"字，足以道出"手到擒来"的自信，也显示了水稻田里的黄鳝数目巨大。

夜风习习，一扫白天的酷热，清冷的月光爬上树梢，捕捉人出发了。他们在夜晚都装扮成电影里的水电工形象，长袖衣服，雨鞋直至膝盖，腰间别有网兜和竹篓，额头绑上了手电筒。手里的工具五花八门，铲子、火钳、挖锄、舀子等，但绝少不了竹笼罩。说来，顾家店人夜晚出工捕捉秧田里的水生动物，除了满足口福外，主要还是卖掉挣些外快。当晚收获后，捕捉人用大木桶把它们养起来，翌日清早提到公路边去卖，价格自然比菜市场要便宜一半。

野生的大黄鳝在七月正是丰收季节，长得膘肥体壮，个头大，全身呈现黑黄色，表皮的黏液散发微针似的光芒，煞是诱人，尤其诱发胃口。没错，这些长在水稻田里的野生淡水动物——还须是山坳或者冲地的水稻田里，因为风水好，味道纯正，没有受到丝毫污染，成为长江两岸人家餐桌上的待客主菜，即便没有客人，自己吃打打牙祭也是惬意。

那可是野生的大黄鳝啊，我太清楚它的味道了。

捕捉大黄鳝一般在岑寂的夜晚，白天也有，不过难于捕捉，而且捉到的基本是小鳝鱼。这不，我在一方水稻田边，遇到一位老伯，他正手持竹竿夹鳝鱼，一夹一个准，基本是瘦小型。如此手到擒来必然有诀窍，基于老伯正在紧张地工作，我不方便询问。老伯手艺高，放、等、夹、提——基本一步到位，一条条小黄鳝听话地落进老伯旁边的水桶中，蜷起身体，吐出气泡。

一股来自水稻和泥土的原始芬芳在空气中弥漫，进而扩散。它们强烈地勾起我的食欲。

黄昏时，老伯收获了满满一桶小鳝鱼，它们周身黑黄色，将湿漉漉的黏稠身体盘曲一块儿，吐着泡沫，真是相濡以沫的真实写照。老伯收拾完工具，燃上一支烟休息。我趁机询问技巧，老伯神秘地一笑，还嘘声，吐出两个字"保密"。也是，那是老人家的绝技，既是绝技，肯定不会轻易示人。

我点头表示赞同。

老伯大吸一口烟，哈的一笑，说道，我教你一个辨别野生鳝鱼的方法，就是看表面，它要钻出泥土呼吸还要找食物吃，脑袋肯定是尖而长，再加上肉质好，周身也黏稠，而且无论大小，表皮都会泛出土黄色，那绝对是野生的……嗯，你看我这个桶里，标准的野生鳝鱼，清爽吧。

这点我知道。但我还是被老伯的机智和风趣感染，我向老伯买了一提篓小鳝鱼，个头都是筷子般长短。

老伯随手把捉到的螃蟹也送我，说明天割稻谷，没有时间来处理这些家伙，螃蟹拿回家也是捣碎了喂猪，你们城里人有时间可以清蒸了吃。我用方便袋装好小鳝鱼，转身，还老伯提篓，随口说道，收割稻谷挺辛苦的，老人家多弄些好菜犒劳身体。

老伯提起脚边另一个提篓，回答，有的有的，这东西我想吃就捉，方便得很。

那些小鳝鱼能做出何等佳肴？

盘鳝。这是长江两岸的人自己发明的菜肴，据说最先是在顾家店下面的一个村子发明出来的。这点是否真实，值得考证，但能肯定的是，盘鳝绝对是我们长江子民的拿手菜。

我必须要耐心细致地叙述这道特殊的菜品。

先将鳝鱼清洗沥水，然后放进冷锅里，淋菜籽油，鲜香的菜籽油味能压住鳝鱼的土腥味。再扣上锅盖，拧开煤气灶大火烧锅。一两分钟后，锅里的冷油烧开，发出噼噼啪啪的油炸声，而鳝鱼在里面被热油炙烤，自会蜷曲身体挣扎，盘成蜗牛状。一如鞭炮的轰轰烈烈声响终于轻弱并消停，揭开锅盖，继续干煸，直至小黄鳝的表皮爆起金黄色，淋上黄酒去腥，再佐姜丝、蒜泥、青花椒和红色辣椒，再加酱油和醋，不停地翻炒，炝出辣味。红绿黑黄颜色，五彩缤纷，甚是夺目，而味道偏辛辣，可就清凉啤酒下菜，绝对是一盘令人大快朵颐的佳肴。

我花费好多年才学会做这道菜，悟出其中诀窍，全靠细节出功夫，比如，先放鳝鱼于锅内，淋冷油，拿锅盖扣上，再燃火干煸，等着鳝鱼蜷曲身子时，撒一把青花椒，再放其他作料，味道更足。酌盐（对了，我们把烧菜放盐这一动作称为酌盐，这里面有含义，值得深品）也有学问，和着冷油一起酌放，容易把颜色弄坏，在撒青花椒之前酌放盐末容易压住青花椒的香麻味。我慢慢尝试，摸出规律，撒青花椒后放姜蒜前，这个时段酌盐比较合适。

临走时，热心的老伯让我去他家园子里摘些韭菜带回家。他告诉我，除了盘鳝，还有一个吃鳝鱼的方法，就是把鳝鱼剖肚切成小块，用红辣椒再加花椒姜蒜爆炒，再加上些许韭菜，红白黑绿，不仅品相爽目，而且爆香味令胃口大开。老伯说完这句话，竟然咂巴下嘴唇，似乎刚刚品尝了那道佳肴而回味不已。

老伯咂巴完，又补上一段话，那时最好是小雨天，最好有酒，嗯，不多，半杯而已。

哈哈，我忍不住笑出声，还竖起了大拇指。

江湖夜雨对君酌——也不，就一个人吧。淅沥的小雨中，天快黑了，夜风扫过，一切暗了下来，安静和凉意罩子般罩来，胃口却张开，身体弹簧一般接受了某种外力弹出兴奋，拿起筷子挑上一块爆炒的鳝鱼块，再端起酒杯，朝着虚空敬去……惬意和诗意并生，快意人生不过如此的感叹令那个时段莫名就珍贵起来。

鳝鱼在我们那里的地位绝对高于一般的鱼。黄鳝肉嫩味鲜，营养价值甚高，被视为补血强壮剂，里面含有丰富的蛋白质、钙、磷、铁，此外还含有多种维生素。长江中下游一带，一年四季都产黄鳝，但以小暑前后最为肥美。民间有"小暑黄鳝赛人参"的说法。除了营养价值高外，黄鳝也有超高的药用价值。它在补血、补气、消炎、消毒和除风湿方面有奇效。

写到这里，我想起儿时的一件事。

我姐姐年长我两岁，不知怎么，右耳发炎，开始稍微不舒服，接着疼痛起来，发炎的耳膜肿胀，接着化脓。我父亲是医生，看过后，断定是慢性化脓性中耳炎，面对姐姐的嘤嘤哭泣，他安慰道，没事，我保证不给你吃药也不打针，两三天就能让右耳恢复正常。父亲这样有信心，是因为我们那里有个土法治疗慢性中耳炎，就是捉来黄鳝，滴血到发炎处——当然，这之前，父亲先用烧红的针尖挑破了化脓处，挤出了脓水，酒精消毒后，才滴下黄鳝的血。如此两三天后，不仅脓水消失，耳朵也不疼痛了，还结出了血痂。

　　父亲不但用黄鳝的血治好了姐姐的中耳炎，有一次还用黄鳝的血和骨头治好了我小舅妈口眼歪斜的毛病。那年夏季炎热，我小舅妈怕热，晚上搬出凉床，睡在家门前的堰塘边。孤岛早晚温差大，堰塘多，湿气也重。睡在堰塘边，不可避免要吹冷风，冷湿夜风侵到体内，会麻痹神经。翌日早晨起来，小舅妈发现，嘴巴和眼睛都歪了，用热毛巾洗和敷，怎么都回不了正位。小舅妈吓坏了，径直跑到我们家。幸运的是，我父亲那天刚好休息回家来，一看小舅妈的脸庞，马上断定是吹了冷风，导致面部神经麻痹。他的对策依然是土法，要求我小舅舅马上去堰塘里捉来黄鳝。其实，白天捉黄鳝有些困难，因为黄鳝的活动习性是昼伏夜出，白天它们静卧洞穴内休息，晚上才活动身子，钻出来觅食。但是，小舅舅转身就捉来两条大黄鳝。不但因为他有他的办法，而且那时候的堰塘里，鱼多，黄鳝也多，即便是赤手空拳，也好捕捉吧。父亲取出黄鳝的血和骨头，先将骨头碾碎，再加上血搅拌，敷在小舅妈的眼睛和嘴巴上，当天晚上，小舅妈歪斜的嘴眼就恢复了正常。此后，小舅舅和小舅妈感谢我父亲，送的仍旧是一网兜的大黄鳝，我们全部杀掉炖火锅吃了。那次的黄鳝火锅，加了家里的陈腌菜和新鲜花椒，还有红辣椒和薄荷叶，放在柴火炉子上炖煮，其美味令我终生难忘，我以后再也没有吃到那么可口的黄鳝火锅了。

黄鳝这动物有意思，竟然有一个优美的诗意行为，望月。那当然是在晚上了，还须是有月亮的晚上。漆黑的天幕中，圆月钻出黑云，悬在当空，皎皎生辉，大地如染霜白，呈现迷离朦胧的美。月光映射到水面，再投射到水底。黄鳝休息了一整天，也恢复了元气，循着光照出洞了。它滑动细长的身体，抬起脑袋，接受月光的洗礼，随即，它的脑袋伸长，并高高地抬起，正对着天幕中的圆月仰望，一动不动。那种姿势，仿佛禅拜礼敬，也似魂灵出窍般的入定，不知今夕何夕。但随着黑云中的圆月慢慢地移动身体，黄鳝也结束了礼拜，哧溜一声，跃出水面，在黑暗却不乏熠熠光辉的水塘边滑行。

我祖母说，黄鳝通灵，它在拜月。

我将信将疑，曾经问过父亲，黄鳝真的是在拜月吗？

父亲先是点头，而后摇头。他解释道，黄鳝望月只是鳝鱼的一个习性，因为晚上它才会从洞穴里钻出来直立于水面当中，鳃是鼓起来的，实际是在呼吸，不过，黄鳝的特性，就是见到光亮仿佛接受指令一般，霎时就静止下来，这便给捕捉的人提供了方便。听闻父亲的话，还是孩童的我，那时的心中竟然莫名地难过起来。

黄鳝肉美，营养多，从古到今，留下不少它的吃法和吃它的故事。有人将鳝鱼风干做成"鳝腊"，即鳝鱼肉干，因为它的特点，风干的鳝鱼很小，凑一盘鳝腊，需要不少的大黄鳝，这就是高档货了。

袁枚非常注重美食鲜味，还颇有心得："物味取鲜，全在起锅时极锋而试；略为停顿，便如霉过衣裳。"鳝鱼更是如此，杀了就须马上吃掉，而且要吃出鲜美味道，全在起锅时候的把握。袁枚的《随园食单》里不可避免地提到了鳝鱼羹，说他有一次到了广东，吃到了鲜美的鳝鱼羹汤，询问厨子是如何烹制的，厨子答曰："不过现杀现烹，现熟现吃，不停顿而已。"袁枚还提到了一种鳝丝羹："鳝鱼煮半熟，划丝去骨，加酒、秋油煨之，微用纤粉，用真金菜、冬瓜、长葱为羹。"此外还说到了炒鳝方法，但很简略。清人李化楠在《醒园录》里的记录倒是详细："先将鱼付滚水抄烫卷圈，取起，洗去白膜，剔取肉条，撕碎，用麻油下锅，并姜、蒜炒拨数十下，加粉、卤、酒和匀，取起。"颇有点儿快手菜的味道，但至于鲜美与否，不好作答。

至于鳝鱼面，大致味道也不错。《金瓶梅》第四十九回记载，西门庆招待天竺来的高僧，准备了二十多道菜肴，压轴的就是鳝鱼面。鳝鱼面，顾名思义，就是将鳝鱼熬汤成卤汁，再下面条进去煮成的汤面。鳝鱼面我家乡不做，但我吃过。多年前，我有事经过汉川，特意下高速，拐到汉川吃了一碗鳝鱼面，那是汉川的特产，鳝鱼块老而面，面条和汤汁的口感也一般。

不过，古人食用黄鳝留给我印象最深的还是"全真七子"之一的马钰烹饪鳝鱼的绝活。他曾经写过一首《西江月·赴胡公斋》来介绍自己的手艺——

我会调和美鳝。

自然入口甘甜。

不须酱醋与椒盐。

一遍香如一遍。

满满将来不浅。

那人吃了重添。

虚心实腹固根元。

饱后云游仙院。

白话般道来,犹如家常话,即便活计简单——对应的必然是朴素味,但也增添亲切感。不是吗?无须添加酱醋椒盐去腥味的作料,但出锅的鳝肉甘甜,是否省略了其他作料和烹饪技巧?无奈,具体的烹饪方式没有记载,也是秘密了。而秘密才是保鲜的最好载体,我注定只能念念不忘,却无法实践。

鳝鱼每年都会在夏秋季登上我们的餐桌(冬季是它的冬眠期,相对来讲,机会较少),犒劳我们为生活奔波的身体。我们吃起鳝鱼,依旧少不了说说它与我们的关系。

那里有儿时的记忆,有人生中有意无意的相遇,还有来自故土最深沉的纪念。那位在五峰高山中的友人有机会吃了我们这里的特色菜盘鳝,辣得不行,但又直呼痛快。餐毕,她问我,你们经常吃盘鳝?我点头。她惊叫道,这么辣,经常吃如何受得了?

地域差别决定吃食选择。长江中下游两岸,寒暑分明,夏天的炎热,因为掺和了长江的水汽,空气湿度大,热得黏稠。这些因素令我们大都选择口味重的食物，尤其是辣味重的，最好能辣出汗水来才好，我们这里叫排出体内湿气。盘鳝故而是我们最喜欢的菜肴之一。

近年来，养殖鳝鱼的专业户也层出不穷。有专门用养鱼池来养的，也有依靠种植稻田放养的。无疑，后者收入更好，但前提是，要有大片的水稻田，这取决于养殖者生活的地方。我老家孤岛的水稻田有限，缺乏这个有利条件，依靠堰塘和水池养鱼养虾的多，养鳝鱼的相对来说较少。即便少，但是每个村落里都有鳝鱼养殖户。说来，养鳝鱼要比养鱼养虾难得多，因为鳝鱼喜静，爱干净，要求生长的水域水源纯净无污染，流动性不大，要不黄鳝会被惊吓而逃跑，黄鳝水池还要定期除却底部淤泥和滞留物，以免病菌滋生。某种程度来说，养殖黄鳝几乎就是保护水源，这些年来，孤岛上曾一度干涸变质的大小池塘，正在恢复以往的清澈和丰沛，这正是黄鳝养殖带来的结果。

而江北乡镇养鳝鱼的专业户基本是依靠水稻田放养。水稻田里放养鳝鱼，一举两得，收入绝不会辜负勤劳人的汗水。

水稻田里养鳝鱼，要想收入高，必须坚持不打农药不施化肥，杜绝有害物质污染水质和土壤。鳝鱼喜静爱清洁的特性决定了，它们生长的水稻田里的水体清洁不说，pH值和氨氮之类的指标还要达到标准，否则，黄鳝绝对存活不久。这在一定程度上也保证了水稻的无污染。说到底，种养结合其实是净化环境，还保证了纯正不受污染的粮食生产和野生水产品的存活，这点在乡村振兴和环境保护前提下的今天大受欢迎。

您能看到，成熟的稻谷集合成一望无际的海洋，一阵风吹拂，海洋掀起黄金般的浪花，在大地浓墨重彩地书写收获的篇章。就在这样的篇章下，黄鳝也成熟了，它们白天屏气凝神，夜晚时，月亮浮出黑云，朝大地挥洒清辉，寂静遍地，鳝鱼探出脑袋，面对一轮皎月凝望。此际，我万分相信我祖母的断言：

黄鳝通灵，它在拜月。

是的，这么多年来，黄鳝一直在拜月，而且还会一直拜下去。这是它的习性，也是岁月不减的核心。

我殷勤地给好友发出邀请，找个机会来我老家孤岛。那时必须是炎热的季节，我们去一口大堰塘边——不，就是一口大深潭，很古老的深潭，水面墨绿犹如一块老玉，波澜不惊，却倒映出村庄的前世今生。我们静静地坐在潭边的一棵大柚子树下，什么话都不说，静静地吹风看潭水，任由时光暗淡，夜幕四合。终于，月亮出来了，皎皎月光下，万物生辉。

一条条黄鳝浮出水面，面对煌煌月亮静止不动。我们也是，但我们心中明白，我们在和水中修行的黄鳝一起拜月。

青　庄

　　我一个亲戚，是我舅爷爷的幺孙子，因为皮肤白，个头长得又细又长，性格懒散还爱发呆，常常是一喊没反应，再喊再再喊，才会惊醒一般哦一声应答，故而从小便被冠以一个戏称"青庄"。久而久之，青庄便叫开了去，青庄哥哥的本名似被人忘记，大伙儿只记得，世上动物有青庄鸟，人中有青庄哥。

　　青庄哥不仅是外表像青庄鸟，言行举止也与青庄鸟有些相似。

　　青庄是栖息在江河湖泊的一种水鸟。眼和嘴均为黄色，上面的身体为苍灰色，腹部为纯白色，而嘴巴、颈部和双腿长长的，整个身体看来瘦顾，体形优美又健朗，常以鱼、虾、蛙、昆虫，乃至小型哺乳动物为食，是黄鼠狼的天敌。它的学名叫苍鹭。这种鸟蛮有趣，就是懒得动，定力超强，常常站立水中好几个小时不动。那站立……哈，令人刮目相看，尽管站立的时间超长，却不是双腿站立于水中，而是单脚站立，另一只提起，缩于腹部下面，长长的脖子伪装成疲乏样，缩于两个翅膀之间。标准的漫不经心无所事事的闲鸟一枚，要不就是躺平的水鸟。但那分明就是假象，它的双眼可是一刻也不闲，如炬般扫视周围，等着食物过来，一眼瞄准目标，瞬间就跃起水面，伸出尖长嘴壳啄去——那是又准又狠，几乎一步到位嘴到擒来。

故而，青庄又被我们长江子民俗称为长脖老等。这称呼准确地概括了它的习性，耐得住寂寞，定力足，眼神也犀利，一旦发现目标，便转为灵活敏捷的捕手。可谓静若处子，动若脱兔。

更有意思的是，啄到食物后，它并非马上咀嚼撕扯吞咽，而是将食物留存在细长的脖子里扑棱着翅膀飞走，飞到老巢，再吐出来喂养幼雏。而青庄飞翔在空中，又是另一番模样，两翼慢慢地鼓动，翅膀张开在空中不停地拍打，长长的脖子叠成"Z"字形，双腿和双脚朝后蹬直，那模样简直就像在空中游泳。虽是水鸟，晚上却聚群栖息在高大的枝叶舒展的树上。

这是一群胆怯的安静的水鸟，讷言敏行。

青庄鸟的出现，无疑是标志着这个地方的环境好。水域清澈安静；水中鱼虾类的生物丰富；岸畔的树木多且高大婆娑，还能成片成林；空气纯净温润……化用古诗来描述，野旷天低树，江清月近人，幽静的古意四处弥散。

长江中下游一带的江边、湖泊、湿地、堰塘，都曾经是青庄鸟活动的天堂。我们孤岛也是，要不，我那表哥也不会被冠以青庄哥的美称了。

遗憾的是，那是多年前的景致了。

随着经济的发展，长江水域负荷重，附近化工厂排污多，污染巨大，而两岸的树林被砍伐，逐年减少，长江生态遭受严重的破坏。长江中的孤岛也不例外，孤岛上多年种植棉花，为防治害虫，必须打农药，砂质土壤和大小堰塘水流、地下水污染不小。而人类活动愈发频繁，欲望也日益递增，捕食野生动物的事情频繁发生……一些美丽且心性高洁的水生物和飞禽越来越少，甚至，世人难得一睹芳容。相对于江豚和黑鹳之类的大熊猫级别的珍稀动物，青庄鸟平凡了许多，却也几乎绝迹。

我对青庄鸟的印象来自儿时模糊的记忆，也就那么一次目睹的印象。

那时我四五岁，正值阳春三月，我跟随祖母去对岸的松滋走人家，距离不远，但来回都要坐船过南河。我们上午到南河坐船去。南河到了三月，也进入春汛时期，一度瘦弱的江流丰腴清亮起来，水面倒映着对岸的青山和天空白云，还有岸上早开的杏花梨花，微风吹过，水波潋滟。行驶的船是突突突的机帆船，一开动，水面便惊起成群的白鹤和燕鸥。它们呈纯白色和苍灰色，在我们的注目礼中展翅飞翔。但是，我惊异地发现，岸边不远处，却有一只灰褐色的大鸟，细脚伶仃地独立于水流中，老僧入定般不为所动。我好奇地询问祖母，那是什么鸟？祖母答道，青庄鸟，嗯，你看它细长身子，就像你青庄哥。

晚上，我们吃了晚饭返回，依旧坐船过南河。夜航船突突突地行驶在暗淡的水面，而那晚的月亮是满月，清凌凌的，犹如冰轮出岫，月光瀑布似的倾泻，在水面镀上波光粼粼的光辉，也映照出南河的寂静。多年后，我回想那个月夜航行，一股"不知乘月几人归，落月摇情满江树"的幽情与清寂便会笼罩我的心胸，令我恍惚回到那个夜晚。我记得，夜航船靠岸时，我一眼发现南河岸边树林的奇特景致。高耸的黑漆漆的树林上盛开了几朵硕大洁白的花朵。

惊奇下，我大声叫道，那是什么花？

船上客随我跷起的指头方向纷纷扭头看去，也发现了黑漆漆的树林上盛开的那几朵夜花，相继发出感叹。

那不是青庄鸟？没想到啊，还有这么几只，多少年没看见了，以往这里可是多得满树都是。

就是，它们都跑了，还是被好吃佬捉去下了肚子？遗憾啊。

就这几只青庄鸟，也不知能留在我们这里多长时间，唉。

难得一见它们，这次要看个够。

…………

七嘴八舌中，夜航船靠岸，我们下船，终止了议论。我的瞌睡也来了，迷迷糊糊地跟随祖母上岸，再爬上来接的摩托车。等我回头再看那片树林，那几朵硕大的白花不见了。是它们隐约发现了什么而飞走，还是夜色完全吞没了它们的影子，抑或是它们被惊动从而换了一个地方栖息？我的瞌睡漫天漫地涌来，再多的疑问也烟消云散了。

大家都说，青庄哥与青庄鸟相似，无论是外表还是某些习性。青庄哥其实蛮不像青庄鸟，在我见到青庄鸟并熟悉那鸟后。

我的熟悉，来自我那次首见青庄鸟后的兴趣。那以后，我时不时就询问祖母和母亲，关于青庄鸟。得来的信息不多，倒是集中，大致是，青庄鸟捕食时那个快和准，天下无敌。而且还挺有爱心，捕到的食物半天也不吞下去，含在喉咙里，飞到老巢，才与家人同享。我们孤岛那时候水网密布，湖泊沼泽沟渠多的是，南北便是长江，就是到了二十世纪八十年代初，青庄鸟也还较多。它们警惕性超强，白天单干，晚上聚群，栖息地就在一处处树林上。孤岛上房前屋后的林子里，落满了灰白色的青庄鸟，从远处看，就像开满了大白花。

青庄哥呢？机敏是机敏，但是鬼花样多，而且一个主意三天变，有时还不到三天。这没多大问题，问题大的是，他从小就懒惰。我母亲曾经感叹过，青庄这个人啊，才不是青庄鸟，一喊三不应的状态，就是故意的，为啥故意？磨蹭人，不想理人家。

我母亲如此感叹，是因为她吃过青庄哥的亏，这亏吃得大，让母亲许久不能释怀。

青庄哥曾经一人来我家借钱，那时我没来到世上，母亲刚刚生育我姐姐，我姐姐过完百日宴席，家里收到一些祝贺礼物和不多的人情份子钱。青庄哥刚成人，一个人跑到我家，坐我家堂屋里，不说话，也不走，就那样干坐着。我祖母喊他吃饭，他也没听见。我母亲就把饭碗递到他手上，他如梦初醒似的接过，并大口干掉。接着又恢复原样。那时天快黑了，他的家在另一个村庄，有几十里路走。我母亲观察他好一会儿了，就上前问道，你是不是需要我们帮你什么？

青庄哥抬起脑袋，拿眼望向母亲，点头。

说说你想做什么？母亲问道。

我要学当兽医。青庄哥答道。

这让我母亲和祖母祖父都大吃一惊。兽医，可不是想干就能干的，最起码，师傅要看得上，还要有像样的拜师礼物。他们家可是穷得叮当响。我母亲娘家有个堂伯是兽医，在孤岛上较有名气，他肯定知道这层关系。

我母亲不假思索就答应了。不仅带他去找她的堂伯恳求，还准备了一只母鸡、一竹筐鸡蛋和一小蛇皮袋子花生。母亲的堂伯问了青庄哥几个问题，青庄哥回答得迟疑，还答非所问，让老师傅不大满意。母亲就赶紧补充，年底了，我腾出时间给您和伯母来准备新棉袄过冬哈。两件大棉袄，需要不少皮棉，还要搭上崭新的确良布料，若是正常出工赶做，至少也要一天半的时间，工钱是三块钱……这份情义，恐怕只能是对待亲娘老子了。母亲的堂伯激动了，马上答应收青庄哥为徒弟。

我母亲为何要那么帮青庄哥？究其原因，除了亲戚情义，还有就是，青庄哥那天来我家，呆坐那么久，犟劲十足，而且并非空手来，还带来一竹篓子大黄鳝。我母亲被打动了。

一个面朝黄土背朝天的小伙子，如此轻易地就获得了成为兽医的机会。而家户人家谁没有养猪养鸡的，还有合着一起养牛养羊的，那些畜生可都是血肉身，难免会生病，那当然要请兽医看病医治。岛上兽医有几个？屈指可数哦，也就是说，掌握那门技艺，总归会出人头地的，即便不出人头地，不饿肚子绝对没问题。这大好差事对于青庄哥那样的家庭来说，就是天上掉了馅饼的好运。太不容易了。

可惜，不到一年半，我母亲的堂伯就跑我们家来告状。青庄哥已经不见人影好几天了，还顺手兜走了家里的零角子（零钱的意思）。我母亲只好赔不是。她的堂伯气嘟嘟地嚷道，当初就是看你的面子都没要他签个名画个押，按道理讲，违规偷跑要罚钱的。我母亲道歉，并许诺，堂伯家这年年底的缝纫她依然包干。

这事才算了结。

青庄哥跑哪里去了？跑到江北的江口镇耍去。他听说那里有个劁猪比赛，到那里凑热闹去了。结果一去江口镇就钉在那里，好长时间没回孤岛来，再后来，有传闻，说他正跟着一个师傅学劁猪。

可惜，没等到出师他又跑回家，说是太辛苦，而且太没自由，不如种田自在。不过，这次回来不是孤家寡人，还带回一个女人，是劁猪师傅的女儿。我喊她嫂子，嫂子那时因为父亲劁猪，比种田挣钱容易，家境还不错，至少比青庄哥家里强百倍。但她不得不跟随青庄哥回到孤岛上，因为肚子已经出怀。

青庄哥安心种田了？

不可能。我母亲说，还青庄鸟，才不是，就是三脚猫，什么事都干不好，亏了青庄鸟的名声。

我儿时很少见到青庄哥，因为他怕我母亲，总是极力避免遇到我母亲，当然也尽量少来我家。据说他被我母亲当面逮住数落了一次，说他玷污了青庄鸟的名声。青庄哥就争辩道，青庄鸟是啥样你现在都见不到了。我母亲呵斥道，青庄鸟现在少了，以前我们天天见，人家是表里如一，又有志气，哪像你懒得烧蛇吃。我母亲的批评毫不留情面。青庄哥瞪大眼睛，却说不出一个字

232

来，干脆溜之大吉。我母亲为那次帮忙落不是伤透了心，还不罢休，扬起嗓门继续批评道，我们是没看见青庄鸟了，为啥？是你丢尽它们脸面，它们还好意思留这里？

没想到，逃跑的青庄哥一扭头，跺脚嚷道，你不要那么绝对，要是青庄鸟回来了，看你又咋说？

多年来他极力避免与我们一家见面，我母亲逮着那次机会，狠狠地斥责了他一番，抒发了心中积压已久的愤怒。

青庄哥越发避免与我们一家见面，但他的逸事倒是不绝于耳。听说他种了一段时间的庄稼，就又学着人家去南河上的小沙洲开荒种树去了。南河是长江在孤岛南边的支流，半个多世纪前是主干道，因为河道缩小，还曲曲折折的，河流中的小沙洲不断耸出，久而久之，主干道移到北支流去了。南河上小沙洲多，也无主人，就被不少人开荒种庄稼种树。青庄哥天生喜欢赶趟儿，听说后也去凑热闹，抢到一块小沙洲种上杨柳。那时恰逢北边的县城建了一个造纸厂，需要大量的杨树来造纸。种植杨树是当时快速挣钱的一个门道。

杨树长大成材虽然快，但也需要好几年吧。青庄哥耐得住那个寂寞？事实是，他转手将沙洲上的小树卖掉，不过，树没移走，只是变了主人。他的人不离开沙洲，又在沙洲上种植大蒜。树木虽小，却也能遮挡一定的风沙，而沙洲上太阳当头照，土质也好，肥力足还沥水，就是撒手不管——青庄哥才不会管，蒜苗依然长势好，全是紫色的独头蒜，卖出的价钱好，这回倒是没亏，兴许还赚了不少，便提起了青庄哥的兴趣，至少他一直守着小沙洲不放手。那些杨树长大后全被买主放倒，小沙洲缺少了树木的佑护，没遮没拦，风沙横扫，庄稼和经济作物收成也没了保证。青庄哥顺手又种下一些乔木，除了杨柳，还有银杏、樟树、杉树、洞庭树、栾树之类。除了沙洲边际，其他地方也种植了，连以前的蒜苗地也种了不少。种那么多的树木，极有可能是青庄哥已有放弃种植庄稼的准备，就放些树木在那里吧，免得别人来种蔬菜将沙洲占为己有。总之，除了树木——还是乔木类，他不再在沙洲上种什么了，哪怕简单的葱、蒜苗和白菜、青菜也放弃了。

他带着一家人离开了孤岛南河边的沙洲，东一榔头西一棒槌，始终没有固定的住所，不过，大致方向还是确定，离开不了长江。岁月荏苒，他的两个孩子也长大，儿子参军去了，女儿在寄宿学校读初中，他和老婆追随弟妹去南方打工。

不过去南方打工前，青庄哥与我家又发生矛盾，引来我父亲的勃然大怒。

彼时，我父亲是孤岛卫生院主管业务的副院长，因为业务过关，医治好许多病症，也挽救了一些挣扎在生死线上的病人，他在孤岛上家喻户晓，很得认可和感激。青庄哥不来我家，却在镇上闲逛，闲逛不说，还隔三岔五地下酒馆，他和他的狐朋狗友吃好喝好，买单的却总是他，想必那也是他主动的，用俗语说，就是装抛（装潇洒的意思）。他哪有闲钱下酒馆？简直了。说来好笑又好气，每次吃完，就会大手一挥，签下我父亲的名字，还跟人家摆谱解释，他是我父亲的亲侄子（才不是），还强调我父亲喜欢他，是把他当作亲儿子对待的——典型的夸大其词。说来也怪，那些酒馆和早餐店一看是我父亲的名字，统统就信了。到了年底，那些酒馆和早餐店拿着账单找到我父亲，我父亲才发现这混账事情。奈何？杀无皮剐无肉的家伙，就是找到他的人，还不是一回事——该我父亲买单。拿我们自家的钱补了青庄哥挖的窟窿不说，为了预防他故技重演，一向清高傲气的父亲又觍着脸亲自去镇上的酒店和早餐店，一一交代，没有他本人签名，赊账均无效。我父亲为此愤怒了好长时间。

虽然找不到他的人影，但他的消息还是不断传来。

离开孤岛外出打工了五年后，青庄哥又回到了家乡。这次回来，算是攒了点面子。儿子考上了军校，女儿读了护士学校，即将毕业，儿女算是成才，老子脸上自然也沾光。而南河边的小沙洲上的树木纵然无人照料，却酣畅自由地生长，已经成林，蓊郁葱茏，攒出一片绿意和幽静。

雨霁草木新，鸟语比作邻。茂盛的树林栖息了许多鸟雀，品类繁多，引来观鸟人士的驻足观察。他们发现，沙洲上鸟类品种丰富，有一些是一度在长江两岸和孤岛上消失的珍禽，其中青庄鸟数目不少。青庄鸟白天在南河河边伫立捕食，到了晚上，又聚群歇息在河边的密林树梢上，所谓"寒花隐乱草，宿鸟择深枝"，正是此意。有月的晚上，南河蒙上一层白纱，婉约动人，河边的树林漆黑若铁，却被月光和水泽滤镜一般滤走苍莽和沉重，起起伏伏，犹如层峦叠嶂。然而，从远处看去，那些屏障上栖息的青庄鸟简直就是绽放的大白花，擦亮了那方晦暗地，又无限地呼应绵长的波光粼粼的河流,仿佛涂抹了魔幻色彩,幽深的诗意令人遐思,又令人迷离恍惚,似在梦中。

翩翩飞鸟,息我庭柯。敛翩闲止,好声相和。这是我儿时坐夜船所见的扩大版景象,也是对许多年前众人遗憾的弥补,还是一次关于往昔和现实的对接。

而且,这不是梦,也不是设想。

好树鸣幽鸟,晴楼入野烟。一些飞逝而去的东西在岁月中慢慢转头回归,孤岛和孤岛外的长江生态正慢慢地恢复,被高速发展舍弃的岑寂和诗意枯木逢春般重现,人和自然也在重修那份和谐共生的关系。

青庄哥听说他的小沙洲迎来大群青庄鸟,激动不已,特意回到那片沙洲上察看。就是那么奇怪,他回来的那段时间,已是四月底五月初,曾经成群结队栖息沙洲树林的青庄鸟似乎接受了什么命令,一下消失无影踪了。白天,偶尔也能见到几只青庄鸟单脚伶仃地站立江水边发呆,在长达几个小时的呆立后,猛然发现了目标,兀然跃起,伸出长嘴壳啄去,一些鱼虾还有水蛇到嘴后,青庄鸟吞下食物,展翅飞向空中,准备归巢,去和它的亲人同享。然而,归巢的方向——不是回归沙洲上的密林,而是朝对岸飞去。晚上更是悲催,沙洲上的树林里黑漆漆的,几乎不见一只栖息的青庄鸟。青庄哥怀疑那些观鸟人在撒谎,或者说搞错了地方。

但是,这样的求证,谁又在乎呢?相反,几个居住在南河附近的庄稼人听说青庄哥的唠叨(主要也是青庄哥碰到他们后忍不住询问)后,都觉得他是一个大怪人,甚至有人认为他是神经病。

青庄哥一听那措辞，就怒不可遏，一把揪住人家的衣领，叫道，你说我是神经病？我呸，我是青庄哥，就是青庄鸟的哥，我沙洲上住进大批青庄鸟，还不是我的功劳？

对方也被青庄哥的行为激怒，就反驳道，你看你，人没回沙洲来，沙洲的林子里都是青庄鸟，你一脚踏进沙洲，鸟毛都见不到，还鸟的哥，只怕是青庄鸟的敌人。

青庄哥一听这话，似被人捏住软肋，霎时松开了人家衣领。很快又后退一步，大声争辩道，你也说我不配叫青庄，是吗？但是，你刚才说了，我这沙洲上现在蛮多青庄鸟……

这番对话因为过于奇怪，很快就被传开去，而且几乎是原版，包括一些细小的东西，比如青庄哥的激动和愤怒，还有沮丧懊恼。而能被我们知晓，也是好长时间以后，孤岛上的一个老亲戚来我家做客讲闲讲起的，对象自然是我的母亲。

是讲闲唠嗑？是也，非也。其中缘由，不言而喻。

亲戚讲完哈哈大笑，母亲却礼貌地轻笑下，随后问道，后来呢？

后来？亲戚愣住。

哪有后来？青庄哥那样一个人，年轻时就耐不住寂寞，也闲惯了手脚，上了年纪，还会为鸟雀来做什么？可是，亲戚想了一会儿，说道，其实嘛，青庄他来沙洲住，惊吓了青庄鸟，那鸟警惕性强，怕吵闹，当然是见不着它们了，这点他冷静下来一想就会晓得。

现在呢？我母亲又问道。

现在？亲戚再一愣，然后拍掌道，哎哟，你这么一问，我倒明白了，他那家伙前不久去我家坐了半天，跟我唠嗑，说到南河边的那个沙洲。他说，那沙洲他不再管了，因为一个什么生态局找到他，跟他商量，沙洲列入了自然保护范围，沙洲上的树木都几十年了，值钱，更值钱的是树林形成了好风水，引来许多鸟雀，还有一些是很珍贵的快要灭绝的动物，必须要有人看守。他是沙洲的主人，由他来担任保护区的管理员较为合适，除了这个管理工资，还会付给他其他一些费用，杂七杂八的，一月有四五千。

这真是好事，青庄什么态度？

这不是天上掉馅饼的好事吗？他态度好得很，还跟我说，到头来，他这个青庄到底还是沾了青庄鸟的光，不能再给人家丢脸了。

我母亲不住地点头，继而呵呵发笑。亲戚感叹道，有意思啊。说完，她们俩一对视，再次爆发哈哈哈的笑声。

距离儿时见到青庄哥已近四十年了，几十年时光横亘在我们中间。青庄哥也是六十有余，却活得比以往更加滋润，他不再刻意逃避我们一家人了，而是主动迎上前，甚至好几次去我们家看望了我父母，邀请父母去他管理的沙洲散心，还强调那里风景好空气好，值得一看。虽然这门亲戚有些远，但打断骨头还连着筋，那么往事不再提，岁月奇迹般抹去了他与我们家的裂痕。

青庄哥守在那片沙洲，等来了我们一家人的参观。当然，那是他再次殷勤邀请的结果——春天时来南河边的沙洲看看，那里可是天堂般的地方，鸟语花香，不仅有大量的青庄鸟，还有一度绝迹的黑鹳，还有鹭鸶……

初夏时我们才有机会去。依偎在对面的青山下，南河水碧汤汤，沙洲上花草峥嵘蓬勃，林木扶疏郁郁苍苍，浓荫匝地。我父母步入那片沙洲上的树林中，走一会儿，坐一会儿，脸上满是笑容。父亲不由低声吟诵道——

   渡江随鸟影，拥树隔猿吟。
   莫隐高唐去，枯苗待作霖。

黑鸟三种

> ············
> 我知道高贵的口音,
> 和明晰的,不可避免的节奏;
> 但我也知道
> 黑鸟和
> 我所知道的有关。
> ——华莱士·史蒂文斯《看黑鸟的十三种方式》

儿时,我见到浑身黑黝黝的鸟雀,身体蓦地发条一般绷紧,一颗心扑通乱跳,呼吸也大乱,恐惧藤蔓一般爬满了小小身体。那么黑,犹如黑云压境,却分明又有什么针尖一般扎疼或麻痹我的眼睛。不只眼睛,还有整个身体,耳朵、嘴巴、下巴、双手和双脚。

幼小的心灵,大概是拒绝黑色的,何况是大面积的通体黑色,尤其是有毛发的动物。在幼小的我看来,毛发长在身体上不可理喻，冲撞人的眼睛，而拥有丰厚毛发的动物一定具备无法防备的攻击力——说时迟那时快就会扑向我的身体，弄出伤残来，搞不好小命还会轻易就呜呼掉。而拥有黑色的毛发——那简直是雪上加霜的狠命刺激，意味着狠毒和魔力，就算不动手，也在视觉上率先打击了异类。它们天生就是玩转天下的高手。

你能看出，黑鸟出现在幼小的我眼前，那么多，我根本无法辨别它们的种类，更何况具体而细微的特征和彼此的差别，只好通通称呼为黑鸟。如果一定要说出什么不同，只能用视觉直观的大和小来区分。心中的害怕，规避了熟悉和辨析，也透出心灵的拒绝感，强烈到不可动摇。

长大后，心灵成熟不少，具备了接受力，以后再见到黑色的鸟，也不那么抗拒了。不过，那"见到"纯属偶然，缺乏主动性，而且目睹的差不多是形单影只的家伙，运气好的话，至多不超过同类的三个。

慢慢地，我知晓了三种黑鸟，八哥、乌鸦和黑鹳。

八哥最常见，也好区别。雀类椋鸟科，体形上与一般鸟雀不相上下，通体黑色，用俗语来说，就是"乌漆麻黑"，不过好区分——前额有长而竖直的羽簇，犹如鸡冠。另外，尾羽和尾下覆羽呈现白色端斑，嘴壳是乳黄色，双脚是老黄色，常以蚊蝇、蝗虫等昆虫为食。它们栖息在低山和山脚平原地带的次生阔叶林、竹林和林缘疏林中。有意思的是，它们爱学舌能学说话。是的，这家伙，耐心观察后，听见它的叫声，或者尝试招呼它，它就会露底。

我是和表姐去江边树林玩耍时偶遇的它。那是孟春季节的下午，树林里草木茂盛葱茏，野花争艳散发阵阵清香。那里是牛羊的天堂。孤岛上养羊的有一些，但相对于养牛的来说，就少得多了。水牛、黄牛和它们的儿女或站或卧，悠闲地啃着草皮，或者就是发呆，偶尔甩动尾巴打出一个响鼻，闲闲地发出哞哞声。但一头水牛背上，两只黑鸟并排站立，也不怕人——要么就没发现站在远处的我们。水牛似乎在享受它们的站立，舒服地甩动尾巴，还安然自得地低下脑袋啃吃脚下的绿草。黑鸟也不时低下脑袋，嘴壳颤动——我睁大眼睛盯看，发现它们居然是在啄吃牛背上的虫子，那叫牛虻吧，也许就是蚊蝇，牛背上常常落满了它们，却无法赶走。现在有了捕手，及时为它们解了难。难怪水牛那么舒服，这不亚于被人挠了痒处。

表姐低声说道，八哥子，我来逗它。

说着，表姐噘起嘴唇，吹出一声婉转的哨音。要我听来，就是画眉或者黄鹂鸟的鸣叫。八哥马上附和了相同的鸣叫。表姐朝我吐吐舌头，又学起青蛙的呱哇叫声。这声音好学，我也会，我跟着发出呱呱声。八哥不服气，居然学了表姐的呱哇声后，又重复我的呱呱声。我和表姐一对视，忍不住捧腹大笑。这下，惊吓到那对八哥，它们发出一阵聒噪。我至今记得它们原本的声音，仿佛七嘴八舌的唠嗑后的回声，嘈杂又绵长，还在耳膜产生奇异的回荡。

八哥的魅力在于它的学舌。这项技能是与生俱来的，与它喉部结构有关。中国很早就有文字记载八哥学舌的本事。翻闲书，偶尔看到明代庄元臣所著的《叔苴子》，里面有这么一段关于鸲鹆（八哥）学舌的描述："鸲鹆之鸟出于南方，南人罗而调其舌，久之，能效人言，但能效数声而止，终日所唱，唯数声也……"这则故事本是借八哥学舌反讽当时文坛抄袭之风日盛，却也道出了八哥这种鸟超群的模仿人说话的能力。

八哥学说人话，并非想让它说就能说的，民间有"调教"说法，正如上面这段文字中所提到的"调其舌"，似乎就是调教舌头的意思。长时间以来，人们认为舌头正是八哥"能效人言"的关键。为了更好更快地调教八哥说好人话，人们以为，只要捻去八哥舌上的一层硬皮，让它的舌头变得柔软灵活，就能帮助它打开学舌的"任督二脉"，一切OK。但科普资料说，这番"捻舌头硬皮"的操作完全是人们一厢情愿的主观臆断，毫无根据。因为在野外，八哥也会模仿别的鸟类甚至其他动物的叫声，这种优秀的模仿能力是它与生俱来的技能。为何有这样的技能？与它的喉部结构有关。八哥依靠鸣管发声，空气从鸣管中流过，带动鸣膜振动从而发出声音。不仅如此，包括八哥在内的许多鸣禽的鸣管两侧还附生有发达的鸣肌，它们可以通过鸣肌调节鸣膜的紧张度，从而发出各种不同的声音。模仿人声也是一样的道理，而这个过程其实并不需要舌头的参与。

模仿人说话是八哥天生的本事。

学说人话的八哥在孤岛有美好的故事，在七十年以前。

彼时的孤岛古木森森，草木和庄稼郁郁葱葱，堰塘深潭遍布，而地表也并非现在的一马平川，大有起伏，既有为了防止夏天洪涝而建筑起来的高台大坡，也有深潭水塘边耸起的丘陵。那时祖母他们所在的村子里有一口大深潭，深潭北边就是丘陵，丘陵上草木峥嵘，顶端坐落一个年代很久的庙宇。那座庙宇似乎灵验，孤岛上的男女喜欢朝拜，香火一直旺盛。祖母说，庙宇香火旺盛的另一个原因在于，庙宇建筑都是金丝楠木制成，供奉的佛像和宝贝也多。二十世纪四十年代初期，日寇侵略到长江中下游一带，很快发现孤岛在沟通南北交通中的便利，也攻下了孤岛，并在此驻军。以后就隔三岔五地上这个丘陵去庙宇拜佛。拜佛时，发现了里面的宝贝，越发来得频繁了，很想占为己有。

春末夏初时，日寇一行人又来到庙宇，并封锁了上下丘陵和出入村口的通道，还抓来全村人，将大家集合在深潭边丘陵入口处的大道场上。那个道场是村里轧花的大仓库前面的场地，平时用来晒棉花和祭祀祖先，遇到事情，就用来集合村民说事议事。这次日寇将村民抓来，也集合到道场上，说在庙宇里藏匿了被抢走的军资，刚赶来却发现又被人转移走，那么一定是村里有人配合帮助转移走军资。这样的人，被日寇定义为"奸贼"和"叛民"，必须找出来，否则要杀光全村人。

被抓到道场上的村民，有老人、孩子、青壮年，还有没藏匿好的妇女。村民见那些日寇全都带着枪，还将枪端起来对准他们，哪有不害怕的？全都吓得战战兢兢，至于日寇说的话——有翻译译成了汉语，全是令人胆战心惊的威胁话。领头的一个日寇气急败坏，叽里呱啦地不停地咒骂威胁，里面重复最多的就是"八格牙路"。眼看没有一个村民上前指认所谓的"奸贼""叛民"，也没有一个主动承认，领头的日寇大喝一声"八格牙路"，掏出手枪准备行凶，以此达到威慑恫吓的效果。奇迹发生了，几只黑不溜秋的八哥轮番学舌叫道——

　　八格牙路

　　八格牙路

　　八格牙路

　　…………

　　日寇肯定不知道八哥这种鸟。八哥绝大多数情况下在南方生存，雪国日本没有它的踪迹。那些此起彼伏的叫声，引来丘陵密林中众多的八哥学舌，似乎水流前浪追赶后浪一样滔滔不绝，回敬了日寇的谩骂，也令日寇莫名惊诧又奇怪万分。他们以为神灵驾到（毕竟附近庙宇大小佛像都在上面看着），顿时慌乱不已，纷纷扭过脑袋朝丘陵望去。领头的日寇也放下手枪，瞪大双眼望向丘陵，陷入了沉思中。

　　此际，一个在路上执勤的士兵跑来，朝领头的日寇一阵叽里呱啦，日军马上集合队伍离开了村庄。村民估计是他们接到什么紧急命令了，才彻底终止了这场审问威胁。

　　这次，没有一个村民受到伤害。这要归功于及时伸出援手的八哥，调皮的它们爱热闹爱起哄，集体学舌取闹，搅乱了日寇心神，将此事神秘又圆满地画上了句号。这事有趣，还令人深思。八哥固然功不可没，可是进一步来说，是那片古木森森的丘陵和碧水照影的深潭构成的清秀静谧的环境，招致众多的八哥栖息于此。它们啄食蚊蝇、蝗虫、牛虻，等于是草木的清洁工，而嘤嘤学舌带来众鸟合唱，甚至学说人话参与人间事，带来了幽默和吉祥，归根结底还是清幽环境所致。

多么遗憾啊。

时间滚滚朝前，村子里的环境发生了沧海桑田般的变化，深潭一再缩小，庙宇被拆除，苍翠蓊郁的古木也被砍倒，丘陵夷为平地。栖息古木的众多鸟雀飞走的飞走，消失的消失，即便具备旺盛生命力的八哥，也几乎难得再见它们的身影了，遑论学舌逗乐？

我祖母说起这些，刚才还兴奋不已的神情一下黯淡无光，继而嘟囔道，不晓得还能见到它们不？

这终归是遗憾了。祖母七十三岁过世，我读初二，正是经济压倒一切的时候，为了开拓更多的良田，孤岛上更多的古老树木被砍伐，堰塘水池深潭日益淤积腐殖淤泥，逐渐干涸。诗人华莱士·史蒂文斯在《看黑鸟的十三种方式》中用两句诗道破天机：

河在动。
黑鸟必定在飞。

诗歌外的空白，难道不是黑鸟的逆反？河水枯竭了僵硬了，黑鸟八哥如何动？只能背离流动的河流越飞越远，直至只余梦想。我的祖母是抱憾而终。

另一种黑不溜秋的鸟雀，就是乌鸦。我见得最多，虽然绝大多数时候是远远地见到，却仍旧可以算在我"熟悉"的黑鸟之列。

乌鸦最黑，通体黑色，甚至包括脸、眼珠眼廓、嘴巴和双脚，是一头扎进墨汁里浸染后飞出的黑鸟。乌鸦就形象来说，特殊在它的嘴巴上，长喙，鼻子和嘴巴长在一块儿，导致嘴壳异常刚硬。可能是拥有天下无敌的嘴巴，所以乌鸦不择食，吃谷物水果昆虫，还吃腐烂的尸体，甚至其他鸟类的蛋。胃口也超好，只要安全没啥威胁，它能一直吃下去，吃多少都不会胀死。吃得随便，栖息也不择地，只要有林子甚至旷野中的一棵树，它就能安家。

用了"随便"这个词语，还是觉得不大严谨。吃睡随便，不代表人家感情生活就随便，它们可是世上最深情矢志不移的黑鸟（白鸟中深情不贰的也有，如白鹤），一眼对上便携手到老，从不搞婚外恋，而夫妻鸟中，一旦丧偶，另一只也会孤独终老，决不会续弦再梅开二度。这样忠贞不渝的黑鸟，要人不由定睛打量。

这一看，黑鸟乌鸦的光环出现了。不是譬喻，而是真正的光环，就在它们通体发黑的茂盛毛发上，在天光下，那一身丰沛毛发聚合了光线，并折射出亮闪闪的紫黑色的光芒。这样的黑鸟披上一层光环，绝对不俗。

不是吗？汉代董仲舒在《春秋繁露》一书中引用《尚书传》表达"乌鸦报喜，始有周兴"的历史传说，原文是："周将兴之时，有大赤乌衔谷之种，而集王屋之上者，武王喜，诸大夫皆喜。"文中的大赤乌就是黑不溜秋的乌鸦，它们结群出现，硬嘴壳都没空着，分别衔一枚谷粒，在屋顶上并排站立，标准的列队庆贺仪仗队。乌鸦，妥妥的祥鸟一种。至于后来被民间赋予"不祥之物"，也有众多记载。

但是它作为黑鸟，吉祥与否，取决于人类的看法和思想。而它的忠贞和孝道倒是毫无争议，一直被人类奉为楷模。

爱如此，恨亦然，这也取决于它的记忆力。鸟雀中，乌鸦的记忆力可能是最好的。我最近刷到一个视频，说的是乌鸦三年来一直追杀一个印度小伙子的故事，文字来自《印度时报》的报道。印度的一个小伙名叫科瓦，看见一只困在铁丝网中的小乌鸦，就去帮助小乌鸦出逃，却没救出，小乌鸦一命呜呼，恰好被乌鸦妈妈发现，误以为是科瓦用铁网网住了小乌鸦并行凶取乐，便怀恨在心，而且将此事知会了乌鸦家族——可是如何"知会"其他乌鸦？那真是至今无人能解的秘密了，乌鸦不会说话，即便是用鸟语描述，又怎会精确到具体的人？除非是大脑具备摄影机之类的东西，再传输出去，鸦族才能锁定如此长相的人。但那究竟是什么东西？只能交给时间了，等待动物学家以后揭秘。继续回到那个报道，乌鸦家族锁定科瓦后，对他开始了长达三年的追踪报复，只要科瓦走到户外，就会群起而攻之，扯他的头发啄他的脑袋，科瓦说他无数次遭受飞来的乌鸦群的"爆头"……这件奇怪事不仅道出乌鸦拥有长期的记忆力，还说明了乌鸦能够清晰地识别人的面部长相。视频又以华盛顿大学学生研究乌鸦时的遭遇进行了佐证。华盛顿大学一些学生为了研究乌鸦，就在校园里捉来一些乌鸦进行称量、标记，然后放走它们。没想到，这些被捉过的乌鸦记住了这些学生的长相，以后在校园里只要一看见他们就会群起而攻之，导致这些学生不敢在校园闲逛，直至毕业后，他们来学校，还是没有被记恨的乌鸦们忘记。从此，华盛顿大学学生要做乌鸦研究，都会戴上面具和假发，以防日后被乌鸦攻击报复。

拥有长期的记忆力和辨别力，都说明乌鸦的脑容量超过大多数动物，故而在日常行为上表现得聪明异常。有资料显示，一只五岁以上的乌鸦，智力水平相当于六岁的小孩。如此飞禽，做出一些刷新眼球的行为，即便令人叹为观止，也在理解直至接受的范围内。如下细节常常出现在媒体视频和文字里：乌鸦为了吃上核桃肉，会将核桃扔到路上，让行驶的车辆帮助碾碎核桃壳，它们再去啄起核桃肉回巢吃。后来看见更具体的描述，乌鸦吃核桃类的坚果，居然不是将核桃扔在郊外道路上，而是在有红绿灯的十字路口上，借助红绿灯来完成，绿灯时，车辆如过江之鲫，碾碎了散落在路上的坚果，红灯时，乌鸦飞来捡拾碎壳中的核桃肉。至于网上传播的消息——乌鸦会使用工具，譬如树枝或者铁丝从洞里挖出幼虫，还会用蛇皮筑巢防止睡觉时被蛇侵袭……也脱离了流言类的渲染，最大限度地接近了事实。

儿时倒是见过乌鸦，也止于远观。近距离也有机会，只是那通体发光的玄黑色在我心脏率先敲响的是恐惧和纳闷，一种非我族类的排斥感命令我拔腿就跑。这只切近的又是远距离的鸟雀，赋予我一知半解的认知。更确切一点儿说，是纳闷和隐隐的好奇。这份感触，倒是激发长大后的我进一步去了解它们。只可惜，它们在长江附近不再像以前一样大规模地出入，我们面对面的相见之缘真是可遇不可求了。

我最近一次近距离见到乌鸦是三年前的春天。正值疫情，人员流动近乎凝滞。人类活动减少，天地慢了下来，静谧疯长，各类动物抢抓这难得的机会，纷纷出现，哪怕闹市也能见到以前难得一见的野生动物，有的社区竟然出现白狐，至于天生爱热闹的八哥和乌鸦，频频现身就更正常了。

那是二〇二〇年四月底的一天，连续雨天后，天空放晴，碧空如洗，春阳犹如剥壳的鸡蛋，崭新和煦又亮簌簌的。黄昏时，残阳如血，地面的花草却是清新绚丽。我下班回家，遇见隔壁的小宝宝。小宝宝的父母都是医生，前段时间在医院里负责疫情中感染的病人，现在估计正在隔离检查中。家中便留下奶奶照顾小宝宝，没有爸爸妈妈在眼前，小宝宝开始不习惯，天天哭闹，尤其是晚上吵着要找爸爸妈妈。

小宝宝九个月了，这段时间倒安静，似乎已经习惯了现状，也不像以前那样吵着要爸爸妈妈了。前两天一直下雨，小宝宝不时被奶奶抱出来溜达下，但马上就会回家。现在他坐在滑轮车里，踮着小脚丫学走路。滑轮车带动他的小身体，哗啦哗啦地在家门前的巷道里作响。可能见不到人，小宝觉得奇怪，滑轮车一度停下来。一只鸟雀飞来，通体发黑，浓密的毛发在晚霞中熠熠生辉。那就是乌鸦了，它估计也是长时间没见到人了，看见一个蹒跚学步的孩子，好奇得很，竟然支起双脚站在滑轮车上，睁大了骨碌碌的眼睛。

那么近的距离下，小宝看见乌鸦一动不动地看着自己，也睁大眼睛看。但是乌鸦那身黑不溜秋的散发紫黑光芒的毛发估计吓到了小宝，他拿双手蒙住眼睛，不自觉地退后，滑轮车也退后。聪明的乌鸦估计自己吓着了小宝，并没追赶，而是轻拍羽翼朝后飞下，再落在地面，一动不动地盯看。小宝也停下来看乌鸦，两者就那样望着。可能小宝有些委屈害怕，紧抿的嘴唇发出扑哧声。哈，乌鸦马上学舌，也发出了轻微的扑哧声。小宝被逗乐，忍不住兴奋，不由拍打起双手，啪啪的拍掌声弱小还断断续续，在寂静的巷道上响起，不失清脆。乌鸦再次学舌，嘴巴发出弱弱的又清晰的啪啪的声响。寂寞久了的小宝，轻易地就被逗乐，不由张大嘴巴哈哈大笑，一笑，放松了警惕也放弃了恐惧，又转动了滑轮朝前走一步，再一步。

那乌鸦一动不动，颇有耐心地等待滑轮车中的小宝慢慢走来。

我驻足站在一旁，也一动不动地瞧看。心中讶异又温暖，乌鸦和孩子的这一幕恐怕在乌鸦的经历中平常不过，而在我们这些胆小的人类看来，却是难得一见的奇迹。小宝带着滑轮车慢慢地试探朝前，乌鸦始终不动。小宝终于靠近了乌鸦，停止滑动。乌鸦纵身一跃，又站在滑轮车上。小宝再次被惊吓，不由后退，滑轮车跟着后退，乌鸦这次稳稳地不动，睁大双眼看着小宝。

嗨，你这小子怎么和乌鸦玩一块儿了？小宝奶奶的吆喝声凭空炸起。

站立于滑轮车上的乌鸦朝后一跃，再腾起振翅扶摇于半空中。接着，我的视线只余一圈黑影了。

等我反应过来，脑海如播放机似的详细地回放刚才的情景。我顿时后悔不已——忘记拿出手机录下画面了。

这是乌鸦为代表的黑鸟的真相吗？

我仍旧懵懂。关于黑鸟，仍旧是史蒂文斯的《看黑鸟的十三种方式》的描述最为贴切和完整，但诗歌的体裁决定了，那也是只可意会无法言传。倒是福克纳曾经在一次采访中就诗人观看黑鸟方式存在的隐喻和象征说了这样一段话——

> 我认为没有任何一个人能够看透真相。你看着它，只是看见了它的一个阶段。别人看着的时候，则看到了稍微歪曲的阶段。但总的而言，真相就在他们所见之中，然而没人看到了完整的真相……但我认为，事实证明，当读者读完这十三种看黑鸟的不同方式，在他/她自己的脑海中，就会生成第十四种黑鸟的形象，而这恰恰是我所认为的真相。

第三种黑鸟是黑鹳。

黑鹳是候鸟，不同地方的人见到它大概是在不同时段。但是除开观鸟人，又有多少普通人能够目睹这种大黑鸟的面目？

当我被一则新闻打动时，我才想到去看看它的面目。那是在四年前，新闻标题有些触目——"江心孤洲惊现十三只黑鹳"，孤洲自然指的是我的故乡，我在文字里统统称为孤岛。黑鹳此际才进入我的视线，接下来我查阅有关资料，才知道，这则标题还真没有搞噱头。资料如此介绍——

黑鹳是一种体态优美，体色鲜明，活动敏捷，性情机警的大型涉禽。嘴长而粗壮，头、颈、脚均甚长，嘴和脚红色。身上的羽毛除胸腹部为纯白色外，其余都是黑色，在不同角度的光线下，可以映出变幻的多种颜色。黑鹳一般在高树或岩石上筑大型的巢，栖息于河流沿岸、沼泽山区、溪流附近，有沿用旧巢的习性。因其数量稀少，黑鹳被比喻为"鸟类中的大熊猫"，且大多数是迁徙鸟类，全球数目也只有三千只（这是不完全统计吧）。而且冬天水不能结冰，水中必须有丰富的食物，这样黑鹳才能好好吃饭，不至于饿肚子。

我大段引用这段介绍性文字，实在是因为它的珍稀属性和对栖息环境的高标准要求，而严谨的专业性术语才是可靠的根据。黑鸟的优美体形，主要体现在一双大长腿上。站立的黑鹳可以达到一米左右的高度，赫然在目，不容小觑。黑鹳是单型种，没有亚种分化。黑鹳心性高洁，首先体现在对觅食地水质的高要求，须清澈无杂，能一眼看见水流中的游鱼和水草，而且最好是缓缓流动的水，碧波荡漾，泛起波光粼粼的涟漪，黑鹳低下脑袋，便与水中的倒影相遇，那一刻，它流浪的心才会安定下来。至于一潭死水或者黄兮兮的浊流，人家才瞧不上，就只能迁徙寻找合适的水源，这也是它曾经快要绝迹的重要原因。另外水不能太深，虽然黑鹳有双大长腿，但水太深就无法涉水了，漂亮的羽翼难免被打湿，落个落汤鸡的下场，这对于在乎脸面的高贵的黑鹳来说，无异于羞辱，只能弃而再寻……仅这条水质要求，就能想得到，全世界满足这个条件的地方并不多。

再则，有个再自然不过的定律，心性高洁的动物，往往都具备"桃源"情节。这不光是灵长类动物人类的特权，飞禽走兽亦然，吃住行都爱选择"静夜月微明，翛然万籁清"的环境，尽可能地屏弃嘈杂喧闹。

选择幽静生存环境，岂止是为了吃住行？还有一颗心的要求，就是我们所说的修行。倘若说人类择幽地修行，大致没有反对意见，一只鸟，还是一只大黑鸟，又有什么心？还上升到修行的境界？但是，具体对象落实到黑鹳身上，怀疑论似乎无力了，原因不赘言，就在于它本身，那可是一只黑鹳。

不然，它就是鹈鹕鱼鹰了。也不是说鱼鹰多么俗气无法入眼，而是它的普通和某些与人类相违的习性，多少偏离了审美要求。换而言之，鱼鹰大面积存在，并不能说明容纳鱼鹰的山山水水多么清澈干净，而黑鹳出现的地方，肯定是标志着那里的生态环境达标。具体来说，就是碧空万里，水流清澈照人，林木阴阴岑寂绵延，一只来自远古的黑鹳招朋引伴落脚于淙淙流水中，或仰首看云，或低头照影，物我两忘的景致油然而生。恰如放逐鱼鹰的渔翁，看惯了时间的流逝，却死守一颗行走江湖悠然自得的初心。当柳宗元如此写下《渔翁》诗句——

渔翁夜傍西岩宿，晓汲清湘燃楚竹。
烟销日出不见人，欸乃一声山水绿。
回看天际下中流，岩上无心云相逐。

柳氏不知道，他笔墨下的渔翁，已是物我合一的化身，渔翁不是渔翁，而是一份闲情逸致。如果真要找一物来表达这份情志，就是飞鸟了。至于哪类飞鸟，我一直无法给出标准答案。在我识得黑鹳的面目后，再读柳氏的《渔翁》诗，我觉得，那分明是柳大诗人对黑鹳的素描，黑鹳担当得起那份闲情逸致。

说"识得"，其实这个词语不大经得起推敲。实际是，我从未亲眼见到黑鹳的面目，识见的是摄影家拍下的视频和照片。但这仍旧满足了我的好奇心，一度引发了我执着的关注。我想起上古流传的一种大黑鸟青鸾，很怀疑就是黑鹳的别称。关于青鸾，神话中说——

汉武帝寿辰之日，宫殿前一只黑鸟从天而降，武帝不知其名。东方朔回答说："此为西王母的坐骑'青鸾'，王母即将前来为帝祝寿。"果然，顷刻间，西王母携七枚仙桃飘然而至。西王母除自留两枚仙桃外，余五枚献与武帝。帝食后欲留核种植。西王母言："此桃三千年一生实，中原地薄，种之不生。"又指东方朔道："他曾三次偷食我的仙桃。"据此，始有东方朔偷桃之说。东方朔并以长命一万八千岁以上而被奉为寿星。后世帝王寿辰，常用《东方朔偷桃图》庆典。

要说的是，那些偷桃庆典图，右上方有时会画一只大鸟，它体形优美，身材修长。有人说是凤凰，可惜凤凰羽毛五彩缤纷，那么纯黑的凤凰存在吗？尚无答案。无论是不是凤凰，在我心中，我一厢情愿地认为，神鸟青鸾就是黑鹳。它一旦到来，就意味着福祉降临。

黑鹳习性孤独，讷言敏行，不爱鸣叫，几乎难以听见它的叫唤——这里有个推测，可能很久以前，黑鹳喜欢鸣叫，但是环境恶化后，它就不那么爱叫了。中国最早的诗歌总集《诗经》中的一篇《豳风·东山》便留下了它早期的鸣叫记录："鹳鸣于垤，妇叹于室。"这大概是关于鹳这种鸟最早的记载了。有人把这句诗解释为"鹳鸟在丘上不住叫唤，妇女不知为何在屋里长吁短叹"。

多么和谐的人类生活图景。

至于诗句中的鹳究竟是白鹳还是黑鹳，或者其他鹳鸟，并无严谨的考证。但就我的认识来看，黑鹳的可能性较大，类似叹息式的鸣叫，轻弱短促，还充满了警惕，符合黑鹳的习性。总之，久远年代的环境适合黑鹳生活，鸣叫是存在的。古代的民间一直存在"鹳仰鸣则天晴，俯鸣则阴"的说法，一只不那么随便叫的鹳鸟，因为发出声音而担负起使命，黑鹳的鸣叫除却环境变化和它自身身体变化的双重原因外，的确为人类难以听见了。

长江中下游一带，江水边、湿地、湖泊边，甚至农田和草地上，每到早春或者冬季，曾经一度消失的黑鹳就会三五成群地或者形单影只地落脚觅食。它们静静地迈开双腿，在宽阔的清澈的水域中或边沿踱步，或者伫立不动，聆听寂静之声……它们也被摄入观鸟人的镜头中，并由他们欣喜地发布逐年递增的消息。

一个冬日下午，空旷澄明的湖泊边，空气里弥漫着清冽甘甜的气息，寂静的气流却在膨胀，终于笼罩在森林、河流和草地上，鹰击长空鱼翔浅底，天地互为镜面相互倒映。一只从北方迁徙越冬的黑鹳停止了飞翔，涉水岸边，走走停停，然后单脚伫立，挑起它修长的身体，陷入了觅食时的沉浸式捕捉，然而，低头的瞬间，它见到那个孤独的散发青铜色的修长身影时，消失的、断裂的时光在它那里蓦然连接起来。

终于，史蒂文斯用诗歌作结他对黑鸟的观察，也被我反复地吟诵——

> 整个下午都是黄昏，
> 在下雪
> 并且还会下雪。
> 黑鸟栖
> 在雪松枝间。

白　鹤

有无不主吃鱼类虾类而以植物为食的水鸟？

当然有，白鹤也。

白鹤身材修长，全身纯白，栖居于开阔的湖泊、湿地、沼泽地带，主要以苔草、荸荠、眼子菜等植物的块根和茎为食，也吃水生植物的叶子、嫩芽等。至于动物，蚌、螺、软体动物和昆虫、鱼之类也吃，但这些基本是零嘴，主食是植物，水生植物。我们不妨称它为食草水鸟。但凡食草者，心性一般都纯洁善良，集合草木露水精华，极富灵性。

白鹤通灵的说法大有根据，而一只美丽的无限接近人类审美的飞鸟，在灵性魂魄指引下，翱翔山水间，引吭高歌时，那些响彻云霄的清音缭绕于云层下俗世上，天地秩序井然，陆地和海洋、人与自然、水与空气……幽若倒影般相互依存。没有谁不会恍然出神，并感觉到森林、山峦、河流与沼泽散发的温热和脉动，然后去发现宇宙生活的隐秘和宽广。

它一直是世人心目中的吉祥鸟，从古至今的传说和故事颇多。这点，我无须赘言，但是，吉祥就是活水之源，将会源源不断地奔涌出人与鸟、生活与自然、世界与宇宙的大江大河。时间长河里，白鹤与自然的兴衰共荣辱，长时间遭受现代化工业发展和人为捕杀的巨大威胁，越来越为现代人少见。它的容颜形貌及高贵的习性品行却在一代代人的心中从未退场。

白鹤啊！那声稚嫩的呼叫里，饱含了血液般的亲切和莫名被护佑的温暖。尽管白鹤并未现身，它只是一个名词，甚至是心中的一个影像，可这丝毫不会影响脱口而出的感叹，而这声感叹出自一个少女。

她站在荒野中的一条河流边，春汛时期的河流已有潺潺流淌的欢畅，也带给荒野萌发生机的无限潜力。河流明镜一般倒映出蓝天白云和岸畔的花红柳绿。一只只纯白无染的水鸟踟蹰水边，很快，另一些水鸟鹤鸣阵阵，翩翩飞来，落驻一旁。那些聚拢的白，恰如白色火焰点亮了荒野中的河道，天地被滤去杂质，澄澈透明。少女迷蒙的双眼霎时清亮，脱口而出叫道——那种无师自通的认可既坚决果断，又触发古意感和物我相悦的通透感。多年后，一只只翩翩翻飞的白鸟飞入梦境时，那双折叠生活年痕的双眼竟然在梦中湿润了，梦虽醒，一颗枯燥的心却无由得到滋润，呼唤白鹤和白鹤的呼唤如此契合地入驻心田。

也许，该为这样的白鸟写下什么了。就像很多年前的宋代，一个名叫牧溪的画僧在恍惚出神间，看见一个仙容正大的观音端坐山林溪石边，此际，山间云雾缭绕，阴霾重重，附近林丛岩石峭壁上一只猿猴正在探头探脑地察看，在云雾叠嶂中隐约露出警惕的面目，似乎寂静并不可靠。但一只白鹤叉开修长的双腿款款而来，伸长颈部发出鸣叫，仿佛带来一股并不强烈却清晰无比的光亮，挖掉雾霭，腾出一方明澈，寂静原子一般在空气里渗透炸裂……牧溪挥笔画下了著名的《观音猿鹤图》。这是三幅图组合的画，也是他的心神显现。

然而，这一切建立在意会似的理解上。而这意味着契合，这不是技能不是经验，只需要机缘，俗称为可遇不可求，似乎极为难得，但被古意暗示的心灵天生具备了这种潜能，理解，不是带有任务似的刻意，是有意和无意的叠加。白鹤，注定在我们契合似的理解中，以回应的方式回归人间。

或许，吉祥带来的被护佑的安全感和欣慰感，才会促使人去接近它，甚至与之亲人般相伴同行，从而激发观察和研究的本能，也留下它生活习性的诸多记载。也正是这些遗留的相关文字，给现代人提供了一份匹敌古意的档案。时间由此生发意外的曲折之美，在流逝中迂回盘旋，曾经丢失的美好也不经意地呈现，冲击并砥砺现代化合情合理地发展。

说来，这份理解由来已久，在人间形成了不可言说的心灵基因。

古人早已发现这种候鸟的生活习性，晋代周处《风土记》记载："此鸟性警，至八月白露降，流于草上，滴滴有声，因集高鸣相警，移徙所宿处，虑有变害也。"大意是说，鹤每年随季节迁徙，流连于水泽中的草木觅食，每当鹤听到秋季露水滴落的声音，就知道，秋霜近，该飞往南方过冬了，于是赶紧招呼伙伴同行，要不，泽水宿地就不再适宜生存了。

倒映着蓝天白云的湿地，流水淙淙，草木丰沛鲜嫩……这是能听见露水滴落的声音的大寂静，是白鹤的宿地，也是人间桃源。但是，全球现在能找出多少这样的地方？答案不乐观。

换成机械的专业性语言来表达这种白鸟的属性，此时会更直观，也更有冲击力。它是鹤中最能飞的鸟之一，其迁徙距离达五千多公里，位于欧亚大陆东部的白鹤种群每年从西伯利亚飞到鄱阳湖，中间还会在中国东北的湿地休息。白鹤在中国是一级保护动物，寿命长，常常被赋予长寿的隐喻。据研究，其寿命可达七十多年，但由于气候恶化和人类捕杀，截至2019年，全球的白鹤只剩下不到四千只。当古人赋予鹤各种寓意和想象时，应该不会想到，这种长寿动物，竟然会面临生存的危机。有学者认为，鹤是"湿地环境洁净安全、动态变化最敏感和最明显的生物指示者"。因此，保护号称"地球之肾"的湿地，也是保护鹤生存发展的空间。

"皎皎仙家鹤，远留闲宅中。徘徊幽树月，嘹唳小亭风。"白鹤出没的地方，现今听来犹如梦境了。至于"白鹤冲村"这样的村庄的来历，也是令人疑心重重。但是置身其中时，一种无须引经据典的看法强烈地浮腾心胸。这里就曾是白鹤出没的地方，这里曾经集合了无数吉光，美在此旁若无人地绽放。自然中诞生的美，恰恰最不需要旁证，它们没心没肺地呈现却并不自知，所以会拥有一股蛮力，穿透漫长的时光被再次看见。这恰如三岛由纪夫写他印象中的祖母：我十三岁时，便拥有了一个六十岁的爱人。语言的内存里，轰隆隆的发条爆开故事的内核——如此开端就是赢得了时间。

事实上，入梦白鹤唤醒我记述的激情后，我曾驱车直奔长江边的顾家店镇白鹤冲村。毕竟多年前，我首次听说这个村庄的名字时，心中便蓦地一惊，脑海中马上闪现我在少女时代初次见到白鹤群聚集在荒野河边的景致。

白鹤冲村的地貌有特点，山丘犹如长长的臂膀伸展开去，夹在其间带状的平地，是山丘上的水流冲击出来的地带，就是所谓的冲地，冲地地势偏低，水源丰富，气候温润，适宜种植水稻荸荠类的水生农作物，故而被称呼为冲田。而两边山丘林木繁盛，其间开辟若干土地种植小麦棉花玉米，称呼为膀田。冲田和膀田交界处仍是湿洼地，溪流潺潺，水草丰茂。如此地貌起伏绵延，一波三折，拢出一个大村庄，村名当然要以点睛之物白鹤亮相。

时间从来就是曲折迂回的，一些看似既定的东西无法遏制地遭受破坏，变更不可避免，如果说这是命运的话，那么白鹤冲村，从开始就赢得了时间。它注定要与时间打一场持久战。

白鹤冲村地处青龙山山麓，与清水溪村、高殿寺村和长岭岗村交界。单从交界的村庄地名来看，水源充足，草木丰盛，地势起伏不大，却因陷于冈岭中间，僻静幽美，不失风水宝地的气韵，适宜白鹤生存。白鹤，大片成群的白鹤翩翩翻飞于冲地，又不时落脚在山林中。鹤鸣冲霄，层林回荡。

这是想象。然而，又绝非毫无根据的空想揣测，是灵感乍现的按图索骥式的一次回眸。

时间更迭，漫长的岁月洪流冲刷走诸多生命的痕迹，也改变了诸多事物模样，沧海桑田，变化是时间的主题，白鹤冲村这样不方便出入的地方也遭受了改变。人群慕名聚来，树木被大量砍伐，冈地和岭地也无法遏制地下陷，冲地接受下陷的泥土砂石不断升高，起伏不再那么明显了，水源也时有时无不再丰沛，水中夹杂了黄沙和生活垃圾，还有飞蠓蚊蝇的萦绕，清澈若镜和岑寂已是传说。为了快速挣钱，年轻力壮的男女多半会选择外出打工，只余老弱病残在家。水稻田依旧种植，面积却是年年减少，膀田上建筑起崭新的楼房，但这是砍伐树木和占用田地的代价。浓烈的人间烟火破解了桃源似的沉静，清亮的溪水湿地日益干涸，连秧田也长满了荒草。

白鹤杳无踪迹，连传说也不再。

我在白鹤冲村询问，您是否知道村庄名字的来历？

全是统一的回答，不知。要么摇头，要么反问道，一个村名，还有来历？或者就是，什么来历没听说过。

多么失望啊。我还是不死心，专门找年逾古稀的老人去问，却总是不了了之。去年初冬的一个周末，我再次驱车来到了白鹤冲村，在村里溜达，问到一户人家，家中只有一个老人在家，姓陈，已是耄耋之年，人和蔼，也擅于言辞。这次，有了详细清晰的答案。那个清瘦的矮小的老头听到我的询问，抬起脑袋突然笑了，混浊的双眼闪烁一阵水波。

是有来历的，这里就是块宝地，白鹤子多得让人以为是仙地，风水那么好，就吸引来许多人找来，在这里建房居住，可是人一多，就吵了，环境也不好了，再加上那些好吃佬还捕杀白鹤子——说到这里,老人褐色的单薄的嘴唇抖动下,然后发出一声悠长的叹息。唉,造孽啊。

所以白鹤子就飞走了。我答道,并延续了老人叙说的模式,称呼白鹤为白鹤子。而就在称呼中,我的心蓦然一动。我想起了历史上梅妻鹤子的故事。这里有深沉的怜悯和物我同类的惺惺相惜,只是我们绝大多数时候并不知晓。白鹤子,我在心中认可了对一种内心仰慕的鸟类的昵称,后面的文字,我将白鹤统统称呼为白鹤子。

老人嗯嗯点头,并说,还不飞走啊?那可是灵物。

您这是从哪里听来的?我继续询问。

我家老人。

这么说,您家就是这里的人。

老人挥舞右手,吐了口涎水,说道,是啊,不过追根溯源,我们都不是这里的原主,都是迁移客。

我先是一愣,继而恍然大悟。原主哪里是居民,是白鹤子啊。住在这里的人都是迁移来的。我突然来了兴趣,递给老人一瓶矿泉水喝,打算与老人多唠下嗑。老人先是犹豫,继而拒绝道,我不喝那玩意儿,没滋味。

您能告诉我,您老陈家的祖先是哪里迁移来的?

我老陈家祖上是南京人,那时候他们叫金陵,为避战乱,先是迁移到湖北的黄陂一带住,到我祖父一辈时,日本鬼子打进中国,又拿下了武汉,我祖父就带着一家人逃难,一直沿着长江边朝西跑,路上土匪多,还有一些兵痞子,跑到今天顾家店这一带,我祖父带着我父亲,我祖母带着我姑姑,各自跑散了。后来,我祖父知道祖母信佛,听说这一带有个高殿寺,虽在民间,但香火旺盛,而且邻近高殿寺的白鹤冲村有许多白鹤子,我祖母娘家一直奉白鹤子为神鸟,觉得白鹤子能够带来吉祥,这样,他就跑到高殿寺来找祖母,结果在白鹤冲村还真找到了,一家人总算相聚了,也就在白鹤冲村住下来。那时的白鹤冲村还属于宜都县,有些避世,而且那块地真是福地,冲田种植水稻,塝田种茶叶种玉米种柑橘,自产自足,粗茶淡饭饿不死人,再一个,白鹤冲村冬暖夏凉,也好过日子。

老人站起来,给自己倒了杯一匹罐凉茶喝,喝完,又坐回刚才的椅子上。

所以就安定下来了,好几辈人了。我接口道。

老人笑了,跷起的二郎腿晃悠悠地。那是,这地方就是福地,只可惜再也难得见到那么多的白鹤子了。

您以前见到的白鹤子多吗?

多,白天在秧田边觅食,专门吃荸荠、嫩草,晚上就宿在丘陵里的树林上。后来慢慢就少了,到我孙子辈时,偶尔才见到几只白鹤子在秧田觅食,我孙子都没啥印象。

您孙子现在——

老人挥手打断我的话。他在南京工作,都是两个孩子的爸爸了。

您老有福气,都四世同堂了,恭喜恭喜。我拱起双手由衷地祝贺道。老人倒不好意思了,呵呵笑出了声。那还不是托白鹤冲这地方的福？你看，我祖上是南京人，孙子一家现在就在南京工作，有意思吧。

我不断点头，又问，您老想搬回南京去住吗？

才不，这里才是我的根，白鹤冲风水好啊，我都说过好几遍了，要不，你也不会问到我这里来。

就是就是。我哈哈笑着，又是一阵点头。

我们现在安逸得很，我儿子儿媳妇两口子也是六十多岁的人了，种水稻田种柑橘，还承包了村里的膀田——那是外出打工的乡邻们留下的田，开始他们俩都拿来种玉米和柑橘，我就交代他们，膀田全拿来种树，他们不听我的，犟了好长时间。

结果呢？

老人右手抹了下嘴巴，说道，我说的话，他们还真能不听？他们那是目光短浅，后来，膀田全部改种树，都好些年了，白鹤冲这里最适合种香樟树、桂花树、洞庭树这些大乔木，树木种得好，现在也是一份产业了。

恐怕种树挣钱，这不是您老的目的吧。

老人的二郎腿又在晃悠，伴随老人的嘿嘿笑声，晃出了惬意和骄傲。你脑瓜子转得快，你说我啥心思？

就是多种树，形成好生态，引来白鹤子。我随口答道。老人没有马上答话，我又继续说，其实，您老的儿子儿媳妇他们同意您把膀田全部拿来种树，肯定也晓得您的心思。

我啥心思？老人微微抬脑袋，眼睛眯缝，喃喃询问，顷刻，又把双眼望向我，我啥心思也没有，就是要对得起这块地，我们祖上一直东躲西躲的，逃难到这里，本来都离散了，结果因为白鹤子，一家人又聚拢了，我们陈家人才安稳下来，要感恩啊。

白鹤子来了吗？我问道。

来了，这些年一年比一年多，冬春两季，白鹤子白天就在秧田里觅食，晚上就会在林子夜宿，不过相对于我小时候见到的白鹤子，还是少多了，这没有办法啊，毕竟这里人烟密集了，好歹，白鹤子还惦记这里，白鹤冲就是福地。

告别老人，我先去丘陵上的膀田看树林。实际是，不只老陈家一家人发展林木栽种，还有好几家。冬季的丘陵，仍旧郁郁葱葱，香樟树、木梓树、洞庭树、桂花树等常绿大乔木拢出漫山遍野的绿色屏障。其间也不乏橡子树、杨柳、银杏、玉兰树等落叶乔木，红黄色的落叶铺撒一地，还有若干挂在树枝上摇摇欲坠，却在深碧色的屏障中渲染出油画色彩，干净利落又赏心悦目。密林外是坡地，坡地边沿是一条溪流。

我眼睛一亮，便在林子边沿驻足。

两三只早到的白鹤子正在水边驻足。它们全身纯白、身形修长，嘴壳是橘黄色，长长的腿脚全是粉红色。一只白鹤子亮开双翅，提起左右脚，在水面踏水嬉戏，另一只在前，正低下脑袋啄食水中的荸荠和苦草，稍后一只从体形来看，似是幼子，正站一旁静静地低头看着水面。

这是一家子。啄食的是白鹤子妈妈，涉水嬉戏的是白鹤子爸爸，体形稍小的是它们的孩子。

我担心惊动这一家。久久地站在原地不动，也没有拿出手机

267

来拍摄。那对白鹤子夫妻很默契，在水面不断变换位置。它们的孩子却安静地伫立于原位，一动不动地凝视水流下面。

它在觅食吗？我很纳闷那个白鹤子孩子。

但是，半个小时快过去了。白鹤子孩子还是低头凝视水面的姿势。白鹤子爸爸妈妈却又换了位置找食物吃。我心中几乎震惊了，那个白鹤子孩子，不是在找食物，这么长久地凝视水流，它在做什么呢？我想起了白鹤子交颈而死的故事。这源自白鹤子的深情专一和高洁无瑕的品行，在它们的灵魂中，始终抱有宁可玉碎不可瓦全的志向。

这样一想，我有些担心了，慢慢挪动脚步走出丘陵地带。到溪水边时，那对白鹤子夫妻听见响声，振翅飞走。然而，那只幼小的白鹤子还是一动不动凝神盯看水面。我明白了，这只瘦弱的白鹤子不是那对白鹤子的孩子，而是形单影只的一鹤，它的小体形不是年幼而是瘦弱的缘故，这极大可能缘于心碎。这么说来，它凝视水面这么长的时间，绝不是寻找水流下的草本，也不是顾影自怜地看自己的影子，而是恍惚出神了。

是在怀念什么，逝去的爱人或者亲人，还是一段不曾为人知的故事？

白鹤子心性纯净，充满灵性，很懂得感恩。我曾经读到一则新闻报道，一只受伤的白鹤子被鄱阳湖边的一户农家挽救后，十多年感激不尽，在鄱阳湖涨水时它预先感知，然后以自己的方式通知这家农户，帮助了三百多个村民躲过水灾。这样的鸟一般都是心性孤绝，对爱情至死不渝，我也看见过许多有关报道，为爱折翼的白鹤子，绝大多数都是死路一条，因为它的心已经枯竭。

天光已在倾斜，晦暗加大马力在人间奔腾，黄昏即将来临。

我已经走到了溪水边，就在这只白鹤子的眼前了。它并不为我所动，还是静静地凝视水面，也许它根本就没注意到我。我轻嗨了一声，声音并没落进它的耳朵，也许已被黄昏时的冬风零碎。山林刮来的风夹杂了水汽，灌进我的脖子，我感觉到了冷。而寂静趁机钻进我心胸里。水流似乎凝滞，我盯看水面下那只白鹤子的零碎倒影，也恍惚出神了。但，对面的丘陵上的丛林传来一声清越的鹤鸣，一只白鹤子翩翩翻飞于密林上。

奇迹出现，那只出神入定的白鹤子终于抬起脑袋。几乎是刹那间展开翅膀，提起双脚，一下滑翔到了半空中，也发出一声清亮的鹤鸣，朝着对面的树林飞去。

我长长地舒了一口气。

这只站立水流中静止不动的白鹤子，是在为自己疗伤吧，一度我以为它走不出心灵的阴影，甚至将会被阴影绞杀，但它终究飞起来了。初冬的水流清澈照影，在黄昏中波动出看不出褶皱的涟漪。

毕竟，水在动，鸟在飞翔，这是自然唯一的内在秩序，是时间嘉奖出的真理。

无忧潭

　　孤岛耸立于江水中央，与南北两岸对峙相望。在水中央的孤岛依靠水流而生，又年年在夏汛期间遭受暴涨江水的冲击，终是不垮不毁，无论经历如何大的洪涝，来年春天必定新绿满地生机盎然。

　　这得益于它的结构。

　　无数的水，以深潭、堰塘、湖泊、沟渠等形式遍布于孤岛，它们与地下水沟通，又以幽暗的渗入方式与四围的长江贯通，说到底，我们孤岛上的水流仍是长江水。深潭尤为突出，自然也拥有许多我们不可知的秘密，譬如勾连外部世界的秘密通道，譬如隐居水底的另一方世界，譬如水生物……

　　孤岛上的深潭，妥妥的长江缩影，或者说，它们就是观察了解长江的最佳窗口，是长江在中下游交界处的代言人。而说起深潭，不可避免要提到无忧潭。无忧潭是我们岛上面积最大也最深不可测的大潭。

　　无忧潭背倚我们村唯一的山林，却又雄心壮志地延展开去，把我们村挖出清幽幽的一片水泊。那山林……怎么说？无非是村里耸起的一大片高地，长满了高大的乔木，很有些年头了，甚至不少是好几百年的古树，而且常绿乔木居多，如洞庭树、香樟树、桂花树、柚子树等，还有不少猫儿刺和枸杞——那是在久远的年代中突破了灌木领域强侵乔木的品类，它们坚硬的根茎、枝干和肉刺，都在无声地昭示幽幽时光的痕迹。这样一块高地，临水而立，在泥沙和细石为主的土壤中站稳脚跟，孕育出难得的清凉地。它们在宽阔平整的洲岛上，算得上奇迹，山林地貌看似平庸，但，长和宽甚至曲线都不能描述它的形状，它站在潭水边，由着潭水弯弯绕绕抱紧自己，自己却沉湎于绿水下的秘密。若是站在山林上面的寺庙看，那幽深的潭水，恍如八卦图，把我们村占了个大半。

无忧潭最美的时候在夕阳西下。

这说法可能有误。

无忧潭——单从它的名字就知道它有多了不起，大致寄托了某些心愿。公允地说，它的迷人无关时间，换而言之，每个时间段它均有不同寻常的美丽。黎明时，潭水清新犹如初生的婴孩。太阳逐渐露脸并升高，光亮一点点在水面铺陈出耀眼的金色。鸟雀叽喳着上下翻飞，潭水里的水生物彻底苏醒过来，传说中的白色飞鱼扁起细长身体腾跃出水面，在半空中划出一个弧形，嗵的一声落入水里，水面漾开层层涟漪。有呲呲声，连绵在寂静中，却被偶尔的鱼跳水的咚咚声切割，终究又切不断，细微连绵的声音越发渲染清晰的宁静。如果仔细听，很快会辨出，这是水生物——不只鱼,还有虾、蛙和不好归类的其他水生物咬吃水草的声音,或者就是它们的呼吸声。正午时,幽暗沉郁的水面因为金箔般的粼光而分离出多层面的风景。红彤彤的一面,光芒幽微的一面,还有无法用言语道出的一面……切近又遥远的水波,晃荡凝望的眼睛。你明明一眼不眨地盯看着,金箔却突然受到什么昭示似的慢慢缩小慢慢暗淡,遗憾不由在心中滋生,时光被流水不动声色地冲洗。

儿时的我放学回家,心情放松,一般都会在无忧潭边逗留。无忧潭的风光,在脑海里留下的多半是夕阳西下时的景致。

红彤彤的霞光在潭水上铺陈,又被微澜分割出波光粼粼。以至于读到诗句"半江瑟瑟半江红",七八岁的我很能理解,因为脑海马上就会出现无忧潭夕阳西下的情景。但我清楚地明白,这只是无忧潭的部分景色,还是暂时的,令人惋惜的时刻就要到来。绿幽幽的潭水深碧凝重,犹如夕阳下的古墓,还是拥有磁性的古墓,一点点在风中吸纳了霞光并逐渐削弱红色。无忧潭对岸那边的山林和山林中寺庙的飞檐翘壁倒映在潭水上,排成一座绵延的城墙,不过是倒着的城墙,里外自是与我们现实生活反着的世界。时光无声流逝,脚下面的潭水越发幽静、凝然。一阵风过,水面漾起细鳞似的涟漪,抛洒万千星光。

我走下坡来到潭水边,脚踏在青石上,稳稳地站好,双脚前后左右转个圆圈,迎着霞光蹲下。那时,通红如醉酒的霞光刚刚映满我的面庞,额头产生一阵莫名的温热。然后,我垂下脑袋,瞅看同样濡染霞光温热的青石。

青石一半陷于潭水一半露在水外。它宽阔而厚实的身子斜斜地插进潭水，直至水底的淤泥。我端直上身，尽量不把自己的脸庞贴在水面，以免水面的倒影影响我对潭水下面的探究。

这块青石，曾经有三五个青壮后生合力去拉去抬，终究徒劳。这些后生是下乡到我们村实践的知识青年，最后一批知青，他们不相信我们村的传说，以为青石不过刚刚插进岸边的淤泥里。他们最终气喘吁吁地跌坐水边。那拔出一截身子的青石，几乎戳到岸上。可是雕刻了多种图案的青石还是拒绝上岸，未知的部分埋没于潭水里，不知止尽。

他们不得不相信关于青石的传说。

那传说……就在正对着山林的岸上，曾经矗立一座巨大的庙宇，有一天不知何故竟然倒塌，它的残垣断壁深深地扎进无忧潭底部。而收容残身的潭水会在每个夕阳西下的时刻，映现出庙宇的影子。我们都说，昔日的庙宇不是倒塌消失，而是换了一个僻静的地方永久驻扎起来了。

这倒是令人好奇。

我睁大眼睛看。霞光消失的时间，庙宇轮廓出现了。石刻的大朵莲花，蒙上一层水膜，渐渐浮现于我眼中，而后面有几个端坐云朵上的仙人，吹箫、骑驴、摇扇……隐约闪现。我一激动，倾倒上身，面容贴在水面，我伸手去拨，慢慢地拨开我自己的影子。水流零乱，影子破碎，不耐烦的我再次伸手抚摸，力图抚平水面。渐渐，漩涡般的水流中，若高大城楼的黑影出现了，它矗立于水中，却逐渐瘦弱加长，很快瘦成冲天塔似的，在水流中若隐若现。

这是庙宇的影子吗?

水面深碧、凝然,我的面容再次贴在上面。只有我自己,还有飘坠的树叶。

无数个黄昏,我驻足于潭水边的青石上,重复可笑的凝望动作,希冀捕捉到神秘的一刻。我蹲在潭水边,端直了上身,眼睛盯着绿幽幽的水面瞧看,我真的只看见了自己。一张青涩不乏秀气的脸庞,大而黑的眼睛有些模糊,却直透我心胸。我的面庞贴在水面,遮盖了下面的东西。于是,我伸手拨开再拨开,水面浮荡层层涟漪,涟漪很快平静,就在平静下来的瞬间,破碎的光影缝隙中,如同庙寺屋顶的黑影斑驳可见。那传说中的……水纹越来越细小,我的面容迟疑地贴在我眼前,否定我对瞬间的捕捉。

也许我真就看见了庙宇的前生。

也可能就是我意识恍惚而发生的错觉。

无忧潭,如此诗意的名字,它有怎样的来历,已经无法考究。它的种种传说,因为那深澈的水流及水流下的鱼生灵得到流传。无忧潭的时光旅程,大致等同于我们孤岛。或者说,它以流水的模样倒映了泥沙细石腐殖凝固的前世。它们互相呼应,彼此冲击,又彼此依靠,彼此印证。

大地与水流的秘密。

不可言说,却为心领神会。那样一刻,不免会产生置身梦境的感觉,虚幻了些,却分明得到神谕般,身心通透。很久以后,我明白了，就在儿时看似无聊的探望深潭中，一种幸运滋生了，时间被莫名延长——若我者被送回到旧时光里，一些事情因为想象而赋予崭新的意义。

而今呢？我的手指，在键盘一阵凝滞。

美好神秘的无忧潭也令人叹息。它在当下竟然生产出一条令人羞耻的鱼。

请允许我再次描述下无忧潭，我成年后眼中的无忧潭。

山林下的无忧潭大而深，水是接近黑色的绿色，黏稠、沉郁、自我，不为外物所动。仿佛一个沉浸于满腹心事的女人，她垂首于内心，给人以旷世的孤独之感。而她分明是得道的高人。孤岛上的堰塘、沟渠、河流几乎干涸，潭水却还是潭水，幽静如井。灼目的阳光扎进无忧潭里，只在潭水表面叠映出虚弱的红晕。而星月满天的夜晚，无忧潭犹如给自己披上一件缀满晶片的纱衣，在夜风中微颤出清凉的水光。

村里人都说，这个潭水积蓄了太多人的泪水，泪液里的盐苦而涩，浸泡出一种怪物。它是浑身有着深潭颜色的绿鱼。

当然，这样潭水里的鱼生灵品种多。我前面说到传说中的飞鱼，通身洁白，不是银白，而是雪白，白到虚幻不真实的那种。它身材纤巧修长，跃出水面后，能够在潭水上面像鸟雀一样飞来飞去。它的骨骼也轻，滑翔的速度又快，嗖的一下，就从眼前飞开，只余一道白色的弧线。这样小的鱼，好看是好看，却难入捕鱼人的眼睛。它们也长不大，始终保持那种细小模样。为什么长不大？没有谁说得清楚。只说，长大的哪还会飞？

这是接近童贞的鱼，从我眼前飞过，无数次穿越梦境，预告吉祥。

至于绿鱼，刚好与飞鱼相反。身体臃肿笨重，还拥有超好的胃口，一个劲儿地趴在水底吃啊吃，才懒得浮现水面，也难得一露真容。

我当然没有见过。但我清楚它。

你见过绿色的鱼吗？鱼肚皮上的鳞片泛着水草般的颜色，幽幽的，有些古怪，这种颜色的鱼通常都比较肥大，身体鼓鼓胀胀。终于，它耐不住寂寞了，从潭水中一跃而起，仰起的肚皮绷得又紧又直，然后咚的一声又落回潭水里，潭水荡起一圈又一圈的水花，衬托发怔人的诧异。

绿色的鱼很少为人所见，我们村里人说，不看见为好，尤其是男人。

有一年，一个七十多岁的寡妇看见一条绿色的鱼爬上了岸，她用手推，朝潭水里推它。绿鱼的肚皮遭遇外力，突然爆开，肚子里的水草满满的，有几根还新鲜着，大多数都烂成墨绿的汁液，浸染了鱼的五脏六腑。寡妇的两个手指也被染绿了，就跑回去大声嚷嚷："什么绿鱼，都是吃饱了撑的，男人哪里不能看见它？"

这话说得倒像在为男人辩护。话说，曾经也有孤岛上的男人捉到过绿鱼，而结果一致，就是拿刀杀死它，再扔进无忧潭里，否则将会有厄运降临。当然，最好就是别看见绿鱼。绿鱼于男人是不祥之物，它的出现，就像莫名递来的一顶绿帽子，岛上男人自然避讳。

寡妇却如此说话。男人们听闻后，私下嘲笑——做寡妇久了，到底撑不住，想男人了。

这话传到寡妇耳朵里，她一气之下，跑到潭水里投水自尽。

如果你是男人，你到了那个名叫无忧潭的潭水边，看见绿色的鱼，你一定要想办法捕捉它，杀死它。

多年的规矩啊，孤岛人都不记得从哪里传下来的。

好多年了，岛上难得有人看见绿色的鱼了。

然而，我一个远房大表姑的儿子道元看见了。也看见了他的屈辱和羞耻。他的罗圈腿，让村里人嘲笑他是村长的野种。他天生的自卑又夹杂着对自己父亲不找出绿鱼而滋生的愤怒。可是父亲固执沉默，至死都拒绝捕捉绿鱼。他的羞耻无法终结，甚至还在蔓延。

妻子李梅出门打工，跟着她娘家人到长江货轮上帮厨，却帮出一堆揪心的闲话。表兄道元趁李梅春节回家的机会，苦口婆心地劝说她不要出去打工了，就在家一起种柚子树种南瓜。这不，村里好多户都将棉花田改种柚子树和南瓜了。棉花种植，从春天栽种营养钵到秋收，就没有闲时，太辛苦了，而且还靠天收，年成好就有好收获，年成不好那可就没底了。而改种的柚子树，是将本地沙柚与福建红心柚嫁接出的新品种，水分足且甘甜可口，南瓜也是本地南瓜与海南南瓜嫁接的新产品，面而甜。不少村民尝试大面积种植，都带来了超高收入。李梅却说，能挣钱当然好，可是钱也不能带来快乐啊。

这话说得挑衅，道元非常生气，强禁李梅外出打工。

哪里是闲话？我这个媳妇啊，心早就走了，不在我们家了。我的远房表姑逢人就会唠叨。

表嫂李梅在大表姑眼中，终是变了。曾经朴素的她，也学会城里人那一套了，每天起床第一件事就是洗漱装扮，描眉抹口红还涂胭脂，指甲也涂上蔻丹，哪像孤岛人？更气人的是，表嫂有事没事都握着手机，叽咕着收发消息。她的嘴角荡起无法抑制的微笑。

那是幸福。大表姑懂，这幸福是见不了阳光的——于李梅是幸福，而对儿子道元来说，就是耻辱。

大表姑寻着机会与李梅吵了几次，却被李梅捏住表姑与村长风流闲话的软肋反击。李梅曾经笨拙的口舌也油腻尖刻了，骂道，难怪道元没有出息，是有缘由的，你当娘老子的不明白，需要我提醒你吗？大表姑想说什么进行辩解，又担心适得其反，只好噤声。

一旁的表兄道元听闻，满腔怒火，却也咬紧牙关不吭声，只是找机会偷偷地记下了那个电话号码。接着为这个电话号交了十元话费，弄清了对象。原来就是李梅帮厨货船上的一个小老板。

道元再也无法忍受，便寻到货船上。他是报仇雪恨去的。然而，多么悲哀。他寻找的那个人，夺去妻子心的那个人，道元的确看见了，见到的刹那却愣住。那个人，怎会夺走了妻子的心？他的行为多么令人不齿，竟在大白天与代替妻子帮厨的另一个女人勾勾搭搭。我表兄道元觉得，十足的渣滓嘛，杀掉这样一个混蛋，太不值得。

他掉头就走，回家告诉妻子不值得。

李梅哧的一声笑了。她当然不相信，道元明显在撒谎，就是为了阻止她继续打工。

道元着急了，一一道出此行所见。李梅愣了下，继而摇头。表兄道元不甘心地问道，你怎么会为这样的人而上心呢？

李梅沉默了。道元着急地追问，再三追问。李梅叹口气才回答，他重情，我生日送我时髦衣服送我玫瑰花，逢年过节送我化妆品，还带我出去吃饭跳舞——这些都不是你能给我的。

他对另外的女人也是这样做的，就是玩骗术，骗你们这些浅薄女人的，拉你们上钩，你还当他是重情的人，笑话……好，就算像你说的，他重情，但他混蛋本性，终有一天会厌倦，就抛弃你作践你……

李梅咆哮着打断，那是以后的事情，我只想回到货船上，我的心早不在你身边了，你强留只能越发让我看不起你。

看不起……三个字，犹如三把尖刀刺来，轻易地就插在道元心口上。疼痛带来了耻感，但耻辱并非因背叛本身，而是朝夕相处的人的鄙夷和轻视。道元彻底失望了。他下决心要清洗要终结，于是，撒手一切，不管庄稼，不管家事。每天守候在无忧潭边，等待那条绿得发黑的鱼出现。

李梅如愿以偿地回到货船，不到三个月却回家了。她只字不提那个人，只说，等待女儿丽珍高考后再出去打工。

她还是想出去打工，还是不死心啊。

道元心中满是恨意，却也不说一句话。他目前只做一件事，就是手拿鱼叉坐在无忧潭边，等候绿鱼出现。功夫不负有心人，道元终于守到绿鱼。

那一天傍晚时分，夕阳即将收回最后的光芒，无忧潭水面荡开了涟漪，接着升腾起小股浪花，守候在岸上的道元一下子跳到岸下。

绿鱼终于出现了。它绷直胖乎乎的身体，跃身潭面的刹那，道元掷出锋利的鱼钩，鱼钩准确无误地钩住了那条绿鱼的鳃。

那条巨大的绿鱼被拖到岸上，并死在道元的刀下。

手起刀落，绿鱼的肚腹砰的一声炸开，炸出墨绿色的秽物。绿鱼挣扎下，身体便僵硬了，随后被扔进了潭水里。道元长长地舒了一口气，可是他的烦恼再次出现。女儿丽珍高考成绩下来，考上需要三万元才能读上的大学。丽珍拒绝上大学，也拒绝复读，并在某一天出走消失了。她留下纸条，说，读书不就是为了以后挣钱吗？不如趁早出去见见世面，打工挣钱。

道元再次陷入一种无法言说的哀凄中。

不久，他离开孤岛，一路向南寻女儿去了。在南方一个繁华的都市，他走遍了都市的角落，终于在派出所里见到了女儿。他是在一个桥洞里听到有人说，刚才派出所端掉一个非法拘禁并强迫少女从事色情工作的窝子，便撒腿跑向那个派出所，见到了失踪多日的女儿丽珍。

女儿丽珍是被骗的，幸亏警察及时出手，还幸亏道元及时出现在眼前。多么不可思议，女儿丽珍却拒绝回家。道元快急哭，摇着女儿丽珍的胳膊说，你不是想挣钱吗？我们回家借钱承包堰塘来养鱼，或者种柚子和南瓜卖，自己当老板挣钱，何必在外受人欺负？

女儿丽珍嘲笑父亲的幼稚和愚蠢。她在父亲眼皮底下再次消失。

道元找了一段时间，无果，只好独自回到孤岛。

这次离开孤岛接近一年，他可是从没离开过这么长时间。回到孤岛的他，对家园蓦然产生陌生感。陌生感下，他的双眼第一次认真打量孤岛。他吃惊地发现，那些曾经遍布孤岛肌肤的水塘沟渠，几乎都干涸了，满是裸露的烂泥和垃圾。即使是无忧潭，仿佛在他出走的一年，也萎缩了，不再呈现以往的深澈浩瀚。而绵延天际的庄稼地只剩下一些年老体弱者在耕种，难得见到青壮年。

返回途中，表兄是有打算的，准备回来承包农田种植南瓜和果树，要不承包堰塘养鱼也行。但回家后，他明显地感觉到，愿望丰满现实骨感，他正在被变化着的孤岛抛弃。

道元猝然老去，头发掉了，背也驼了，不时出现眩晕症状。我们回岛上看望他，说一些宽慰话。可道元沮丧得几乎哭泣，他手指着屋外，说，水干了，鱼跑了，一切都变了，咱们这孤岛，说不准什么时候就消失了。

没跑没跑。表姑端着一碗汤汁进来，递给儿子喝。这是从无忧潭里捉到的一只老鳖熬的汤。

表姑心疼儿子，却又帮不了什么，总是愧疚，尽力讨好他，说，已经凑齐足够承包家门前堰塘的钱。

道元却瑟缩起牙巴骨，恶狠狠地咒道，水干了才好，无忧潭也干掉。

哪里是诅咒呢？

曾经丰腴的无忧潭迅速干涸，几乎快见底了。一些文物宝贝也露出边角。一个孩子在潭边喂牛，竟然捡到一把鱼肠铜剑。他霍霍地在村子里舞动这把剑，被一个玩古董的商人看见，商人出高价买下了鱼肠铜剑。这个孩子等于白白捡到一笔大钱，惹得岛上人红了眼。

于是，无忧潭出现掘宝的人。他们不管深陷淤泥的危险，排水挖掘。传说，一个农妇挖出一个乌金盆子，一个老朽挖出一对酒樽，还有一个老婆子挖出一个鱼身人首的石人……而更多人陷入淤泥不知所终。

无忧潭面目全非。它淤积的肥厚泥土上汪着黄褐的潭水，潭水中招摇着茂密的水草，令人想到缠绵于腐烂的沼泽。

那块传说中的青石呢，被人锯掉露出水面的一半，另一半仍旧被无忧潭截留。锯掉的一半被人用车运走，不知去向。怎能被偷偷地拖走？那可是祥物，老人们相互打探后，纷纷摇头叹息。是啊，那肯定不是单纯的青石。它上面的石刻塑像，大朵莲花，几个端坐云朵上的仙人，吹箫、骑驴、摇扇……无一不是吉祥的象征。

那些令人信服仰望的鱼，给人哀痛耻辱的鱼，它们蛰伏在孤岛快要干涸的血管上，自知命数已尽，拥抱着相互口吐唾沫延续性命，拒绝相忘于江湖。

孤岛,这面波光潋滟的铜镜,不断流失着鱼生灵,终是无可奈何,镜面暗淡。无忧潭也快消亡。

那些散发着神性光芒的鱼生灵呢?打工、消费、工业、经济、收益、圈地、搬迁等充满时代特征的词汇,雪球般地滚来堆压。蛰伏于水底的鱼生灵抱紧自己,压缩自己,苦苦思索着消化着,它比所有生灵都有耐心——等待水流冲击,那来自地心深处的水流会翻卷出它优美的鱼身。

而在我们目睹的刹那,令人心动的机缘,就会到来。

这不是虚无的愿望,而是现实。

表兄道元的女儿丽珍五年前回来了,不是一个人,而是一家人。她在南方某电子厂打工,认识了鄂西巴东的一个男子,擅长计算机技术,是厂里的小技术员,两人产生感情成了家,并生育了一个女儿。逐渐安稳下来的丽珍在出走八年后回到了家乡孤岛。

眼前的一切令她心酸不已。母亲还在外面打工,而父亲道元却老了许多,简直就是老爷爷了,走路歪歪倒倒不说,还气喘。奶奶即我的大表姑倒是没变多少,一个七十多岁的老太婆,养了两头猪,还要下田种庄稼。但是,奶奶毕竟是老人了,那是忙碌下的坚强,丽珍看出了"硬撑"。

奶奶见丽珍伤感,便解释道,咱们家的田亩不多,只有两亩多点了,其余的全都租给了别人。丽珍听后,若有所思。

她和老公商量了下,决定辞掉南方的工作,回到孤岛,要回租出去的田地,还要承包别人的田,用现代化技术大规模种植庄稼。她老公这个巴东人,懂得计算机操作,现成的条件不用,的确可惜。再说孩子小，在南方打工，收入低，还必须请人照顾孩子，左算右算都觉得划不来，不如回到家乡开创新世界。

什么新世界？一个庄稼人还有新世界？父亲和奶奶满是疑惑不解。

丽珍就向亲人描述崭新的种田模式：改变以往的纯手工种植，主要依靠机器操作。春播时，不再是人工匍匐庄稼地里播种，而是无人机大面积播撒种子和点播秧苗，收获时也是依靠机器收割麦子稻谷、捡棉花拔棉秆、耙土犁地。

一听丽珍的打算，病恹恹的表兄精神一振，表示他早有如此想法，女儿女婿回来，他这个做父亲的一定会大力支持。说着，他站起来，一把抓住女婿的手。那模样，哪里还是病人？再健康不过的中年人。这是心病在身，女儿女婿回来，一下就医好了他的病。

说干就干，小两口先是报名参加镇里和市里的种田新技能培训，再拿出打工积攒的钱，便实施致富计划了。开始只是小面积种植柚子树和梨子树，树木结果要等树木长大，这不能着急，起码要等两年。这两年，田里除了种有果树，还种植了麦子、玉米、芝麻等其他经济作物，一家人还养了猪和牛。算是齐心协力的结果，猪牛那两年卖出不错的价钱。而两年后，丰收的甜柚和沙梨也卖出超好价钱，就是量少了些。尝到甜头，一家人的干劲更足。丽珍的老公买回一架无人播种机，这是为新租来的二十多亩良田准备的，那些田种植南瓜和其他农作物。这种新技术种植模式，大大减少了人力，还带动村里其他农户进行现代化种田，将他们村打造成观光旅游村。

村里的农田几乎都靠近无忧潭。如今的无忧潭经过改造疏通,脏乱差的面貌大大改观,快要恢复以往的清幽面容了,也为农田提供了不绝水源。

李梅早已回家,她和道元也和好了,虽然不时有争吵,但大多数时候能有默契。她也老了,常挂在嘴边的一句话是,日子有奔头了,心中就亮堂。这是她的感叹吧,不只她,还有道元表兄。奔头下,一家人都忙碌,分工却有条不紊,大表姑负责家里的餐饮,并接送已经上学的重孙,李梅和道元农闲时养猪,农忙时下田帮忙。田里主要是丽珍夫妻俩,他们采取现代化大规模种植方式,将农田种出特色,成为县市现代化技术种植的榜样。两口子也是名人了。

今年四月,我们一家人来到大表姑家玩,遇到一大群游客在他们家的梨树下赏花,而他们家适时推出"乡村风"农家餐馆,接待前来赏花的游客。赏花有季节性,但是田园风光无限,梨子、葡萄、橘柚挂果时,又是游客观光时。真好。

我独自溜达到无忧潭边。

无忧潭在四月的微风中碧波荡漾,而对岸的山林已经平整了,依稀只见一些轮廓,那也借助了漫长时光中站稳脚跟的古木。古木和新栽种的树木组合出蓊蓊郁郁,它们一起在潭水上倒映,推送出浓绿色的层峦叠嶂。阳光正好,投射在潭水表面,却无法穿透那些树木的倒影,只留下残垣断壁似的残片。

我走下岸,站在水边的一块青石跳板上。啊,这块青石……

我有些激动，正是以前被村里人放在潭水边充当跳板的半截青石，它不是被人偷走了吗？可是现在又回来了。这定然有故事。

我蹲下，端直了上身，眼睛睁大，盯着绿幽幽的水面看。碧水清亮若镜，我再次看见了自己，不是此时的人至中年的自己，而是童年时的我。一张青涩不乏秀气的脸庞，大而黑的眼睛有些模糊，却直透心胸。那张面庞贴在水面，遮盖了下面的东西。于是，我伸手拨开再拨开，水面浮荡层层涟漪，涟漪很快平静，就在平静下来的瞬间，破碎的光影缝隙中，如同庙寺屋顶的黑影斑驳可见。那传说中的……水纹越来越细小，我的面容迟疑地贴在眼前，否定我对瞬间的捕捉。

这次，我真就看见了庙宇的前生。

这也是我意识恍惚而发生的错觉，但我相信，错觉比真实还可靠。

后记

渡与归

  天气热起来,江水亦丰满。曾经清亮的水质混合一路奔泻的沙土和废弃物,日益混浊,一波一波地朝着芦苇丛奔涌。

  芦苇丛在石砾林立的岸坝下面,经由一个春天的蓬勃生发,夏季已是堡垒般密集,形成江水的天然屏障。伏天来到,几场雨水走过,汛期也到了,江水膨胀,在风雨中掀起浪潮,朝堤坝漫延。那道绿色的芦苇丛屏障,渐渐地在江水中沉陷,从根部到枝干再到大半身体。暴雨天来到,延续几日,江水迅猛地涨高水位,芦苇丛遭受炮击般松懈瓦解,最后只剩下几根苇顶子浮游水面。

  芦苇丛上还有小树林。大都是杨柳,也有笔直的列队成行的水杉和一些灌木,它们看着江水不断上涌,却无能为力,在土黄色里越站越矮。

  瓢泼大雨后,江水漫涌大堤,冲刷来各种物什。衣服、塑料桶、木材、泡沫、缺胳膊断腿的家具、麻袋、无法分辨的各式植物,还有那些司空见惯却令人恐怖的尸体,充气般的浮肿、不同程度的腐烂。遇到芦苇丛和树林，漂流的尸体暂时搁浅，而后晃荡，若浮萍。水汽中蒸腾着一股怪味，冲鼻钻心。那气味腥而咸，就像傍晚时分的细雨落进牲畜屋，秘密角落散发出衰落和糜烂……就是死亡气息。

他们是谁，临终走上了水路？

江水把他们送到眼前，即是遇见。忍着恶心的尸臭，孤岛人打捞上来。打捞的工具要么是竹竿，或者钉耙，甚至渔网。不是那么顺利，但总归捞起。那些躺在大堤斜坡的尸体……不过一堆腐物，招致蚊蝇围拢叮咬。蚊蝇肥白发亮，近处能看见那充盈了绿汁的腹腔，微颤着即将爆炸。它们天生贪婪，黏上那块地方啃噬吞咽。赶不走，由它们去。得到放纵，它们越发疯狂，呼朋引伴，黑云般聚拢覆盖。它们不知道，能被纵容，并非谅解，而是被藐视和轻蔑——贪婪过度的结果就是暴毙。孤岛人嘘一声，挥舞下手里的东西，贪吃的苍蝇连跑路的力气也丧失，霎时死掉一群。孤岛人再扬臂挥下，又是一群苍蝇死去。接着，孤岛人弯腰瞅看，确定无可救药，便站直身体，双手下垂，慢慢踱步一圈，回到原位，再蹲身凝望浮肿的面容。不是熟悉的人，也非无音信的亲人。但他们与失联的亲人，何其相似。唉，走好。孤岛人找来一块布，或者是装棉花的大包袱，裹住尸体，再装进一个麻袋，推向铁锈颜色的江水。

他们要去哪里？迷茫如我者会如此发问。

他们要去江水到达的地方。孤岛年长者如此回答。

溺水的不幸人，甚至有意无意选择江水结束性命的不明死因者，人生归途不过顺流而下，向东，向远方，奔赴天空般虚无的海洋。是的，虚无。超越我们视力范围的，连思维也无法捕捉的……存在。在方向以外，在大地之上。天空般的虚无，刚好对应了生命的诞生。

来于虚空，临终还要回到虚无。循环的命运之旅，渡与归中，生命不绝。江水为他们送别，缓缓奏响遁走曲。江水是灵车灵柩，还是归宿。

我童年时，孤岛的堤岸是垒起的高高土坡。土坡上长满了棒头草。它们不仅根系相连，连茎叶也焊进泥土里，枝叶相连再蔓延开去，名副其实的棒头，凶狠扎实。可想而知，棒头草护堤防洪，毫不逊色于水泥，反而环保。长满棒头草的堤岸沿着江水画了个圆圈，便将孤岛圈在其中。

在水中央的孤岛，被水孤立，又与水流相依。生与死，存在与消亡，逼窄与阔豁，拘囿与飞翔。这种悖论下的生存……矛盾下的火花与流水，恰如真理的产生，其间伸展着传奇反转的枝叶，深扎着隐语寓言的根茎。它天生就是长江的代言，是大地最后的原乡版本。

堤岸是堡垒，却并非唯一的屏障。堤岸下江水上的芦苇、树林和牢固扎根泥土的草木，沿着一长溜儿的堤坡铺陈，葳蕤、蓬勃，春夏时简直到了气焰嚣张的地步。我儿时的记忆中，它们犹如秘密花园，既充满了声色的诱惑，又给人迷宫般的警示。

我心灵的首次惊恐，源于迷失，与堤坡下这片繁密的植物有关。

荆条花、刺花、金银花、辣蓼花绽放得汪洋恣肆,矢车菊、婆婆纳、蒲公英、地丁草星星点点铺满堤坡,蜜蜂蝴蝶蜻蜓满天飞舞。埋首啃吃的牛羊偶尔抬头,嘴角还叼着青草,却忍不住哞哞咩咩地前后应和。春汛里猛涨的不只江水,还有植物花朵,夹杂混合了各类声音与色彩的气息。它们彼此交融,在江风中发酵出醇酒般的气味,令人酩酊大醉。

我神思恍惚,紧随华表姐全胜哥他们后面,在秘密花园游荡。

漂亮的华表姐是个初中生,她有清亮的歌喉,反复吟唱影片《知音》里的插曲:山青青,水碧碧……唱到知音时,她胸脯起伏,脸色涂抹胭脂似的绯红,嗓门一波三折,眼睛流转出水波。全胜哥在对岸城市的重点高中读书,正好放假。他双手插在口袋里,白色衬衣被江风鼓胀,如同风帆。在华表姐的吟唱声中,他踟蹰在刺花和金银花缠绞的花丛前,眼睛越过花丛,越过花丛那边的芦苇和芦苇下的长江,落驻在长江对面的建筑物上。对面的城市高楼鳞次栉比,隐约有白色的烟囱蛇般扭行。他仿佛思索,仿佛眺望,仿佛聆听,还仿佛陶醉,也仿佛心神出窍。他一动不动,凝视着,若有所思。我姐姐刚上学,痴迷他们,亦步亦趋。三四岁的我,却被穿行花丛的斑斓蝴蝶吸引,它们一次次点亮我的眼睛,牵引我的双脚。

穿过树林,绕过一方芦苇,经过一丛丛荆条花,刚瞄准的蝴蝶又飞到团团簇簇的黄菊花上。跑跑停停,再跑,蝴蝶与我展开游戏。我跑得气喘吁吁,却无法捉到一只。

我满头大汗决定放弃时,已经找不到华表姐他们了。丢失了方位的我左右打转。朝前走,觉得不对,又退后右行,还是不对,再左拐……没有他们,他们就像被蒸发的水分子一样。我扯破喉咙呼喊也无济于事。植物丛林中,分岔的小路,犹如刺猬身上的芒针戳来,我一阵慌乱。岔开的小路,不是路,而是……荆条花、刺花、芦苇丛、树林、牛羊布下的迷魂阵。转来转去的我晕乎乎的,一颗心咚咚乱跳,快要蹦出胸膛。

疲软。混沌。迷蒙。汗水黏糊带来的潮湿不爽令我呼吸急促。一阵尿意涌来……然而,排泄并没缓解不适。提上裤子起身时,芦苇丛边一具骷髅撞进我视线。那东西森白色,被剔除血肉的狰狞阴森,暗示破坏毁灭,是一具生命在世间的最后凭证。我的双腿被抽空力气,跌倒在地。

夕阳在地上漏下万千余晖。向晚的江风肆意地跑出响马呼哨,繁枝茂叶鞠躬让行。

咩咩……羊叫的声音打破岑寂,也唤醒恍惚的意识。一个决定陡然升腾心胸,我要回家。莫名地,我获得一股力量,站起来,扯开喉咙呼喊"姐姐,姐姐"。

放羊人甩着细长的杨柳枝条朝我走来。他用细长的杨柳赶着羊,羊跑一阵停一阵。他朝着羊群偶尔吆喝:回家呵。饥饿和恐惧下,我的双腿绵软无力,再次瘫倒在地。放羊人走过来,拉起我,惊诧不已。你一个小孩家,走了那么远?已经走过了两个村庄,过河就是松滋采穴了。

在放羊人的指点下找到来时的路,到家天已黑定。顾不上大

291

家的询问，径直爬上床铺。

此后三天我一直昏迷，噩梦连连。白色的骷髅和长出翅膀的蝴蝶，在梦里翻飞，抖动的翅膀却扇起血液，如江水劈头浇灌。我伸手捂住脑袋，却发现脚底下涌出血水，血水积蓄成溪流，慢慢淹没脚踝小腿……我一次次哭泣着惊醒，冷汗不断。

祖母认为我中了邪被魔鬼缠上，决定驱魔。祖母拿个葫芦瓢，在月光下挑起银针，嘴巴念念有词，左右画圈，朝凸起的葫芦瓢的中心扎去，左一圈右一圈，瓢面中心部位走满了密麻针眼。两天后，我奇异般地病愈。也说不上奇异，这归功于我祖母的巫术。拿银针对着月光扎葫芦瓢的驱魔术，在孤岛盛行，至于灵验与否，无考证。祖母却有一堆道理解释——我到江边玩，被小鬼迷住了魂魄，意识就迷糊不清，而且小鬼记性好，总在晚上寻来继续捣乱，要赶走小鬼，只好对着月光用针扎，扎得小鬼害怕打了退堂鼓，我自然就好了。这番说辞，在我这个小孩听来不失道理，不过，我父母让我姑妄听之。父母私下告诫我，多休息几天，体力恢复，身体自然就好了，哪有什么鬼魔缠身。

我自然也好了，但留下后遗症，异常胆小，常常惊叫，耽于冥想。

在乡村，冥想是可耻的。至少，我的亲人不允许我冥想，他们在言行上极力修正。

我母亲要强而自信，说话做事干脆果断。她批评我娇弱，自己惯养自己。什么事不好做，又发呆了，痴呆啊，就是胆小嘛……

我满脸羞愧。母亲批评完，又举例她自己：怕什么怕，都是这样长大的——我在你这个年龄时，你外婆已经过世，我是班上年纪最小的，人家做什么我就做什么，奈何不了的，就多花时间反复做，结果，学习、参与文体活动和种庄稼，我什么都做得好，比同龄人出众许多。初中时，要过江到对面的江口镇上学，每天早上坐个渔划子去，下午再坐渔划子回来，冬天江面大部分萎缩，一部分结冰，我们就在冰面上跑来跑去上学，那才是拿命玩，我也不怕，要是怕就不读书了。

你真不怕？我满是惊讶地问道。

母亲不回答，继续她的回忆。平常晴天，坐渔划子没多大问题，要是遇到暴风雨，还真是危险，渔划子那么小，平衡性差，左右摇晃，没个定准，我狠命抓住船舷——有一次，渔划子快要翻了，雨水和江水噼里啪啦地摔在我身上，我眼睛都睁不开，一松手，人不小心掉进了水里，船老板伸一根竹篙，我抱住竹篙跟着渔划子游，好好地游到岸边……断断续续地读完了初中。

你真的——不怕？我再次询问，并放慢语速。

母亲终于回答了。要说不怕也是假话，可是啊，怕不好，我们孤岛人就是站在长江里活命，除了承受，怕能解决什么问题？

我无话可说。

多年后，我与母亲闲聊，讲起九岁那年的夏天，平表哥带我和妹妹到长江游泳的惊险经历。我们不会游泳，却为水流诱惑，跑到芦苇丛下的江水中玩耍，妹妹不小心陷于江水差点被淹没，平表哥情急之下朝前游去，好几个回合才拽出了妹妹。平表哥再三交代我们不许说出这件事，我们答应了他。

母亲听后，怔了怔，脸色发白，嘴唇颤抖，随即，脸庞浮现些许红晕，眼眶漫出了水液。她给自己倒了杯水喝，再吐出一口长气，右手先是抹把眼睛，再拍打胸口道——还有这回事……到底逢凶化吉了，当然，只能说这是福气，江水总是赐福我们的。

她肯定被吓住了。然后，又为妹妹死里逃生倍感幸运。

我明白了母亲，她在以敬畏破解江水的魔力，并因此获得胆识。

这是有趣的事情，孤岛人的坟墓大都在堤岸下。

一溜儿长堤把坟墓和长江隔开。坟墓后面是一望无际的棉田，春天种植麦子、油菜，夏秋是密集如子弹的棉花。

堤岸另一边的树林里也有坟墓。我舅爷、祖母还有祖母的族人，他们的坟墓都在江水之上大堤之下的树林中。

我祖母七十三岁后病入膏肓，几乎吃不下东西了，身体枯瘦如柴，每天靠输葡萄糖维持能量。她没有力气下床了，背倚床架，吁吁叹息。一向寡言的祖母，某天清晨把我们喊到她的床前，说道，我恐怕要走路了。看上去，她形容憔悴，眼神却淡定从容。她望向蚊帐某个地方，久久望着，有些出神。我们喊她，她偶尔侧过脸与我们对视下，又看向蚊帐……从冬天望到春天，再望到夏天来临。

初夏，江水又开始涨潮，江水波涌，拍打堤岸。松动的土堤有些地方开始裂缝。一个叫作五四的地方，在一场暴雨后决口。洪水汩汩地穿越堤岸，淹没了农田。五四这个地名有来历，是为了纪念1954年特大洪涝中，我们孤岛为沙市、武汉分解压力挖堤泄洪做出的贡献。1954年的三伏天多不平常啊。暴雨连绵，江水暴涨，持续多日不退，威胁到江边的城市，而一些城市的安全告急。为了分解长江压力，孤岛被选为泄洪区，泄洪地点就在那个地方——现今叫五四的地方。它靠近镇中心，是孤岛这个椭圆形堤岸的最为凸出的地方，也容易决口。7月25日上午，沿着一条蜿蜒的口子破堤，洪水越过堤岸，朝着大堤下面的原野汹涌地奔泻，犹如千军万马杀来，所到之处片甲不留。洪水很快漫溢孤岛，农田和房屋被淹没。牲畜家禽疲于奔命，却奈何不了，终被卷进漩涡，扑腾挣扎后，抽搐几下消失了踪影。

牲畜如此，人呢？孤岛上的人一部分转移到对面的城镇去，还有一部分爬上屋顶，要么连同屋顶倾覆，要么（运气好的话）伴随牢固的房屋坚守，直至洪水消退。

看上去，人比牲畜要幸运。也说不准。洪水过后，孤岛一片狼藉，充斥着腐烂的臭味。苍蝇蟑螂跳蚤类的虫豸到处飞行，它们身体肥厚，全都长着贪婪的大嘴，不经意就在动植物和人的身上叮咬，留下细菌，可恶的是，还随风散发臭味，那气味比单纯的臭还恶心，让人反胃难受。

这是瘟疫。它是洪水的后遗症，却比洪水凶恶。虫豸、积水和空气，见谁逮谁，填充瘟疫的血肉，日益膨胀它可耻的吞噬欲望。洪涝后，它隐形的面目几乎可触可摸，给孤岛上的家家户户都留下惨痛可怖的记忆。我大姑父最小的弟弟死于洪水淹没孤岛后的瘟疫。祖母娘家的几个兄弟，还有一个侄子也在那年洪涝中得病死去。

生老病死的人生终极命题，几乎无解。它赋予命运莫测的况味。除了承受还能做什么？而承受的心境再是难受，终究会归复平静。于是淡看且前行。我成年后，对"承受的心境"有了进一步的认识，它有尘埃落定似的醍醐灌顶，举重若轻，一步步走向尽头。实则是"悟生"。我祖母就是一个悟生的女人。

她一直沉默寡言。走路那年的初夏，她孩子般地长吁短叹。特别是在听说五四决口后，双手捶打床铺，无力呜咽，干涸的眼窝子却无法淌出一滴泪水。她的眼泪早流干了。祖母一天清早又一次说道，我要走路了。我们愕然，没有作声。祖母接着咕哝，走路。重复枯索无味，却衬托出寡言的祖母的淡泊。我父亲一向工作积极，难得请假一次，那天请假一天专门伺候。傍晚时，祖母气若游丝，上气不接下气，她右手颤抖，在空中乱抓，被父亲接住。我祖母交代，死后把她埋葬在她娘家的冢群里。父亲小声地提醒，下面就是江水。祖母右手摇摆，又做了个水流姿势，低声嘟囔了一句。

父亲嗯了声。祖母安然辞世。事后，父亲向我们转达祖母临终前的嘟囔，冲走就冲走，江水要来，能挡得住？反正都给了长江，由它好了。

祖母走后，我们将她葬在大堤下江水上的树林中，还修了一个石墓，石墓上种植芦苇。年三十晚上，我们给祖母上坟送灯时，就在枯槁的芦苇上挂起鞭炮。啪啦啪啦的鞭炮声中，芦苇稀里哗啦地烧出熊熊大火。浩荡的江风不仅无法对垒冲天火柱，反而推波助澜。父亲说,祖母一生懦弱,身体多病,每年烧起大火,她会感到温暖的。第二年清明,坟墓上烧毁的芦苇已是春风吹又生,密匝得如同铜墙铁壁,只不过是灰绿色的墙壁,隔绝出能够听见心跳的静谧。

祖父与祖母相反,生前强悍,却对死亡畏惧。他患有高血压和支气管炎,常年咳嗽。冬天时,他泡上浓酽的茶水,加进红糖,放在火炉上煮沸,屋子里弥漫着茶叶的醇香。他喂羊养牛在行,打纸牌更在行。祖父还烧得一手好菜,他的拿手菜是煎鱼。岛上水网密布,鱼虾多,祖父擅长捕捉,所以餐桌上常常出现祖父煎的新鲜鱼,尤其是熬出的鱼汤,鲜美无比。

无疑,他是一个享受至上的男人。

但他血性,正是血性,才使他选择四围环水的孤岛生活。我祖母生育十个儿女,大都夭折,只存活三个。父亲上面有一个小哥,感染了肺炎,没有钱医治,祖父找当地一家富裕的地主借钱,遭到奚落,他愤而出手,打残了地主,祖母劝祖父跑。祖父不听,带伯伯去医院治病,私下却安排祖母带着两个儿女(我小姑还没有出生)离开荆州,从松滋那边过南河,迁居到孤岛。就在医院里,祖父遭到仇家的报复。一生不求人的他,跪下恳求他们姑且放他几天,儿子命在旦夕,等儿子过了难关再清算。仇家恶毒地说,我倒要看看你儿子怎么在你手中死去。贫寒成为所有病痛的不治之症,我伯伯死在他父亲眼皮底下,仇家在一旁冷笑。祖父在揪心的疼痛和耻辱中,失魂落魄地寻到孤岛,找到祖母他们。一家人开始异乡的讨生。

我父亲一家能够在孤岛活下来，正是依靠长江。

祖父对死亡充满了恐惧。他因何恐惧，我无从探询，也不曾探询。生命的极限，是每个人的心病、隐秘还有忌讳。祖父也不例外。从六十岁开始，一向勤劳的祖父迷恋上玩牌，不分日夜地组局玩牌。也许，相对于病痛或者灾难，娱乐至死更符合恐惧死亡的生命。祖父死在玩牌上。孤岛流行一种纸牌，也叫花牌，无论多么贫寒，却人人玩得一手好纸牌，这是习俗。农闲时，家家在门前摆上牌桌，三四人围成一桌摸牌，当然带有赌资，粮食、衣服、钱财，甚至日常用品都可能成为赌资。二十世纪八十年代初的一个深冬夜晚，一夜没有手气的祖父在天亮时摸了一个大和（此处念hú），三个花精都统上了顶，在最后一张牌时，祖父和牌了。输得精光的祖父一下反败为胜，得意忘形，下了牌桌回家，刚走到家门前榆树下，人就歪倒在地。翌日清晨，天空飘起细碎的雪花，粉白罩在大地上。我母亲早上起来开门，看见祖父靠着榆树睡着了，雪花把他的头发眉毛和衣服全都裹上白色。母亲惊叫一声。祖母颠着小脚跑出来，伸手摸祖父鼻子，愣了下，又伸手去摸，唉了声，低声说道，睡去了。

祖父一身锦衣躺进了棺材里，还戴了一顶锦帽，那帽檐刚好搭在发白的眉毛上面。乍看，祖父真是睡得深沉安稳。祖母在祖父棺材里放了三样东西，菜刀、捕鱼的网兜和花牌。为何放菜刀？祖母笑笑，也没有解释。

也许，在棺材里放菜刀，是祖父自己的意思。我清楚地记得，我们家不能说死亡这个词，否则，祖父的长烟锅准会敲到我们的脑门上。祖父生前血性，却恐惧死亡，祖母生前懦弱，却对死亡无所谓，这样的悖论究竟被怎样的生死观统一成生命的美学？值得我一生思考。

如果说孤岛是躺在长江里，那么孤岛人就是站在江水中活命。

孤岛是怎样的一个岛呢？说它是岛，实际是长江在漫长岁月中遗落的泥沙冲积出的沙洲，土壤肥沃，气候四季分明，具备亚热带农作物生长的得天独厚的条件；而相邻荆州的水域，河港沟汊星罗棋布，则是典型的江南水乡。稻谷、麦子、棉花、油料作物、各类鱼虾，一切经济作物，种啥收啥。富庶的环境仍然留不住孤岛人。走出去，历来是孤岛人的愿望，只有躲逃天灾人祸才选择走进来。譬如，我祖父从荆州来到孤岛，是因为眼睁睁地看着儿子病死，眼睁睁地被仇家奚落，按照父亲的话说，是消隐。

祖父他们移居孤岛，没有固定的房屋，靠着一尤姓大户搭建了一个偏屋，聊以居住，房顶别说瓦片，连草垛也没有，是用油毡盖的。到了夏天，偏屋里除了床和灶台，剩下的全是包裹，准备随时逃命。

1954年长江洪涝，孤岛被挖堤分洪，遭受灭顶之灾。

我祖母就是在那一年的疲于奔命中，恨上了祖父。她本是孤岛人，嫁到荆州，就是想逃出孤岛。生儿育女后，还是回到了孤岛，这是命运的错乱还是宿命的安排？就在那一年，我祖母右眼瞎了，她很少说话，只是弓着身子拼命做事。我祖母个子很高，但从我记事起,她的上身就直不起来了。作为异乡人,祖父一家遭受过许多凌辱,我祖母一律谦让、忍受。常年的忍辱负重中,祖母悟出,要想走出错乱或者宿命的安排,就必须读书,她把所有精力放在培养我父亲上。父亲果然不负祖母期望,成为很有名气的外科医生,被誉为"岛上一把刀"。

但是,我祖母怎么也想不到,医术高明的父亲多次放弃调进大城市的机会,坚守在孤岛上,直至退休。亲朋好友有的埋怨父亲没有眼光,有的表示遗憾叹息,我母亲也为这事与父亲争吵过几次。我却从没有听到祖母埋怨父亲一句。我母亲跟祖母说这事,祖母一言不发。祖母本来寡言(她在我十四岁时过世,我几乎不记得她的声音),但她对父亲固守孤岛的沉默仅仅是因为寡言?她不是一直渴望走出宿命般的孤岛?现在,我写着她时,我认定,祖母已经知道了命数。对她来讲,孤岛安排了一个人的命,而环围孤岛的长江却给了全部孤岛人的命数。走出与不走出,恰如离开与返回,究竟几多区别?我肯定,我祖母一定设想过不返回孤岛的生活,而恰恰是设想又让她安于现状。

多年后,我和我的姐妹那么厌烦孤岛的一切——没完没了的风沙和江水,逼仄的环境下频繁的灾难,斗狠的岛人性格,琐碎的家长里短……我们厌烦极了,满心都是渴望,渴望走出孤岛,以为离开孤岛就会摆脱冥冥中的宿命。后来,我们如愿了,一个个远离孤岛,姐姐和妹妹走得更远,奔走异国他乡,可是命运的大手还是卡在我们脖子上,生老病死如同身边的灰尘,走过游来,构成我们的生活。我承认,我很脆弱,一点点打击就让我灰心绝望,可是,我还在灰尘的缝隙里呼吸,还万分努力地靠近生活,现在的我看来,正是孤岛和江水给我最早最永久的试炼。

循环之水留下的密语,岂止脚步丈量那样简单?它是生活档案,是生命的密码。渡与归,我们注定要为它穷尽一生。

临终之际的祖母拉着父亲的手,嘟囔道,那有什么,冲走就冲走,要来的能挡得住?反正都交给了长江,由它去。

这是她在我记忆里说得最多的一句话。

可是,我还是不能记起她的声音,我的眼泪掉了下来。

我母亲也是地道的孤岛人。

在我母亲娘家人身上,最能体现孤岛人性格,尤其是我大舅舅。大舅舅异常聪慧,读书成绩优秀,大学时,接触许多新思潮,并多次领导学生运动。即将毕业时,大舅舅被我外公召回来结婚,是儿时的娃娃亲,外公担心大舅舅毕业后远走高飞。

怎么可能?包办婚姻是违法的。舅舅本能地反抗,还是被外公骗回孤岛。

洞房花烛夜,舅舅趁上厕所机会,溜出家门,一路向南,跑到长江边,此时是冬季,江水干枯,在孤岛南边,只不过涓涓细流。舅舅蹚过长江,一直下落不明。此后,舅舅回家一趟,要求离婚,我舅妈上吊威胁,舅舅再次离家,踏上北去鸭绿江的火车,抗美援朝去了。舅舅在战场出生入死,立下三次战斗功,一次工作功,但是在婚姻状态一栏,他拒绝写上"已婚",不愿承认他的妻子。执拗成为他以后道路上铲除不断的荆棘,回国后,他在昆明一家汽车厂当了一名技术员。

舅舅的一生富有传奇性，他离了近半个世纪的婚。他六十多岁时，我那个有名无实的舅妈同意离婚，舅舅多年独身一人生活。彼时，他们均已步入老年，是名副其实的孤寡老人。曾经的青春、理想、爱情……流水般的岁月中，于他们有着如何的面目？一路冲刷着的时光洪流，"离"或者"拒离"筑构澎湃的热潮，纷纷击败任何一次"猜想"与"假设"的目光。这未尝不是尊严的胜利。

一次搬家中，我们从一张照片猜测了舅舅的爱情可能在朝鲜。照片上的青年男子有舅舅的浓眉大眼。生死茫茫，舅舅的岁月在他走出孤岛的一刻已经注定，他把他的一生都押在硬气上，如同奔涌东流的江水，无法改写。

是的，这个如同长江般的男人，就是舅舅，英俊而孤独、执拗而悲壮、硬气而辽阔。面对舅舅白花花的头发和眉毛，我一次次想起朝鲜的冰天雪地，它们在舅舅的心灵里，是如何解冻出传奇式的绚丽春天？而一个人在岁月的洪流下，需要怎样的勇气和毅力才能奔涌出宽阔的江河？

舅舅退休后，曾有一段时间住在孤岛，在我外公的孙女燕表姐家，离我曾经的舅妈只有一两里路。舅舅散步时，遇到已经成为老妪的曾经名义上的妻子，他会停下来，与她唠叨棉花、猪羊。老妪说着说着，会突然发怔，然后泪流满面地跑开。舅舅久久伫立，燕表姐寻来，拉舅舅回家，舅舅嘟囔，不是我的错，我有错吗？

这是一个充满内疚的男人。他完全老了，患有帕金森综合征，走不出家门一步。他对我说，他过世后，把他的骨灰撒在环绕孤岛的江水里。我们哄他，还没有咧，你身子骨硬朗，阎王爷不收。舅舅会露出孩子般的笑容。笑过后，又一遍遍嘱咐，过世后，把他的骨灰撒在环绕孤岛的江水里。

每次，我都哽咽着点头。舅舅颤抖着双手捧起茶杯。茶水从嘴角溢出，连绵成一条雨线，朦胧了我的双眼。也许，只有把他的血液、骨头都交还给孤岛和江水，他的生命才拥有亲人的宽慰，他踽踽独行的一生才圆满回归。那一刻，我悲怆，心中一阵凄惶。

孤岛最美丽的时刻，是月光洒满江水的夜晚。

水波潋滟，银色光芒被轻柔的江风抽丝剥茧，留下筋骨，一层层地镀进流水的心脏。清凉蔓延，江水围着水中央的孤岛环流，水波荡漾起伏不定。月下的江水耐心而诚挚地缝合裂痕，不动声色地抚平沧桑。孤岛如同逍遥岛随着江水漂流，它抱紧自己，切近逐渐睡眠的心脏。

寂静弥漫。

我说得多么表象啊。可是，这表象的文字没有一句虚妄之语。作为一个地理名词，孤岛被长江赋予了神性的光芒。

我多次叙述这个传说，不厌其烦。可说到孤岛，孤岛外循环的江水，我怎能绕开？一个老人每天沿着孤岛四围的水域撒网捕鱼，早上迎着太阳出门，晚上老人把捕捉的江河动物一一放回长江,翌日又去撒网捕鱼,再把捕捉到的水生物重新放回长江,周而复始,年复一年。

老人为什么这样做?又传说,一只巨鳖在长江里来回巡游,寻找栖身之处,到了长江中下游交界处,看中这里的温润气候和绵软平坦的河床,扑倒身体,安心休息了。而巨鳖身体周围漫溢出来的沙子和长江腐殖覆盖在巨鳖身体上,形成了一个巨大的江心小岛。老人整天沿着孤岛附近水域撒网捕鱼,是在为休息的巨鳖巡游,预防巨鳖被惊醒爬出水底,要不,孤岛就会塌陷。

没有谁看见过撒网的老人,也没有谁因为没有看见老人就否定他的存在。老人在时光的隧道里永恒巡游,成为一个他保护的巨鳖一样的象征——他们是佑护孤岛和长江的神灵。传说代代流传,是因为神灵一直在场。

我无法把这个传说归结为信仰,也不能简单地概括为精神象征。它虚无地存在,却根植心灵。这是大地和水流合谋出的神秘通道,是乡村与长江关系的缩影典范。那些被水流试炼过的生命,人类、草木、飞禽、游鱼……一度迷失不知所终,但终将以回环的形式获得巨大的存在。

循环之水上,渡与归的命运,不绝,常新……

图书在版编目(CIP)数据

渡与归 / 朱朝敏著. — 北京：北京十月文艺出版社, 2025. 7. — ISBN 978-7-5302-2470-0

I. I267

中国国家版本馆CIP数据核字第2025D7N217号

渡与归
DU YU GUI
朱朝敏　著

出　　版	北京出版集团
	北京十月文艺出版社
地　　址	北京北三环中路6号
邮　　编	100120
网　　址	www.bph.com.cn
发　　行	新经典发行有限公司
	电话 010-68423599
经　　销	新华书店
印　　刷	北京盛通印刷股份有限公司
版　　次	2025年7月第1版
印　　次	2025年7月第1次印刷
开　　本	850毫米×1186毫米 1/32
印　　张	10
字　　数	206千字
书　　号	ISBN 978-7-5302-2470-0
定　　价	55.00元

如有印装质量问题，由本社负责调换
质量监督电话　010-58572393

版权所有，未经书面许可，不得转载、复制、翻印，违者必究。